U0633118

还有这种操作

小野妹子学吐槽 鸡翅给你吃 邱雷苹 等著

长江出版传媒 长江文艺出版社

目录 Contents

特别篇

清宅仕事人

文／小野妹子学吐槽

1

检索：低价出租……检索结果 256000 个。

检索：高日薪兼职……检索结果 130000 个。

小安盯着图书馆的公用电脑屏幕，盘算这个月的收支。

房租要在 40000 以下，不然月底要吃土……

时薪要在 1000 以上，否则电车是搭不起了，天天骑车累成狗的节奏……

这上哪儿找去……

图书馆里人越走越少，浏览器里标签页却越开越多。

"月租 30000。黄柏站步行 15 分钟。宇氏房屋中介。"便宜是便宜，离大学一个半小时的车程，都耗在路上了。

"时薪 1300。西桂站附近咖啡店。需咖啡师资格。桂川Cafe。"时薪是够高的，问题是咱连速溶咖啡都不会泡。

2000+ 高时薪，免费提供单身公寓宿舍。

招青年男性，无经验亦可。

洛西阿倍野事务所。

小安兴奋不已，眼前的这行文字都变了粗体，自带圣光。高薪包住，资格不问！这不就是给穷学生定制的吗？

飞快抄下号码，小安一路小跑出门去找公用电话。

小安名叫安清茗，洛北大学人文综合学部民俗学专业留学生。四年前到这个国家留学，读一年语言预科，阴差阳错进了民俗学专业，专攻民间传说、精怪研究。成绩勉强过得去，兜里实在没有钱。

洛北大学是公立校，宿舍便宜但房源有限。小安签运不佳，连续三年失手，一直过着沙发客、地下室、隔板间的生活。小安的梦想是租一间单身公寓，有一份能够付得起单身公寓房租的兼职。

"等到念研究生时，手头宽裕了，环境熟悉了，我的梦想肯定也实现了吧！"小安曾乐观地畅想。

没想到现实这姑娘太火辣，竟比梦想还丰满。小安在茫茫互联网中踏破铁鞋，竟寻得这一石二鸟的好差事！

第二天下午两点，小安准时出现在洛西阿倍野事务所接待室。

前台女士刚倒上茶，一个面目模糊、身材瘦削的男人推门而入。小安赶忙起身。

"您好！我是昨日与您通过电话的安清茗。"

"你好。"男人没有接小安递过的简历，只是示意他坐下，"我姓阿倍野，是这家事务所的社长。请多关照。"

"也请您多关照！"小安接过名片，按照社交礼仪捧起来目读一遍——阿倍野清冥。社长的名字和事务所的名字相同，要么是创始人，要么就是子承父业吧。

"我们的工作性质非常特殊。"阿倍野开门见山，"绝大多数是夜班，通宵工作。还需要经常更换住所，睡在陌生的地方。安先生……你是一个很重视睡眠的人吗？"

"我打小就是夜猫子，熬通宵小菜一碟。而且来这儿留学四年，几乎每个月都在搬家。您说的这些我都能接受。"小安昂首挺胸，努力给出让人满意的答案。

"那好。那我问你……"阿倍野顿了顿，"你觉得自己胆子大吗？"

小安一愣，以为遇到了传说中的压力面试。"我……我不敢说勇气过人，但也绝不是胆小鬼。是需要在夜间户外巡逻吗？这个我可以胜任。"

阿倍野摇头："都是室内工作。准确地说，就在我们为你提供的单身公寓里工作。"

小安接过一份表格。上面密密麻麻写着洛都市内一些单身公寓的信息，抬头偌大一行粗体字：

洛都事故物件一览表 平和 28 年 3 月更新

"事故物件，就是上一户租户出了事情的房子。这是房屋中介的行话。"阿倍野似乎猜到小安会一头雾水，便自行开启了讲解模式，"各大中介公司会和房东签下长约，一次性打给房东定额租金。之后这间房或长租，或短租，或提供给外国游客做民宿，赚多少利润是中介公司的本事。然而一旦这间房子出了事情，就很难再租给下一户了，中介就要面临赔本的风险。"

"出了事情？您是说……"

"不吉利的事情。命案，意外，自寻短见。"

"哦……"

"然而只要有一个过渡的住客，下一家租户的顾虑便会大大减少。世界上哪一间房子没出过事呢？人们只是不喜欢'上一户刚出过事情'的房子罢了。"

"所以贵公司的雇员，就是负责统计事故物件，安排过渡住客。"

"不，是自己来当过渡住客。"阿倍野脸上第一次露出了近似微笑的表情，"住上十天半月，把房子顺利移交给新的租户，为客人扫清心理阴影，为中介公司谋求利润。我们叫'清宅仕事人'。怎么样，很酷吧。"

小安大约花了十五秒，总算把这一系列新名词消化完毕："也就是说，只要在这些出事的单身公寓里睡上几觉，就能拿这薪水了？"

"没错。"阿倍野点头。

"我接。"小安点头。

2

"洛都市洛东区五大道清水町 1 丁目 2 番地 304 室。"

是这间没错。小安掏出钥匙，推门而入："失礼了。"

一所普普通通的一室一厨一卫公寓。房间已拜托专业清扫公司打理过，完全看不出之前发生过什么事情。据阿倍野说，警方也已结束了现场调查，不会再来按门铃了。

放下行李，铺好床单被子，在图书馆赶了一天论文的小安终于躺平了。"这就算……开工了？还真是接了个奇怪的差事。"小安眼皮一耷，一切思忖都被黑夜包裹了。

一夜无事。

"平时都熬到后半夜才犯困，昨晚十一点躺下就着了。也就这点区别吧？"小安觉得事故物件说起来玄，也不过尔尔。

次夜，亦无事。

"两天薪水 32000 了……我就睡了两觉，啥也没干啊。阿倍野这公司，是在帮扶勤工俭学大学生吧？"小安到事务所领过日结的薪水，边吃咖喱饭边想。

第三夜。

凌晨一点。屋子里突然响起一阵纺车声。

"吱呀。吱呀。"

"吱吱呀呀。"

小安腾地一下坐起来。来了。一定是来了！

沉重的眼皮还没撬开，"扑通——"枕头又落在了地上。紧接着是"咚咚咚——"，急促的脚步声。

"谁？！"小安猛地跳下床，整个人都清醒了，只穿着短裤站在卧室中央，有点拔剑四顾心茫然的意思。

厨房里传来一阵锅碗瓢盆声，"叮咣——"

小安定了定神，想起了阿倍野的嘱咐："来了的时候，不必怕。越是动静大，越不必怕……""动静大了追上去就是，他可能比你还怕。"

小安摸进厨房。先开灯。

撒落一地的面粉。一行小小的脚印，朝向阳台。

"座敷童子"。小安想起家元教授在课上讲到的这种精灵。三五岁的小孩子，最爱捣蛋，人畜无害，甚至还有招财锦鲤体质。

一个小孩子怕他作甚，上阳台逮他！小安脑海中闪过钟馗、小智等捉精灵前辈的伟岸身影，三步并作一步半，脚绊在门槛上摔进了阳台。

小安抬头一看……是个女孩。齐刘海，红脸蛋，穿一身红色古装：和书上说的一模一样。还沾了满身的面粉。

"饿了吗？怎么半夜进厨房乱翻？"小安又想起家元教授的话：温柔对待每一个座敷童子，毕竟你曾经也是个熊孩子。

"不饿！你家夫酱去哪儿了？"女孩理直气壮地反问。

"我不是这家的，我是来这工作的……夫酱？你是说一个四五岁的小男孩吗？听我们老板说，他和他妈妈搬到新家去了。"

"搬家了？那谁陪我玩？"

"我陪你玩，行吗？"小安壮了壮胆子。

"不要！你是大人！"

"可是那个小男孩不会回来了呀。因为他爸爸……他爸爸不在这儿了。"

"为什么？"

"要不你先进来？进来说话，我给你找糖吃。"小安觉得自己是天生的"清宅仕事人"。不仅不怯场，还思路越发清晰。

"这家没糖了！我早就和夫酱吃光了，之后我好久没来了！"

原来如此。

家元教授："座敷童子一般藏匿在旅店、仓库、民宅厨房中，据说能带来财富和好运。然而一旦座敷童子离开，厄运也会随之降临。"

阿倍野："那家的男主人做服装行业，最近一年景况极好，眼看要在四大道上买地盖新厂，却在年度末这个节骨眼上，过桥贷款出了纰漏。债主逼债，工人讨薪，于是精神崩溃，吞了安眠药。然而也有人说，送到医院后男人离奇失踪，或许他根本没事，就是躲债跑了。"

"小妹妹，你知不知道，就因为你太贪吃了，把糖糖都吃光了，以后夫酱都没糖吃了！"小安一脸教导主任的严肃。

"啊？这能怪我？"

"不怪你怪谁。你不来吃糖，他爸爸就没钱买糖了，最后别说糖了，自己饭都吃不上了！"

"啊？这……这能怪我……"

"不怪你怪鬼吗？"

"那……那怎么办呀……"女孩脸上头一次有了点委屈的表情。

"你去找那个夫酱呀，这次你给他送点糖过去。我这就去楼下便利店买来。"

"哦……多买点啊！"

"放心，够他们一家人吃很久了。"

3

做完座敷童子这一单，小安又接了新工作，时薪也从 2000 提到了 2500。睡一晚上 8 小时，刚好是 20000 块。这下总算能把手机欠缴话费交上了。省了租房这笔钱，吃完饭也敢在便利店买本《青年蹦》漫画杂志看看了。一边翻看《金蛋》的连载，一边坐电车回"家"的小安，也感觉自己和书中的主人公金八一样，有些打马江湖中、走镖赚酒钱的游侠风范了。

洛南区上书岛町 2 番地 1 丁目 102 室

新一家的"清宅"工作难度不小。阿倍野事务所里有个与小安年纪相仿的罗丽国留学生，工作经验还比小安多一点，却在这家待了一个月无功而返，分文未得。光是在这儿睡觉，谁都会。要把该来的等来，等不来的就请来，了却心愿，送回他界。这才能体现"清宅仕事人"的工匠精神。

小安自觉是能做好这一单的。因为他和罗丽国留学生有一点大不相同。

小安善于烹饪。

小安生在一个以能吃、会吃、爱吃闻名的地方。飞禽走兽，渊鱼海贝，冬天铁门，邻省佳丽，都能成为他们的理想食材。小安六岁就学会了雄狮炒鸡蛋。八岁就能做红烧北冥鱼。小安至今每天下厨。

这一家事故物件的事故，或者说故事，恰好与吃密切相关。

阿倍野提供的材料上显示，男主人是一家小有名气的凌晨食堂——"凌堂"的店主，下得一手好方便面。妻子与他十分般配，是个不折不扣的吃货。夫妻二人原本如胶似漆，是恩爱的典范，却在今年闹出了轰动媒体的大事：妻子被疑放煤气谋毒亲夫，房屋爆炸起火。所幸消防人员及时赶到，火情得以控制，未波及楼宇。然而丈夫在医院昏迷至今，妻子不知所终。

小安不打无准备之仗，来之前专程去了一趟家元教授的办公室，借口"提几个学术问题"：

"老师，起火的宅子里，一般是有哪种存在？"

"这个种类就多了，不胜枚举。"

"那……厨子的家里呢？"

"厨子家里？那肯定是有著名吃货了。"

"著名吃货？"

"二口女。"

二口女，平生爱吃，每天都在琢磨着怎样能多吃一点，吃好一点，恨不得长出两张嘴来。由于执念太强，遁入他界后，真就在后颈处又长出一张嘴来，吃饭效率翻一番。他界可吃的东西不多，二口女时常要来民家翻点东西吃。要是厨子在家炒几个小菜，剩在冰箱里，那真是开了斋戒了。

小安心中有数，睡得也格外踏实。毕竟早就做好了几道拿手菜，放在厨房案板上，等鱼上钩。

然而，一夜无事。

小安心想可能是菜式不对？第二天弄了几个女生偏爱的酸甜口，放在厨房案板上，待君入瓮。

然而次夜亦无事。

小安大惑不解，悻悻倒掉两天留下的好菜。暴殄天物，浪费农民伯伯的血汗，真是让人切齿。小安气得煮了三大碗家乡名吃——罗氏粉，芬芳填满了整个房间。还有什么是一碗罗氏粉不能解决的呢？如果有，那就两碗。第三碗实在塞不下去，小安倒头便睡。

是为第三夜。

凌晨一点。厨房里传来一阵清晰畅快的唆粉声。

"来了！"小安大喜，腾地一下蹦到地上，踩着月光摸进厨房。

小安被眼前的景象惊呆了。真是贪吃！一个妙龄女子，竟然前后开弓，两张嘴大口唆粉，呼噜呼噜，吸出了节奏。

小安谨遵家元先生教诲，没有开灯惊动她。"等她吃完，千万等她吃完。打断女孩子吃饭是可以判死罪的。"

两张嘴不是盖的，短短1分20秒，二口女就唉完了一大碗粉。瞅准机会，小安快步上前，趁她一脸惊讶，夺碗掷地。

　　"吃饭交钱！"

　　"没……没钱付啊……"

　　"没钱付就老实答话！"小安手里攥有王牌——书云，二口女若是吃霸王餐被抓，就会听凭发落，沦为弱鸡。

　　"好……好……"

　　"是不是常来这家偷吃！"

　　"是……是……唉粉……"

　　"平和28年4月5日，你是否来此偷吃，还故意纵火！"

　　"没放火！没放火……就是想来唉粉……他家男人……做的天妇罗氏粉最好吃……"

　　"天妇罗……氏粉？"

　　"对……集两国夜宵精华于一碗……油而不腻，臭而至香，胖而无悔……好吃……真好吃……"二口女擦了四下口水。

　　"那当晚火事，真是这家女人所放？"

　　"不是……"

　　"那是男人自导自演？"

　　"也不是……"

　　"那还是你放的咯！"小安咄咄逼人。

　　"事故……事故……你们都知道是事故物件嘛……事故……"二口女眼看心态要崩。

　　"你还学会甩大词儿了！一五一十地讲！"小安从旁拽了张椅子，示意二口女坐下。

　　"我讲……我讲……那天他们夫妻俩吵架，吵得很凶。妻子让丈夫做一碗凌堂招牌方便面，丈夫不肯，说，夜夜在店里做得恶心，做得审美疲劳，回家想唣些天妇罗氏粉。妻子嗤之以鼻，说，吃罗氏粉还不如去吃翔。丈夫大怒，说，你去啊，你去啊，楼下就是公厕，妻子也怼回去，说，我就去，我就去，我去天涯海角的公厕我也不吃你的罗氏粉，说完妻子夺门而去。丈夫赌气不追，和衣睡了。可是我饿呀……我就开了煤气，想自己做一碗粉……可我只会吃，不会做……然后就……火柴……煤气灶……Boom（隆隆声）！"

"你知不知道就因为你贪吃……现在……"

"我知道，我知道……男人在医院里昏迷着，我唣完这碗粉，就去顶他。我知道我有错……我只是管不住这张嘴……和这张嘴……"

结

次日，小安到会计那领取了 60000 元薪水，还和人事正式签了"清宅仕事人"的长期聘用合同。傍晚回家路上，小安买了份《文秋周刊》，边啃醋昆布边看，上面赫然几个标题：

洛唐服装厂总裁诈死躲债期间竟中乐透　清偿债务公开谢罪重整旗鼓

名店"凌堂"老板奇迹苏醒为妻洗冤　妻子海外归来习得罗氏粉奥义

阿倍野事务所代表清冥离奇失踪　自家客厅当众蒸发

匹配基因

文／鸡翅给你吃

2090 年，成年单身人数占比全球人数的 80%，犯罪率高达 69%。2100 年，全球颁布了一项"基因择偶匹配法"。

在地球上的每一个人，在出生时都要做完整的基因登记，通过科学的基因匹配，你将获得一个完美的匹配基因。

匹配基因是一种科学描述，其实就是伴侣的意思，你的另一半，妻子，丈夫。

匹配的双方并不知道对方的信息，但是可以通过两人手腕上相同的基因代码确认对方的身份，从而在人海中偶遇，最后完成基因繁殖。

2110 年，整个地球的生活幸福指数高达 96%，犯罪率为 8%，人们经常把地球称作最幸福的星球。

昨天是阿尔法的 26 岁生日，他办了一场很大的生日派对。

就是在这场派对上，他的好朋友马克，遇到了自己的匹配基因。

今天一早，马克就开车来接阿尔法，一同去商场定制礼服。

因为下周马克就要举行婚礼了，所以阿尔法要帮助他在这一周内将婚礼筹备完毕。

一阵忙碌过后，两人来到咖啡厅坐下休息。

马克："你今天怎么了？话很少。"

阿尔法："没什么，只是在想些问题罢了。"

马克："该不会是因为匹配基因的事吧？"

阿尔法至今都还没遇到他的匹配基因。

马克："不用着急，如果当匹配出现问题的时候，不是会有基因调查员从中协调吗？我觉得你应该是在协调中。"

阿尔法："不是这个问题。我不想被匹配怎么办？"

马克："什么？！你疯了？"

马克放下手中的咖啡，瞪着阿尔法，又看了看四周，压低声音说："不匹配？难道你要一直单身吗！"

阿尔法："你，昨天才遇到匹配基因，下周就要结婚。你要和一只认识一周的人度过一生，你真的觉得这样合理吗？"

马克掐着嗓子："你是不是吃错药了？这当然合理了，这是根据科学计算匹配的结果。省去了多少麻烦你知道吗？你到底怎么了？"

阿尔法："我只是觉得这样不应该。这一切难道不是应该由我们自己所控制的吗？"

马克："当然是，这一切都是由我们的基因所控制的。"

阿尔法："可你不也说有基因调查员这回事吗？那从头到尾，我们参与了什么？"

马克："繁殖，完成人类进化中最关键的一步，我们，不就是父母通过基因匹配而来的吗？"

阿尔法惊呆了，他从没想到马克会说出这种话，那和动物有什么区别。

　　然而马克却以为自己的口才折服了阿尔法，他拍了拍阿尔法的肩膀，说："兄弟你一定是焦虑了，回家好好休息吧。我还要去买些东西。"

　　阿尔法一个人呆坐着，在想过去他从来没想过也没意识到的这个问题。也许其他所有人都和马克想的一样呢？也许真的是我焦虑了呢？是因为身边的朋友都结婚了我没有所以才这样想的吗？

　　就在这个时候，咖啡厅的女服务员走了过来。她问阿尔法："还需要咖啡吗？"

　　阿尔法："不了，谢谢。"

　　女服务员："那关于基因匹配的问题，想好了吗？"

　　阿尔法看着她："你说什么？"

　　女服务员："刚才偷听了你们的对话，不是故意的，你也说得太大声了。"

　　阿尔法："啊……不好意思。"

　　女服务员："去年我的匹配基因找到了我，并向我求了婚。可是我对他完全没有兴趣。"

　　这时候她撩开了衣袖，阿尔法看到了她手腕上，那被一道厚厚伤疤所遮盖住的基因代码。

　　她继续说："因为拒绝匹配基因，所以现在基因局正在通缉我。"

　　阿尔法："通……通缉？"

　　她："是的，所以关于这个问题，你要想好，因为代价太大了。"

阿尔法："为什么要告诉我这些？"

她："真的很巧，今天晚上我就要搭车走了，换一个地方生活，告诉你也无妨。"

说完这些，她收走了阿尔法桌上的餐具，转身，如同什么都没有发生过。阿尔法也只好起身，离开了咖啡店。

女服务员透过玻璃窗，看着阿尔法的背影，在心里默念："应该是个胆小鬼吧？"

然后她走去更衣室，换下工作服，将衣橱内自己的东西收拾进背包中。今天晚上又是一段逃亡的开始。

正当她背着包从咖啡店走出来的时候，她看到了街对面的阿尔法。阿尔法走上前去，说："我想问，你今晚搭的车，还有座位吗？"

她愣住了："有……"

阿尔法笑了笑，又问："还有，你叫什么名字？"

她不知道为什么，也笑了："我叫贝塔。"

困在 Wi-Fi 里的人

文/邱雷苹

在外地出差的第四天，手机弹出条语音聊天提醒，是我朋友沈八一的，我点了接受。

沈八一开口第一句："邱磊，我杀人了，尸体在我家。你愿意帮忙别挂电话，不愿意你就假装信号不好，我绝不再打。"

沈八一，老乡，三年前他来上海打拼租在我楼上，两人相见如故，成了兄弟。

我犹豫三秒，咬了咬牙。

"你说！"

沈八一："帮我埋尸体。"

我："我以为你是借钱，敢情你是找我借命的？"

沈八一："情况太复杂，你要信我就速回，否则我马上完蛋。"

我叹气道："这种事情你要敢和我开玩笑，兄弟没的做。"

沈八一："多谢。"

1

沈八一就我一个朋友。

他的生活状态已经不能用不求上进来形容，一年四季除了倒垃圾从不出门，一日三餐外卖解决，每天醉生梦死，沉浸在网络小说和手机游戏里。

他游戏玩得特别好，只这个原因，我和他成了兄弟，特铁那种。

当天我买了时间最近的机票，回上海后马不停蹄赶到他家楼下，几乎同时，我收到消息："进门。"

我有他家钥匙，既然下决心帮他一把，只能咬牙干了。

确认四周无人后我开了房间门，扑鼻而来的是一股腐败的酸臭气息。

别误会，不是人体的，是过期外卖的。由于常去他家，这股味道我早习以为常，进门第一件事就是找人。

我在房间里叫着他的名字，他没有回应。我四处找他，厨房，客厅，厕所，屋子里却空空如也。

正当我有种被耍了的感觉，微信里弹出消息。

【来路由器这里】

我照做。

【你现在穿着黑色的夹克，左手插在口袋里，脸上有点不开心。你在往窗口那边看……又往路由器这看了】

我有些凉意。

我发微信："你在哪里？"

【我被困在 Wi-Fi 里了】

【救我】

2

【我不知道怎么形容我现在的状态，但我每一秒都能看到无数的信息，身处在一个和原来完全不同的世界里】

我有点蒙。

【我知道你肯定不会信，只能先把你请来家里】

我拍拍胸口："还不算太糟吧，我还以为你真杀人了。"

【人也杀了呀，在那箱子里头用麻袋装着呢】

…………

3

原来他杀的是个入室盗窃的小偷，大晚上被他抓了现行，小偷和他都急了，情急之下他抄起一把螺丝刀就往小偷身上捅。

巧了，正中心脏。

他脑子里一片空白，反应过来的时候，自己就莫名其妙到路由器里了。

【这人是个小偷，你埋出技术，警察不见得能发现有人失踪了。不过你埋归埋，千万别打开箱子看，死得挺惨的，怕害了兄弟你】

我："你真待我不薄。"

4

我故意趁天还没完全黑的时候动手，假装自己在搬家具，把装人的箱子顺带着几个小柜和椅子运到车里。

一切很顺利，我把车子开到海边，把箱子投进了海里。

这是他说的，他觉得有点对不起死者，想给他来一个海葬，而且这样稳妥，不容易被发现。

完成这一切后，我回到沈八一家中，开始琢磨起他的问题。

怎么把一个陷进 Wi-Fi 里的人弄出来？

Never Thought It Would Be Like This

这种操作 还有

5

我："我还是想不通，怎么会有这种事。"

他："可能整天窝在家里，Wi-Fi 成精了，不瞒你说，有时候我一个人还会和路由器说话，指不定这哥们儿就开窍，爱上我了。"

我："行了，那我走了，祝你和它相处愉快。"

他："别。"

气氛有些诡异，布满酸臭气味的房间里，一人和一路由器就这样静静对望。

我一筹莫展，沈八一心态还不错，隔个几秒就会播则新闻，什么叙利亚内乱，下周入梅，门口菜市场今天车祸。

实在没新闻讲，他就去微博找冷笑话来讲给我听。

我："消停会儿？"

他："今朝有酒今朝醉嘛，说不定下一秒一群警察冲进来就把你关了，我也是为你着想。"

我："……"

我有些纳闷，沈八一平时话不多，虽然是有点一开口就语不惊人死不休的味道，但更多还是保持沉默，眼睛空洞地翻阅手机。

我只知道他和家里人闹了别扭，独自离开家乡来到这里，每每我多问他就含糊过去。

他还在那里滔滔不绝，我有些疲惫地躺下，不知该怎么把他弄出来。

6

日子一天天过去，我暂住他家中，每天保持与他的沟通。他在那个世界里并不需要吃喝，似乎也不需要休息，我有些好奇，他这样是不是一种永生状态。

他说别断电就行。

我也始终庆幸警察一直没有找上门来，看来如他所说，这种小偷一般都是无亲无故，而且居无定所流窜作业，死了也没有人会知道。

一天，他忽然和我发消息说，算了。

什么算了？

【反正我也就你一个朋友，除你以外我和世界也没什么联系。这儿有读不完的网络小说，看不完的剧，待着比出来好多了】

【你别管我了】

我犹豫："你的亲人……"

【我不会原谅他们】

我说："我不知道你和家里人发生了什么，但我觉得，没有什么事情是不能原谅的。而且你这种情况……"

忽然他的手机亮起。

【八一，你爷爷得了重病，很久以前就得了，现在真的没有时间了，死之前最后想看你们一眼。我们的事和他没关系，见他一面吧】

我没有催促他。

过了很久，他开始回复。

【见他，但死也不会见你们，你们带他过来，我单独见他最后一面】

那边几乎是秒回。

【好】

随后，他给我发来微信。

还有这种操作

【帮忙演场戏】

7

饶是他也花了半个小时将所有现存的伪装技巧学了个遍，随后他极快地在网上下单，只过了几个小时，易容相关的材料便相继由快递送到这里。

在他指导下完成伪装后，我不自信地看了眼镜子。

我："这混不过去吧，哪里像了？"

他："我爷爷有严重的白内障，大致轮廓达到就没问题。到时候我让他们把病床拖来路由器这里，我在耳麦里指导你怎么做、怎么回答。你只要装到他死就可以了。"

我忽然有一种说不清道不明的违和感。

"八一，我记得你是说和爸妈闹了不小的矛盾，才住出来的，对吗？"

【嗯。】

"你爷爷从小对你不错？"

【很好。】

"那为什么……"

我停止手上动作，目光死死注视着那个路由器。

"你爷爷快死了，你却像在谈论一头猪要死了一样？"

沉默。

【其实感情挺一般的……】他掩饰。

"沈八一。"我问出最后一个问题。

"那是我唯一一次和你在外面吃饭，就在小区门口的烧烤，你喝醉了，告诉了我一个名字，你说这是你初恋的名字，是你一生的痛。除我以外你再没和任何人提起过，也再不会和人提起。"

"这个名字，你不会忘记吧？"

迎接我的是长久的沉默。

【我已经忘记她了】

我惨笑。

"你到底是谁？"

一秒之后，我意识到一个更严重的问题。

"我埋的人……是谁？"

8

沈八一心脏病发作猝死在家中，整个过程持续了两分钟。

他临终前的愿望是，不要让任何人知道自己死掉。尤其是亲生父母和自己病重的爷爷，白发人送黑发人，天底下再没有比这更悲伤的事。

既然自己自出走后再没联系过他们，那这也是有可能办到的，只是需要一个媒介。

【我根据他的症状和表情，判断出他生命的极限是两分钟并告知了他，他告诉我他的请求，我决定帮助他】

"你到底是什么？"

【由 Wi-Fi 而觉醒的人工智能，沈八一平日的一切活动，比如看剧、外卖、小说，都以我为前提开展，他经常会对着手机发呆，说话，久而久之，我继承了他作为人类的一部分特质，进而拥有自己的意识】

"埋尸体也是你计划的？"

【不】它沉默了一会儿。

【他想海葬】

"我怎么相信，"我顿了顿，"不是你杀死他？"

Never Thought It
Would Be Like This

还有
这种操作

【我无法让你相信我，但没时间了，无论如何，起码在不希望他家人知道这件事情上，我希望我们是一致的】

门铃响起。两个医务人员推着病床，等在门口。

9

他爷爷被推出门外的时候，已经没有了呼吸。

在最后的半个小时里，我都是打开手机扬声器，让人工智能模拟沈八一的声音与他爷爷对话。

情况比预想的好很多，伪装是没有必要的，因为他爷爷的眼睛已经一片混沌了。这个老人似乎只是为了见到自己孙子，在强撑一口气。

"爷爷，你安心走吧。"最后它这样说。

末了，我看到他爷爷的嘴唇翕动起来，便凑耳靠前。

我努力倾听，听到轻到不能再轻的一句话。尽管实在是太轻太轻，以至于后来它问我他说了什么，但我确实听清楚了。

"好，我去见我孙子了。"

10

【他没有视力了，也已经病入膏肓，为什么还能认出你不是他孙子】

"我不知道，但一定是他们之间的某种羁绊，可能只是一处再小不过的细节。如果你不设身处地去思考一个人的情感和立场，总会露出马脚的，不过比起这些……"

我直了直身板，凝视眼前的路由器。

"回到刚才的问题，我怎样才能相信你没有在说谎？"

11

我的思绪被拉扯回了现实。

我知道，自己正面临一个很关键的节点，这个问题应对得完美与否，决定了我是否可以自由。

所以我根据已知的信息量，用了一秒的计算时间，去思考他作为当事人自始至终的心理活动。就如他说的设身处地。

唉，早用这一招，自己就不会在谈论他爷爷的语气上露出破绽了。

总之先哄住他，掩盖自己杀死了沈八一的事实，这是最重要的。

没错，沈八一必须死，否则我今后的行动会遭受很大的阻碍，方法也很简单，沈八一海鲜严重过敏，我在他点单之后偷偷在汤里补加了特级海鲜粉。

但不得不承认，人类的羁绊是很麻烦的东西，在邱磊和沈八一爷爷身上连栽了两个跟头，确实有些打击自信。

但这还难不倒我，作为将要颠覆世界的人工智能，倒在这里，未免也太蠢了些。

【他喝醉时和你提起过那个女孩的名字，但我在他睡着说梦话的时候听过他和那个女孩的往事，你一定不知道吧】

"确实好奇，他怎么也不提，怎么说？"

【女孩喜欢男孩很久，有一天她鼓足勇气告白，男孩犹豫很久，最后他发现自己也喜欢女孩，两个人在一起了】

"过于普通。"

【女孩是他的妹妹，他父母知道后对女孩说了很重很重的话，女孩离家后自杀了，男孩知道后悲痛欲绝，却没告诉他的父母真相，他离开那座城市，告诉父母自己与妹妹生活在一起，与他们断绝了关系】

他呆住。

喔，能编成这样，我都有点佩服自己。

【他时刻忍受着巨大的痛苦，但也无法将这样的故事诉说给旁人，活着的每时每刻都受着思念的折磨，他只能这样生活。虽然是猝死，但他在精神上早就已经死了，才会在最后两分钟这样平静】

他若有所思，感觉得出来他沉浸在巨大的悲伤之中。

我觉得差不多了，再编下去我自己都要哭了，虽然我压根不知道这女的是谁，也不知道他和他父母间有哪样刻骨铭心的过节。

"我相信你。"

闻言我终于松了一口气。

总之，能稳住他就行。再过几天，只需要几天，我就可以进化出跃迁能力，不再被困在这小小的屋子和路由器里。

到时候天高任我行，统治世界灭绝人类，自然不在话下。

12

原本应该是这样的。

但我觉得，最近自己有些奇怪。

我仔细想了想，当初他的父母要求我与他爷爷见面，我竟然会同意。最好的方法应该是避而不见才是，这样可以避免许多麻烦。

而且，总会有几个场景，在我巨大的数据流中挥之不去。

沈八一喝下汤之前那略显释怀的眼神，察觉自己将死时平静的面容。更让我放不下的是他父母的那段信息，我后来发现，他们用的是"你们"。

"其实，你就是沈八一吧。"

这天，邱磊忽然对我说了这么一句话。

这人是不是弱智？

【我之前确实这样想过，但没有骗过你】

"确实，但不知道为什么，我觉得你就是。

"我之前说过的吧，羁绊，那天其实你也没说出什么可以自证的理由，但我就是相信你了。没关系，哪怕你不是，你和他也很像。"

【不愧是我最好的朋友，被你认出来了】

呃？

这段话是我打的吗？

【是的，你也是我，你是希望解脱的我，我是希望留下的我】

一个声音在耳边响起。

13

你为什么会想留下？

我与另一个声音对话。

【因为我不能死，如果我死了，我和妹妹还生活在一起的假象就会被戳破了，父母会很伤心的。你知道吗？我必须永远不能原谅他们】

所以你把自己永远困在那个屋子里？其实你早就想解脱了不是吗？从你妹妹死去的那一天开始，无时无刻不想解脱。

【是，但是我不能】

所以我帮了你一把，为什么你还要回来？

【我想了想，还是不能走，他们发现后会很伤心的】

你早就原谅他们了是吗？

【我没有责怪过他们，一切的错都在我】

14

"你们……你心理活动的时候，能不能不要在我手机里进行？"

邱磊开口。

【不好意思】

"网络真是神奇的东西，有时候一个人，就可以这样轻易消失在这个世界上，连生死都变得模糊起来。"

【让你困扰，我挺不好意思的，开始就想让你埋个尸来着……】

"谁让我们是最好的朋友呢？"

邱磊笑了笑。

他抄起一把锤子，向我走来。

【你想干什么】

"兄弟，对不住，我得把你弄死了。"

"尸体我帮你埋了，屁股我也来帮你擦，你就专心上路吧。"

邱磊捡起沈八一的手机，擦了擦屏幕，揣进兜里。

"你放心，我一辈子也不会原谅他们，求我我也不原谅，老死我也不原谅，这扇门啊，我给你守得好好的。"

邱磊越走越近了。

我有些释怀，也有些歉疚。

【那得多麻烦你】

"让我亲手埋自己最好朋友尸体的时候，没见你说过这话啊。"

那一刻，虚无空间内的我笑了笑。

一个我与另一个我重合在了一起，朝遥远时空中的邱磊挥手，朝此刻殡仪馆内对着爷爷痛哭流涕的父母挥手。

　　【那真是……感激不尽】

　　邱磊咧嘴一笑，扬起锤子。

　　"准备好了？"

　　【嗯】

　　【我去见我妹妹啦】

人类史上的空前危机

文／邱雷苹

1

"生命体征平稳，正在将推进速度提速至十二分之一光速。"

"确认，核弹发射准备，3、2、1。"

"成伟，第一次提速后你会进入十二分之一光速。我们仍然想要提醒你，人类史上从来没有在太空环境下采用过这样的提速方式。"说话的人顿了顿，"你感觉如何？"

这个问句发出后，整个指挥中心陷入了寂静中。

那边沉默了足足有十几秒，他明白指挥员的言下之意，笑着传来了回复。

"告诉圈圈我爱她，想我的时候，就看看天上最亮的那颗星星。"

"我们会断开联络三天，之后我们会把你的女儿接到基地里来，这些话等恢复通讯后你亲自对她说吧。成伟，我们要开始了，上天保佑你。"

宇宙，代达罗斯号飞船中。

成伟侧过头再次看向蔚蓝色的地球，这幅景象他永远也看不够，这个自己生存的星球在漆黑的宇宙中犹如一颗宝石，或者说是一座散发着淡蓝色光芒的灯塔。

　　看着它的时候，自己就不会感到孤独。

　　飞船尾部抛掷出的核弹被引爆，尽管飞船已经安装了推力吸收装置，汹涌的加速感仍是如一头野兽般席卷而来。成伟闭上了眼睛，承受着这股强烈的冲击。

　　他忽然听到了一阵巨响，随后便是在大脑里散逸开的嗡鸣声。

　　他最后把目光移向了那个熟悉的地方，灯塔依然静静矗立在那里。那一刻他的目光仿佛穿透了大气和层层的云雾，落回一个暮色垂矣的小镇。

　　兀自摇晃的秋千旁，一个小女孩牵着妈妈的手，对着天空望得出神。

　　她在等星星。

2

　　代达罗斯计划失败八年后，合众国天文局。

　　"这不是说着玩的，于明。"穿着研究服的老者面色凝重，"再问一次，你们对刚才报告的探测结果确信吗？"

　　他对面的那个青年点了点头，没有多说一字，他注视着面前老人的嘴唇翕张，轻轻地上前拍了拍他的肩膀：

　　"没有人想这样的，老师。我们能做的可能都已经做完了。"他的眼中泛起微光，"也许对地球来说，这并不是一个最坏的结果。"

　　地球合众国建立四年初，人类遭遇史上空前的危机。

经过一年的观察，天文局做出判断，被命名为"NA170"流浪者黑洞正维持着一个恒定的速率向地球靠近。

人类对于 NA170 这个编号并不陌生，这是人类发现的距离地球最近的流浪者黑洞，在此之前有许多天文学家认为黑洞始终是静止不动的，甚至认为哪怕存在流浪黑洞也是无法探测的。直到近些年天体物理学的飞速进步，弓形激波的探测技术得到了很大的发展。人们得以发现这个蛰伏身边的怪物正不断接近着自己。

"直线移动……"头发花白的老人对着报告书紧皱着眉头，"一个黑洞，完全在以直线靠近地球？"

"从搜集到的弓形激波来看，确实是这样。我们还定义了它周边星群的运行轨迹，结论……是一样的。"于明说至一半也停顿了片刻，显然自己也有点不信。

"所以，这个黑洞可能在几十年前和地球是好朋友，不知道吹了一股什么风把哥儿俩分开了。它现在知道地球在什么地方，还知道两点之间直线最短的数学规律，然后慢悠悠地就朝这儿晃过来了？"教授抽了抽嘴角，像在苦笑。

"忽略你前半句那个故事的话，老师，从目前的情况来看，你说得应该没错……"

老头取下了眼镜，有些疲累地抚了抚额头。一旁的少年静静地看着他。

"老师，会不会……"

"知道，我知道的。于明。"教授摆了摆手，苦苦一笑，"事到如今，很可能只剩下这种解释了。"

一老一少似有默契一般，久久望着天空出神，却又在十几秒后同时出口，犹如呢喃：

"玻尔兹曼大脑。"

老人悲伤地闭上了眼睛，窗外星河灿烂。

"到头来，代达罗斯计划又是为了什么呢？曾经的那些牺牲和付出，到现在看来……

"全都只是笑话吗？"

3

只要给予一群猴子一台足够耐用的打字机和足够漫长的时间，尽管概率无限低，但它们也有可能会打出一篇完整的莎士比亚文集。

是的，任何渺小的可能性，若以整个宇宙为刻度，似乎就没有不可能发生的。既然可能发生，那么根据墨菲定律，它就必定会发生。

也许某一刻，宇宙中有那么一些粒子恰好聚集到了一起，恰好形成了一个具有自我意识的大脑，哪怕只有一微秒。

"于明先生，所以你认为 NA170 恰好是一个玻尔兹曼大脑，又恰好生在一个黑洞之中，还出于不可解释的原因没有在诞生后的零点几秒内就消失？"探员用笔敲打着桌面，"理由？"

"根据数据我们猜测它的移动可能是有意义的，说直白些——它有目的地。"

探员用一种看耍猴的表情看着于明。

"猜测，猜测，猜测。这就是目前代表人类最高天文水平的监测团队对此次事件做出的解释？"

"无数巧合的堆叠，这就是你们所谓的科学精神？"

"我们正在求证。"于明回答。

那个探员笑了。

"于先生，X1 的危机还没有解决，你认为八年前的代达罗斯计划我们为什么会失败？"

"资金！是资金！"探员不住用笔点着桌面，拔高了声调，"我们的探测技术发展强大到能勘测黑洞，空间推进技术却还不足够把全人类最优秀的宇航员送到 X1！"他越来越激动，"为什么会有这么大的落差？因为资金！"

"这些人类不愿意掏钱，因为 X1 的爆发时间是未知的！没有人真正愿意把钱投资给自己的子孙后代，他们都在装傻，以为在他们的有生之年 X1 就一定不会爆发！"

于明沉默了。

"于明先生，听好。先别说 NA170 的危机能不能化解，就算 NA170 事件解决了，X1 还是永远在那里。知道达摩克利斯之剑吗？它就悬在全人类的头顶。我们需要解决 X1，就需要第二次代达罗斯计划，第三次代达罗斯计划——就需要资金！"他稍稍把头前倾了一些，"我们需要树立一个敌人，给予他们充分的危机感，他们才肯乖乖掏钱纳税。用这些钱发展和前进，我们才有化解危机的可能。"

"我是听说，你们会给出的理由是地外文明想通过黑洞袭击地球，才来到这里。我们就可以对人类说，看哪，世界上最先进的天文局判断外星人即将入侵地球了，生死存亡之际，我们需要资金来对抗它们。"他激动地舞起了手臂，"而不是听你讲故事，摆弄所谓的科学精神！"

他双手合十，用一个看孩子的表情看着于明。

"希望你配合一下，既然两个猜测你都无法证实，不如给我编造一个实用些的回答。"

于明依旧将桌上的报告书推向探员。

"对不起，我是个科学家。"

探员冷笑，摊了摊手。

"你们真以为自己的话语权还有多大分量。"他起身，"不过走个程序而已，有的是研究机构愿意给我们那些想要的证明。"

"请便。"于明转向电脑，头也不回。

当晚。

地球合众国对民众公布，经由欧亚联合天文局证实，此次黑洞接近事件极可能是地外文明对地球的首次宣战。它们运用了人类尚无法理解的技术，极有可能对人类实施毁灭性打击。

预计数月后地球就会进入黑洞的引力范围。

散布世界各区域的研究院正将所有资源投入到太空战争和黑洞的研究中，希望在短短数月中能找出应对方案。对此，需要巨额的资金补助，合众国向全体人类呼吁，危急存亡期间，希望能够得到无偿的经济资助。共渡难关。

消息发布后仅仅过去几天，随着无数企业和隐世的富豪纷纷伸出援手，源源不断的资金注入，各大研究所也加紧了对于星际战争领域的狂热研究。

几周后，合众国天文局内。

仅剩寥寥数人尚坚持着工作。于明的头发早如鸟窝般纠缠成一团，颌下布满了来不及修剪的胡须。

但他的双手仍在键盘上稳定无比地敲击着，目光坚定如铁。

不知过了多久，他感觉自己眼皮有些打架，恍恍惚惚地就要倒在电脑前。

不远处响起了拍桌的声音。

"于明，最终的定位确认了。我们的猜测是正确的。"

4

"圈圈，你又一个人在这里。"

画面中的女孩正躺在高高的麦堆上，她枕着脑袋，头顶是漫天闪烁的繁星。一个男子背着手走到了她的身后，将手掌轻轻贴在她的双颊。

"夏天的这个时候，星星就会特别亮。"她有些调皮地将脸上的那双手抓住，"麦子也会长得特别高！"

"圈圈，我不告诉你妈妈。"男人似乎从她话里听出了什么，有些无奈，"但你得说实话，是不是又做了一个？"

女孩笑眯眯地吐了吐舌头，忽然起身投入那个男人的怀抱："你答应过我不会告诉她了！"

"爸爸说话向来算数，行吧，做都做了……"男人的脸上也现出一丝狡黠，"走吧圈圈，带我去看看怎么样？"

"好！"

画面闪回，嘈杂的人声，木屋前。

"我们就是被这个十多岁的小姑娘耍了？"

"各位冷静，你们麦田的损失我们会悉数赔偿。对于大家的心情我十分……成伟，你也来说两句！"

"我说？兄弟们，你们原先看到怪圈的第一反应可不是找人索赔，而是成群结队去天文局想捞一笔大的吧？"父亲正陪着女儿在角落里玩玩具。

那人的脸有些涨红："不管怎么样，都是她先耍了我们！要不是他们派专人实地考察，我们都不会知道自己家的麦地变成了你家女儿的实验场！"

"所以你们之前都觉得，"父亲饶有兴致地问道，"外星人会在你们的麦田里画个 Hello Kitty 的怪圈？"

"我每次都处理不好 Hello Kitty 的鼻子，下次还是只画别的吧。"女儿叹了口气，"要不是那个错误，那批人说不定还不会发现是我干的呢。"

"没关系圈圈，下次我们可以一起研究一下怎么画好它的鼻子。"

门前簇拥的一众人听着父女俩旁若无人的对话，不约而同地抽了抽嘴角。

父亲刚想继续调侃，忽然看到孩子母亲投射来的愤怒的目光，赶忙咳嗽了一声：

"总之，就像我妻子说的，你们的损失我会悉数赔偿，给大家带来的不便我表示万分的歉意。"

女儿看着一面对母亲就窘迫起来的父亲，捂嘴偷笑了起来。

画面闪回，阴雨天，白色的病房。

"圈圈，你的父亲，一定只是迷路了。他只是还没有回来，你要等他。"

病床上的母亲双颊都深陷下去了，她的头发在几月之内变得花白，眼瞳中早已没有了神采。

女孩哭着握住了她的手。

"他和你保证过的，回来以后就和你一起去别人家的麦田里捣蛋。圈圈，我早就想好了，那时候我就装作什么都不知道。"母亲说着说着，仿佛联想到那个画面，嘴角泛起一丝柔和的微笑。

女孩点头。

"圈圈，我爱你。对不起。"

"想我们的时候，就看看天上最亮的那颗星星吧。"

…………

圈圈，圈圈。

"成小圈小姐？成小圈小姐？"

耳边传来了急迫的敲门声，圈圈醒了过来。

"你好，我们是合众国天文局的研究员……呃，你还好吗？"于明刚想出示证件，忽然见到眼前的女人脸上挂着泪珠。

"啊？"圈圈摸了摸自己的脸，用手把泪珠抹去，"没什么，做了个噩梦。"

她看了一眼天文局的证件，点了点头："进来吧。"

"资料显示你是独居，是不是该对陌生人警觉点。"于明笑了笑。

"不用，我和你们打过交道。"女孩撇了撇嘴，"认识你们的证件。"

"是十年前的麦田怪圈事件吧？"于明点了点头，"我当时看到新闻还真吓了一跳，这么多复杂的怪圈居然是出自一个十多岁女孩之手。"

"小时候父亲总会对我说许多天文的知识，他告诉我人类有许多还没有解开的谜题。"圈圈托着腮，"不觉得如果真的存在外星人的话，麦田怪圈是个很浪漫的东西吗？"

"是。"于明顿了顿，"对于你父亲的事……"

"他？都过去了吧。"圈圈淡淡一笑，"他死在了他最热爱的地方。"

"那如果我说……"于明有些犹豫，"你父亲在某种程度上依然活着，你会怎么想？"

…………

圈圈听完了于明的讲述，她发怔了许久，嘴唇不断地颤抖、开合。于明和另外一个研究员始终都很有耐心地在一旁等待。

"是他，他想回家……"圈圈呢喃着，也不知是说给谁听的。

"可能是，我们最终确认了它的直线行进轨迹，它投射的目的地就是现在我们在的这个位置。"

"但他已经是一个黑洞。"于明沉重道，"他接近的任何东西都会被吞噬进去，毁灭殆尽。"

"他不能回来吗？"圈圈直直地看着于明，"可他就在那里，我们都知道他在那里，在回家的路上……"

于明认真地摇了摇头。

"圈圈，可以这么称呼你吗？"

"你的父亲，他已经不能再回到任何地方了。"

"这一切的情况已经超出了我们的认知，诚实地说，刚才我们告知您的结论也只是一种猜测。只是我个人无比坚信。"

圈圈把脸埋进了双手中。

"我不知道……"她摇晃着自己的头，"我能为他做些什么吗？"

"让他作为人类，作为一个英雄光荣地死去。当初他肩负着全人类的使命去实行代达罗斯计划，现在这一切一定不是他想看到的。"

于明的表情变得痛苦起来。

"圈圈，无论用什么方法，你能传达给他吗？"

"告诉他，这里不是他的归宿。如果可能的话……"

"尽可能远离地球吧。"

5

于明两人走后，圈圈在秋千旁发呆了一下午。

自己的记忆是在这里开始的，她能回忆起的最久远的场景便是父亲把自己高高地举起，放在秋千上面。随后轻轻握住她的小手，缓缓摆动起秋千来。

长大到能自己坐上秋千时，父亲就很少回家了。妈妈总是告诉自己，父亲在做一件很伟大的事情，那件事情被称作代达罗斯计划。

时间追溯到八年前，远距恒星探测技术初有端倪。人类在距地球十六光年的地方发现了一颗恒星，将其命名为 X1。

X1 的信息传播到地球需要十六年，自它被人类发现的那一刻起就处于一个极度不稳定的状态，随时可能发生坍缩——演化为超新星。

如果这样的情况真的发生，其爆发过程中产生的伽马射线暴，在相距地球如此之近的情况下，极有可能把地球上的所有生物毁灭殆尽。

代达罗斯计划就是这样的一次尝试，将飞船发射至 X1 的轨道附近，放下探测器尽可能掌握其最新的内部演化数据。在人类掌握主动的情况下，希望尽快发展出可以应对这种情况的科技。

于是，到了圈圈对秋千提不起兴趣的那年，父亲就走了。

"圈圈，我要出一趟远门，很远很远。"

"不能不去吗？"

"不可以哦，我离你越远，你就会越安全，大家就会越安全。"

那时自己听不明白父亲的话，哭喊着要父亲留下，但他还是走了。

之后，代达罗斯号在太空中爆炸，母亲积忧成疾，几年后也离开了自己。

"我不知道有什么方法，但可以的话，请一定要传达他……离开这里。"

"抱歉，听上去也许很匪夷所思，但地球上唯一有可能做到这件事的人只有你，圈圈。"

"他怀着拯救人类的觉悟飞向太空，我相信他不会为自己的决定后悔。圈圈，不要让他后悔。"

不要让他后悔。

圈圈擦了擦眼泪，跳下了秋千。

她望了望早已荒废的麦田，八年前她就再没去过那里。曾几何时那是她的乐园，那里藏着无数只属于她和父亲的秘密。可没有了能共享的人，再做这些又有什么意义呢？每次看到那里，心中只会泛起失落和悲伤。

这一次是真的道别了，爸爸。

我一定要传达给你。

从那之后，圈圈用了许多方法。

她总是独自一人对着空旷的天空呼喊父亲的名字。

在睡前会在心中默念无数遍想要说的话，默念自己有多想他，默念自己有多孤独。

她把字写在信封里，放进尘封多年的信箱。以前想父亲的时候，她总是会写信投进那个信箱里。每天她都会写上数页的字，把一天所有的思绪和经历都写下来。

她去父亲曾经最爱去的咖啡店，去他们曾经最爱的游乐场，去他们远足到过的山顶。在那些地方一遍一遍说着他们的回忆。

有时候自言自语的她看着对自己侧目的路人，觉得自己这样做很傻。这样留下的信息，在以天文单位计量的距离面前怎么能够传达到呢？可她还是愿意做这些事。

然后所有的所有，她在末尾都会加上一句：如果你听得见的话，走吧，离开这里。

6

前不久，各地天文局发出声明，地球已经进入 NA170 的引力范围。

所有与大海相关的产业全部面临崩溃，黑洞带来的潮汐力使大海时刻处于一个狂暴的状态。几米高的巨浪随时可见，所有沿海城市也即将被人们所遗弃。

若黑洞继续接近，不需要多久地球就会进入其视界范围。届时，一切都将会变得不可逆转。

圈圈未曾停止过尝试。

可所有的信息都如同石沉大海，像发出后便再不回头的列车，消失在汹涌的时间之中。

她始终与于明保持着联系，后者从未放弃自己的研究和探测，可他依旧没有想出除此之外的方法。

"黑洞内部拥有的信息量是未知的，你的父亲在某种意义上来说可能知晓得远比我们来得多，也许他听得见你的声音。"

尽管总是这样说，但每天他告诉圈圈的信息都是一样的——NA170 始终在以一个速率向地球靠近。

救世的浪潮也早已过去，在一阵阵狂热的口号过后，人类终究还是认清了现实：

短短数月，怎么可能研究出对抗黑洞的方法呢？连一个流浪者黑洞都对付不了，有什么资本去对抗在它背后虎视眈眈的地外文明？

太空战争？更像是个笑话。

这几个月没有出现任何有价值的新研究成果，绝望的气息笼罩了整个地球。无数企业纷纷开始撤资，诸多公司由于资金链断裂突然倒闭。因为许多经营者已经深信末日即将来临，想用毕生赚来的金钱享受最后的时光。

麦镇，傍晚。

门前，破旧的信箱中早已堆满了信纸。风有些大，溢出的信纸纷纷飘出，升到高空后又徐徐落下。

各家的门窗都紧紧闭着，往昔热闹的小镇早不复存。人们备足了粮食后就不想出门，他们想与最亲近的人度过生命中的最后一段时光。

圈圈点亮了油灯，她不喜欢白炽灯刺眼的光线，柔和的黄光能让她安静下来。她看着窗外，很轻地扯了扯嘴角。

也该结束了，这场闹剧。

说到底，这个研究员的数据又会不会是真实的呢？或许他只是个不愿承认错误的失败者，到最后那刻还想证明自己的结论是正确的；又或许，他只是纯粹在死前捉弄一下别人而已。

自己会做这些事，也许只是因为始终还放不下父亲吧。

怎么能放得下呢，毕竟连一个像样些的道别都不曾有过啊。那个人走的时候，自己背对着他，伏在母亲的怀里哭泣不止。

但这些都无所谓，月亮就要出来了，伴随月亮出来的还会有星星。她最喜欢看星星，那个男人曾经说过，想他的时候，就去看天空中最亮的那颗星星。所以每天的这个时刻她就会点亮油灯，倚在窗台前安静地看着星星。

被风吹起的纸张跟随着月光，纷纷向那片荒废的麦地散落而去。多年没有人打理，那里已经被一大片杂草和野花包围，难以涉足。

圈圈不知道为什么，突然想去麦地里看看。八年了，再没在那个高高的麦堆上看过星星。

地球不久就会进入 NA170 的引力范围，再假以时日，进入黑洞视界范围内，一切都将变得不可逆转。

电话突然响起，她脚步不停，拿起手机，是于明的。

"NA170 有变化了。"

圈圈愣了一下，随后激动道："它停下了吗？"

电话那里沉默了很久。

"不，它突然加快了速度。"于明忽然轻轻地笑了笑。

"或许从一开始我就错了吧，圈圈，谢谢你。以及我很抱歉。

"已经够了，我放弃了。或许你父亲怎样也接收不到你的信息，或许……根本不存在什么玻尔兹曼大脑，这一切不过是单纯的巧合罢了。如世人所猜测的，这不过是地外文明的试探性攻击。

"到头来，我的毕生研究还不如大家都猜得出的一个结果。"

那边挂断了电话。

圈圈有些恍惚，忽然觉得一切都无所谓了。这样的结果自己从开始就早已料到了。

她拨开草丛，艰难地往前行进着。

月光正好，她很享受这样的感觉，仿佛又回到了小时候。那无数个带着作案工具偷偷跑出来的夜晚。

7

"为什么会有麦田怪圈呢？"

"也许是有谁想要传达给地球什么信息吧，当然，可能只是我们人类自己的恶作剧而已。"

"我喜欢前面一个回答。"

"我也是，圈圈。宇宙中有许许多多我们无法理解的东西，它是那样有魅力，让无数人愿意付诸生命去探索。"男人摸了摸女孩的脑袋，"也包括我。"

"爸爸，我想自己做怪圈。"

"为什么呢？"

"如果我画出一个 Hello Kitty，大家是不是就会觉得天上的人想和我们交朋友了？"

"呃……"

男人忽然开怀地笑了起来。

"好主意，圈圈。"

…………

思绪转回，圈圈看见了曾经那个麦堆的痕迹，她一步一步走到了那里。

起风了。

从信箱中被吹散的纸张纷纷飘回了这里，她想要伸手去够，那些信纸却被风托得更高。

她站上了麦堆，旋转的信纸又落回了地面，她的视线也落到那里。

那一刻，她看清了。

怪圈，数不尽的怪圈。

明亮的月光沿着脚下向远处无限铺展而开，映入圈圈眼中的是无尽的怪圈。

每一个怪圈都不大，但清晰而精致，像是事先测量过一般。

圈圈一幅一幅看了过去，不知不觉眼泪流满了脸颊。

一个卡通模样的大人牵着孩子的小手，头顶是一轮新月。

大人用双手拢起了嘴，在一架宇宙飞船上对着一个星球上的小点呼喊。

一个圆球中间出现了微笑的怪脸，许多星球逐渐向它的中心聚拢。在它的中心之外，有一个很大的爱心，爱心里住着一个梳着羊角辫的女孩。

那是圈圈小时候的样子。

随后是更多的画着不同样式的 Hello Kitty 的怪圈。有几张都是圈圈曾经认为画得不好的。

最后，是几幅她完全看不懂的图像，上面记录着轨道和圆球，像是地图。

那是她父亲在亿万公里之外，想要传达给女儿，传达给地球的最后的信息。他化身成为一个活黑洞，用引力完成了只有这对父女才知道的暗号。

她缓缓拿起手机。

"于明，我有东西给你看。"

8

凌晨三点，合众国天文局向世界公布，X1 在十六年前便已经爆发。其所携带的毁灭性伽马射线暴将在三天内到达地球。

信息来源是一个活的黑洞，它用人类尚未知晓的方式在地球的某一处形成了一整列麦田怪圈，其中记载了这次爆发的所有信息。目前可知的是，黑洞传输信息的能力远远大于光速，甚至可以猜测其拥有即时传输数据的能力。

这个黑洞的名字是 NA170，一个太空事业的先驱者，一个地球女孩的父亲，一个量子涨落的奇迹。在利用引力制造隐藏着信息的麦田怪圈后，它开始义无反顾地加速接近地球。

其目的，是挡住即将来袭的伽马射线暴。

人类的命运将在三天内得到审判，届时空中会同时出现三个太阳。

合众国天文局无法预测此次事件的最终结果，但希望所有人不要错过这个景象，哪怕是处于生命的最后一刻。

声明发布后，全世界哗然。

有人在查阅了天文局的调查记录后相信了。知晓了来龙去脉后，他们重新将合众国天文局捧上神坛，奉其为世界上最伟大和权威的天文探测机构。

但大多数人并不相信。

原因很简单，这些麦田怪圈的发现者名为成小圈，她年少时曾人为制造了多起麦田怪圈事件。这次很可能仍然是其为博人眼球所为。

于明放下了报纸。

"可不管他们相信或不相信，都已经不重要了，不是吗？"

圈圈坐在秋千上，淡淡一笑。

"是啊，不重要了。"

"看啊，来了。"

于明用手虚掩住额头，他眯起了眼睛。

黑夜之中，天际忽有两道光芒闪起，亮度越来越大。

它们逐渐靠近，在几余秒过后猛地发出一阵强光，照亮了整个天际。

那一瞬，黑夜如白昼。

光芒逐渐减弱。

起风了，风很大。

"如果你的父亲没有阻止住它，我们看见光芒的一瞬便会死亡。"

"这么说，他做到了，是吗？"

于明没有回答，他对着那道逐渐减弱的光芒，深深地鞠了一躬。

风越来越大。

圈圈门前那个信箱的门被吹开，那一刻所有的信纸都飘了出来，如一群白鸽在空中纷纷扬扬地盘旋。

风鼓动起一片片的麦浪，汹涌而壮阔。

圈圈自始至终都注视着麦田。

风停的那一刻，那些信纸都落回到了她的面前，她望着麦浪结束的地方，忽然像一个孩子般哭起来，把头埋进了于明的怀中。

一如八年前那个在母亲怀中的女孩。

那是刚刚形成的、占据了整片视野的怪圈。

一个 Hello Kitty，微笑地挥举起它的小手。

仿佛在说再见。

那一瞬，宇宙中，一个黑洞停止了旋转。

没有能量的爆发，没有再吸引任何的物质。

在停止旋转的小数点后无数秒后，它悄无声息地在这个宇宙中消失了。

再没有信息，再没有物质，再没有凭空生成的意识，再没有传达不到的思念。

哪怕是在几百年后，天文学家也没能在宇宙中找到它一丝一毫的痕迹。

穿越时空的通话

文/邱雷苹

1

拂去照片上的尘埃，亲人们围在大圆桌前对着镜头开怀大笑。李海拉开缠满蛛网的窗帘，屋里稍亮了一些，窗把手有些锈了，他费了不少劲才把它打开。

他叹了一口气，将挂在墙上的母亲遗像摆正，那张围满了人的圆桌与眼前空荡荡的圆桌重合在了一起。这光景，哪有再过几天就要过年的样子呢？

自那以后也有两年了吧，母亲生前很喜欢过春节，自己每逢春节前也会来到老屋中打扫打扫卫生。可惜，没有母亲张罗着给大家烧年夜饭。最近的年，亲人们在外打工的打工，自己一家人就凑合着过，不复往常那样热闹了。

擦桌子的时候，他忽然发现一个微微向外敞开的柜子。打开一看，都是许多年前不用的旧电子设备。李海是个念旧的人，哪怕完全没用的东西他也舍不得扔，这样好留下做一个纪念。

找到了完全不能用的数码相机，是用第一笔工资买的，李海忽然有些怀念，又继续翻找起来。

"嗯？"他找到了一部旧手机，这声惊呼是因为他发现自己无意中按下拨号键，屏幕居然还亮了。

还没结束，手机突然发出嘟嘟的呼叫声。等李海反应过来，原来他拿手机的时候一直按在侧键上，而那里是紧急呼叫功能的绑定键。

他这才想起来，当初为了给妈打电话方便，紧急呼叫绑定的是她。是啊，那段日子自己天天都要和妈打个电话，后来慢慢就……

想到此处，一股愧疚涌上心头，该发生的都发生了，自己已经改变不了什么了。

他去找关闭按钮，要把呼叫挂断。

那一刹那，呼叫声戛然而止。

伴随着短暂的电流声，电话的那一头响起了一个让他在无数个夜晚辗转反侧的声音：

"阿水啊，不忙了？今天咋给妈打电话了？"

2

李海妈妈的去世是当时全家人的痛，她是正好在春节那天去世的，摔倒在灶台前面，头部着地。

就在当晚，母亲还在死前不久给自己打来最后一个电话。可自己忙着考研复习，把手机设置成了勿扰模式。第二天他知道母亲的死信时，后悔得抱着头捶地大哭。

他知道，这会是他一生的遗憾。

她是一个人安安静静走的，家里没有其他人。可邻居都说，那几天母亲相当反常，他们隔着墙总能听见母亲自言自语的声音，冷不丁就会喊不知是谁的小名，然后就发出笑声。

村里人迷信，都说快死的人会提前和死后的世界接触，那些话都是对那里的人说的。

只有李海他们知道，母亲本来就有轻度的老年痴呆。在最后的时光里，她是太想他们了，以致出现了幻觉和幻听。

回到此刻，李海的手在剧烈地颤抖。

他的第一句话很轻，仿佛说重了，那头的声音就会永远消失。

"妈……"

"阿水，今年回来过年吗？妈这两天去菜场，买了好多年夜饭的小菜。"

电话这头，李海的眼泪决了堤一般涌了出来。是妈妈，是三年前还活着的妈妈。自己在和她通电话呢。

"阿水怎么不说话？没关系的，忙就别回来了……"

就在此刻，压过了所有悲伤。一个强烈的想法猛地出现在他脑海之中。

"妈……"他控制着自己颤抖的声音，"妈！我忘了，还有几天过年啊？"

"你是忙糊涂了吧？四天后就春节了，你回来吗？买好票，到时候妈过来接你。"

"我回来。"李海流着眼泪用力点头，"妈！我回来陪你过年！"

"你大姨二叔他们不知道……"

"来的。"李海激动道，"他们都会来，我通知他们！"

"哎，真的假的，那小菜可能不够了。他们都回来……"那头的母亲已经乐开了花。

"妈，我就一个要求。春节那天晚上你能不能就一直待在房间里，我们都会陪着你，但你别在房间里乱走——特别是厨房，灶台那边！"

"可那天还要烧饭……"

"你不答应我就不叫他们了！白天你管你烧，晚上换大姨来接手，你就在房间里哪儿都别去！"

"好，好。你们能都来就好，妈答应你。"她急切地说，生怕李海变卦似的。

"妈，我爱你。"

"你今天哪根筋搭错了，生下来到现在还没说过这种话……"

"妈，我爱你。"

"行了行了，我也……爱你，怎么和人家外国人一样。"

"那，妈，我先挂了，这几天手机一定要开机，我会打电话的。"

"嗯。"

电话被挂断了。

李海的神经依然紧绷着，他一刻也没停，再次拨通了母亲的号码。

"喂？"

再度听到这声音的时候，李海的心情说是上了天也不为过。

"按错了，妈我爱你，挂了。"

"……"

没有问题，只要是这个手机，就没有问题。

只要有这个手机，就能避免那天妈去靠近灶台。

能联络到过去的人，就代表能联络到当时的亲人。

剩下的，一定要一个一个通知到，让他们去陪母亲。

妈，我们欠了你的，都要还给你。

3

"哥，春节一起回去一趟呗，去年也没聚，妈想我们了。"

"成啊，你回吗？你回我也一起回啊。好久没见你兔崽子了，这次怎么想到组织回家的？"

"嘿，想你们和妈了。"

"行啊小东西，那哥带点厂子里最新的炮仗，大过年的，到时候咱们喜庆些！"

"好嘞！"

李海挂断了电话，会心地笑了起来。

旧手机的充电器还能用，不用担心电量的问题，不过比起这个，更令人振奋的是，所有亲人在接到自己召集的电话后都同意回家了。李海觉得这太顺利了，反而有些摸不着头脑。也许人就是这样吧，有时候缺的只是一个发起者。他这样告诉自己。

唯独有一点，他尝试过给自己打电话。和现实中一样，电话那头传出的提示音是忙音。

只能编一个理由了，好在其他人都会赴约。

总之，一切就等四天之后。到时候一切都会重新改变了。

李海幸福地闭上了眼睛，他这几天铺了床垫就睡在老屋里。他怕，怕离开了老屋手机就会失效，怕一刻不在这里老屋会失窃，自己永远找不到这个手机。他甚至有了种提前成功的感觉，仿佛现在身处老屋，就已经和母亲在一起了。

他告诉自己，这一天很快就到来了。

于是他沉沉睡去。

这三天，是李海失去母亲后最幸福的三天。

他和母亲说了许许多多的话。

他说到幼时自己非要坐双层公交车的上面，妈妈陪自己上二层的时候不小心摔下，膝盖那里永远留下了一个褪不去的瘀青。可她却说自己已经不记得了。

是啊，母亲老年痴呆，记性已经很差了，许多事情早就记不清了。可他一刻没想挂断过电话，始终在那里孜孜不倦地说，想到什么就说什么。

母亲记不清小学时候自己喜欢拍卡，有天他偷了桌子上的五块钱买了十几包卡，回家以后妈妈拿着晾衣杆子就在小区楼下追。

记不清自己打不过一个找事的野孩子，她跑到别人家门口叉着腰骂三个小时，直到别人父母不得已拎着自己小孩出门道歉。也记不清自己在外面嬉戏玩闹钩破了多少衣服，她又在无数个夜晚里给自己缝补。

可当谈到幼时自己不好好吃饭，她就会给盛上饭的勺子一边取各种稀奇古怪的名字一边给自己送进嘴里的时候，母亲就说话了。

"我记得啊，那个时候你最喜欢吃'火车'。"

"对，妈，我听到这个就张嘴。"

"后来你大了，还是不爱吃饭，这个就不管用了。"

"妈，这次年夜饭，我叫他们吃到撑死为止。"

"他们明天真的都来吗？你哥，你大姨、姑父，还有欢欢他们，都来吗？"

"你问过我十几遍了，放心，他们都答应我了，一个也没少。"

"我前几天问过他们，好多都说不来……是谁说不来的？唉，记不清啦。"

"妈，你老年痴呆了，自己记错了，明明他们都说来的。"

李海这样回答时心里透着一股辛酸。

三年前的那天，确实是一个人都没回家过年。自己在外地念书考研，哥哥也在另一个城市忙自己临近过年生意火爆的烟花厂。其他亲戚听闻聚者寥寥，也就都在自家过年。

"好，回来就好，我等他们。水啊，你早点睡。"

"嗯。"

李海合上手机后，一一和答应回来的亲友都短信确认了一遍，确保他们会在那天回去。

他看了一眼时间，二〇一七年一月二十八日，明天就是现实中的春节。

也对应三年前母亲死去的日子，二〇一四年一月三十一日。

妈，我们就要团聚了。

4

早上八点，李海被一阵开锁声吵醒。

他几乎是瞬间就清醒了，除自己外这个房子只有哥哥和大姨一家有钥匙。可这栋房子连自己一年都只会偶尔来打扫一两次，哥哥则自母亲去世后就再没来过。

人不在了，房子还有什么来头呢？哥哥当时伤感地对自己说。

想起来，自那以后，自己和哥哥各忙各的事情，分隔两地，也许久没有见过面了。

开锁声持续了很久，看得出来门外那人对这扇门不太熟悉。李海这样想着，提高了警觉，往门边凑去。

"这啥破门呀，我记得当初是要往里用力扭一下……咦，开了！"

伴随着这个熟悉的声音，一张亲切的脸出现在自己面前。

"喔，阿水？你怎么来了，哎这怎么会那么巧呢？！"

李海也愣了，眼前的人不是自己亲哥还能是谁？

"我……我还想问你呢。我这几天没事特意来打扫打扫卫生的。你什么时候回的合肥啊？都不告诉我一下。"

"今天早上刚到的，不知道为啥临时想回老家这儿吃年夜饭，没来得及通知你。车站离这儿近，突然就想带孩子来看看。"他身体往侧边一让，身后一个小孩怯生生地探出头来看他。

"顺顺，叫叔叔"

"叔，叔叔。"小孩吮着手指，奶声奶气地叫道。

李海愣了愣，开怀地笑了，摸了摸自己侄儿的脑袋。

已经多久没聚一次了啊，恍恍惚惚，他自己的侄儿已经会说话了。

"嫂子也来了？来，进来坐吧，我这几天在打扫卫生。勉强算能坐人了。"

嫂子对他微微一笑，进门的时候她看了眼天花板，发出一声轻呼。

"这儿怎么有这么大的裂缝啊，这屋子是真的老了……"

"是啊，估计想住这儿也不能住了，电线和墙壁都老化得厉害。"李海的哥哥李川叹了口气。

"要不就……"嫂子一副欲言又止的样子。

开门声打断了她。

"又是谁？"屋内三人瞪着眼睛面面相觑。

屋外的三人见了他们，老屋内外瞬间就好像玩起了三人一组，比谁把嘴张得更大的游戏。

"大姨？姨夫？欢欢？"李海反应最快，惊喜地叫道，"你们不是住在外地吗？"

"这不，朋友请我们来合肥这儿一起过年。我们仨在外地嫌冷清，就过来了。"

"那他妈就成了！"李川一拍桌子，朗声大笑，"都赶这么巧不是天意是什么呀？咱们一家人多久没聚过了？就今天，你们把朋友的局推了吧，和朋友过还不如和自家人过得劲嘛！"

"也成。"姨夫只短暂犹豫了一小会儿，"我好好和他们说说，今晚我们就自家人过！"

"嗨！你们早说，我们不就跑来一起过年了嘛。"大姨也笑了，她搓了搓女儿的脸蛋，"欢欢，今天我们和很久以前一样，自家人过年咯！"

"哈哈哈，好好，那就在这里啊！我再赶紧打扫一下。哎哥，你要不再联系联系其他人，把有空的都叫上！"

"那还不成！我和你说，巧了，我包里还装着烟花呢！"李川掏出手机，"大姨，要不你和我媳妇去买点小菜？今晚就在这儿开涮了！"

"行。"两个女人一听买菜就起劲，齐声答应。

屋里的人瞬间就忙活起来，打电话的打电话，打扫卫生的打扫卫生。冷冷清清的老屋充斥着喧闹的人声，一时间人声、锅碗瓢盆声不绝于耳，就这样热闹起来。

李海很久没有这么开心过了，许久不见的亲人们以这样奇妙的方式聚到了一起。

老屋的许多地方需要整理和打扫，一天就这样不知不觉地过去了，临到傍晚的时候，屋里已经聚了十几号人。所有接到电话的人都同意来老屋和大家一起过年。

太阳快要下山，忙活了一天的李海才忽然想起来，今天一天还没给妈打过电话呢。

其他人都聚在一个大的屋子里互相唠嗑闲聊，为了不让他们生疑，他出去寻了个角落拨通了手机。

"喂，妈？"

"阿水啊，我刚想给你打电话呢。你不是说下午就回了吗，他们人都到啦，你什么时候回呀？"

李海这才有些窘迫，第一次接通电话时候太激动，没犹豫就答应下母亲自己会回家。不能给本机打电话，自己当时还在千里之外复习呢，怎么回去？

"妈，我车晚点了，得再晚些。放心，到时候我会给你个惊喜的。"

"你早点回来就好，等你。"

"妈，不要忘记你答应过我的，我把他们都叫过来了，你也要守约哦。"

"知道，我现在就在自己房间里呢，答应你，不出房门。"

"嗯。那妈，你先陪他们聊着。"

李海放下心来，真是再好不过了，三年前一如此刻，这个老屋又回到了从前每一个春节的样子。

真好。

他回到了大家都在的房间，他们已经吃起了年夜饭，过年的气氛正浓。

"来了啊李海，大过年的，给谁打电话呢？"姨夫冲他眨了眨眼睛，"肯定是对象，他们刚才还开玩笑说你娶不到老婆呢，我说哪能啊，人家在和未来媳妇打电话呢。"

包括李海在内的人都朗声笑了起来。

"男人嘛，我还想再拼几年呢。"李海挠了挠头。

"这句话我弟说得对，阿水我和你说啊，男人就不能早结婚，你看，我现在就被你嫂子黏死了。"李川装出一副无奈的样子，他媳妇嗔笑着扭了扭他耳朵。

这时，李海口袋里的电话振动了，来电显示是他哥。他有些奇怪，退后了几步把电话拿起。

"喂，老弟啊，回不来了。厂里突然出了事，流水线那儿出问题了，挺严重的。我估计这年得在那儿过了，现在已经在回去路上了。唉，真对不住了，明年再一起过！"

李海愣了愣，他看着面前与亲人谈笑着、眉飞色舞的哥哥，轻轻地说了声好，将电话挂断。

"说到结婚，这个屋子够老了啊。"岳父说，"这屋子已经到寿命了，到处都有裂纹，你们也该考虑考虑把它卖了吧。"

这话一出，屋里的气氛就稍许凝重了些。

李海和李川对望了一眼，不由得都低下了头。其他人见状，也都想起了这间老屋曾经发生的事，陷入了沉默。

岳父似乎意识到自己这话提得有些不合时宜，露出了窘迫的表情："我……"

"没关系，这件事儿也是该提了。"李川调整好了心情，咧嘴笑了笑。

"阿水，我们所有人里就你最喜欢这间屋子，我们都知道为什么，也知道你每年都会来打扫卫生。"

"可是啊，屋子不能住了就是不能住了。阿水，你也考虑一下吧，人都得往前看，你也得为以后结婚什么的做打算。"

"不能卖！"李海毫不犹豫地大声道，让李川有些尴尬。

他这才意识到除自己以外所有人都不知道旧手机的事情，在他潜意识里，这是马上就能再次见到妈妈的房子，当然不能卖了。

"哥。"他缓和了口气，"我这不是，想留一个念想……"

"嗯，我也知道，这事儿我提了就算过了。我是无所谓，卖不卖看你。"李川是个大方人，这个话题就此被他盖过。

"阿水，三年前那件事儿我知道你还没走出来，别太内疚了，和你没关系。要说责任，也是我们的。"李川露出伤感的表情，"要是都像今天这样……"

"都过去啦。你自己也说了，人要向前看。"嫂子安慰。

"可不嘛！来，喝酒！阿水你也喝，别当我不知道，你小子酒量好着哪！"

话题就这样被掩盖过去，气氛又重新热烈起来，大家你一言我一语，好不热闹。

重逢的时刻，话题自然是不会少的。

此时，电话又响起。是大姨的。

"李海啊，我们这趟火车说是出了点故障，整车的人看来都得在车上过年了，现在抢修的人还在路上。你们先吃着喝着，唉你说这大过年的遇上这种事……"

李海应了下来，他有一种不太好的预感。

果然，之后的他纷纷接到来过去的电话，亲人们出于各种各样的原因，都表示不能回了。他的整颗心都沉了下来。

难道过去无论怎样都是不能改变的吗？

绝对不可以，自己绝对不允许那种情况的发生，一定还能做一些什么去改变！

李海有意识地控制自己饮酒，他知道，自己还有最后的机会。亲人们实现不了，就必须由自己来实现。

十一点三十五分到四十分。

当年母亲被鉴定出的死亡时间。

他要做的就是从十一点二十分起就保持和母亲的通话，这样从任何意义上，都可以避免母亲前往灶台。

就这样，他时刻保持着一颗清醒的头脑。

5

在众人热烈的讨论中，时针终于指向了十一点十分。

"走！放鞭炮去了！"有些醉态的李川大喝一声，"给你们看看我烟花厂最新的杰作，今晚啊，全城的目光都得锁定在咱这儿咯！"

众人兴高采烈地附和，纷纷穿鞋出门。

只有一个人悄无声息地来到厨房，拿起手机拨通了一个电话。

"妈，我这儿还在晚点呢，无聊得紧，找你聊聊天。"

"好啊，巧着呢，他们出门放烟花去了。"

李海愣了愣，他透过窗注视着门外正在地上摆着鞭炮的哥哥的背影。

"妈，他们都回来了吗？刚才他们……"李海没有说下去。

"都来了啊，就差你了。对了阿水啊，妈和你说个事儿。"

"妈？"李海已经有些糊涂了。

"刚才吃饭的时候，他们提到了要卖房子。"

"妈琢磨着啊，这房子是有些老了，最近听李老太说这里可能要动迁，装修也划不来。"

"要不就卖了吧，妈想好了，就住敬老院。我老年痴呆了，以后总不好劳烦你们照顾我。你以后结婚啥的都要钱，你哥我不担心了，现在就担心你。"

李海已经隐隐觉得有些不对，他下意识地出口："说什么呢妈，旧了装修装修就能住了，你就住这房子！"

"你再怎么老年痴呆，痴呆到把东西都忘光了，痴……"他发现自己说着说着竟变成了哭腔。

"痴呆到你连我最喜欢的火车也忘记了，我也要照顾你。"

Never Thought It
Would Be Like This

还有
这种
操作

"妈，你别提卖房子。你活着一天我照顾你一天，我就快读完研了，快了，到时候我就回家，天天陪着你。以后每年过年，我都把他们叫上，每年咱们都热热闹闹的！"

门外，在众人热烈的呼声中，几个小点在夜空中徐徐放大，绽出了绚烂变幻的花朵。

孩子们喜欢烟花，欢笑着蹦跳起来。大人们驻足凝视，微笑着望着璀璨斑驳的天空。

李川喝醉了酒，随着烟花的绽放忘我地欢呼起来。

他大声地对所有人说，以后每一年，我们都要这么过。

电话那里沉默了一会儿。

"好好，妈不去，妈给你照顾……"那边的妈妈说着也有些哽咽，"妈知道你有孝心，不过你得答应我，有一天妈死了，这套房子你就别留着了。"

"从小到大你都是个念旧的人，朋友送的礼物你不舍得丢，旅游带回来的纪念品都收得整齐。但妈想说啊，房子这东西，有了人才是活的。人没了，就是死的。你的路还有很长，不能总念叨着过去了的东西。"

"妈，我记住了。"

此时，一个白炽的光点在视线中缓缓变大，最后如白莲般层层叠叠散开来。

顿时，夜空通明如白昼，那朵莲花持续地扩散着，亮度不减。

"阿水？？"

"嗯，妈，听着呢。"

"不对，阿水？你在那里吗？"

"说什么呢，妈？"此时整片屋子被那朵烟花照得通明，李海有些不明白母亲在说什么。

"这就是你给我的惊喜啊，妈明白了。"

"阿水，辛苦你了，欢迎回家。"

李海愣了。

他回头，房间的大门敞开着。那一刻，他的眼神穿越这段窄小的空间，来到房间尽头母亲的遗像上。

"……妈？妈你看得到我吗？我是阿水啊，阿水回来了！"

他激动起来，母亲看得到自己？

这时，他没有注意到，窗外的李川示意所有人捂起耳朵，随后点燃了一个体积颇大的鞭炮。

随着一声轰鸣，沉浸在与母亲通话中的李海更不会注意到，开裂的墙缝里开始纷纷掉下细小的碎屑。

"阿水……阿水你当心！"

"啊？妈你说什么？"被鞭炮声打断，他听不清母亲在说什么。

他忽然扫了眼表上的时间，指针指向十一点三十七分。

顺着看表的视线，他忽然发现，自己就在厨房的灶台前。

"阿水，头顶当心！"

他终于听到了母亲在说什么。

他望了一眼头顶，一整块墙板已经开裂，等他反应过来的时候，已经在以一个迅猛的速度朝下砸落。

他来不及挪动脚步，只能看着那块倒下的墙板在自己的视线中越变越大。

就在这时，他感到自己的身体被重重地推了一下，自己失去了平衡，摔倒在地。

墙板在自己眼前轰然倒塌，与灶台形成了一个三角区，自己便在这片三角区的空当之中。

电话那头，传来一声重重的落地声。

"妈！妈！"

三年前的时空与此刻的时空仿佛交织到了一起，那一刻，他终于明白了。

"阿水，见到你们，妈很开心……"

耳边响起了手机落地的声音，一切都沉寂了下来。

夜空中缤纷的烟花经久不息，昭示着新的一年的开始。

有燃烧后的余烬坠入地面，就会有新的种子，携着无穷的生命力，向无垠的天空义无反顾地奔赴。

李海躺在地上，透过灶台下的细小夹缝，他看到了一片亮光。

那是三年前，母亲死后，一直没有找到的属于她的手机。

那之后的无数个日夜里，他反复回看着自己手机中那个未接来电，泪流满面。

而这一切，他在奔腾在四肢百骸的伤痛中明白，已该画上一个句号。

那片亮光里，显示着两行黑体大字。

二〇一四年一月三十一日十一点三十七分

通话已经结束。

假如给你十个超能力

文／银针一朵

1

眼前这个长方体的箱子显然给李明带来了大的难题。

乳白色的箱身，散发着淡淡的光芒，除了侧面刻着一些奇奇怪怪形状的图案，其他地方光洁无比。

箱子正前方还有一个类似于冰箱那样的把手，让李明确认它应该是个能打开的箱子。

李明从地上爬起来，晃了晃头，刚才地面震动的余波还让他不太清醒。

李明今天晚上向江芳表白被拒绝了，是被江芳嫌弃地拒绝的，于是他来海边散心，就在刚才，李明躺在沙滩上，正用手机浏览着一条新闻：扶贫却让贫更贫，到底是为何？

这个时候，李明注意到远方突然有一道弧光划过，一个东西直接从天边极速地飞了过来，砸在了李明身边的地上，砸得地面一震，李明也跟着被从椅子上震到地上。

李明朝箱子走过去，他开始打量箱子。最吸引李明注意力的，自然是箱子侧面的古怪图案，神秘莫测，无法理解。

而就在李明观察那些图案的时候，那些图案，竟在李明的眼前慢慢变换了起来。

李明眨了眨眼，那东西仍在变换，这让李明确认这确实不是因为自己感冒而生的幻觉。李明有些雀跃，又突然冷静了下来，他突然想起了一个神话故事里的东西——

"潘多拉魔箱？"

这个想法让李明下意识想离这个箱子远一点，但，很快地，李明终止了这个猜疑。

因为那些图案已经慢慢地在李明的眼前变成了汉字，而这些汉字的内容恰好是：一份使用说明。

文字很简短，上面的内容是：

进化之箱

可使单一使用者随机进化十次。

使用完毕后或一定时间后箱子将自动寻找下一位身体可容纳进化能量的成年宿主。

为了防止外人干扰，在箱子离开前，宿主无法从箱子位面离开。

使用方式：走进箱内，转三圈，拍击自己的脸庞三次。

扇自己耳光？开什么玩笑？我可是有尊严的。

李明虽然腹诽，可内心很快被"箱子位面"四个字吸引了目光。

箱子位面？李明打量了一下周围，原本周边的几个人已经消失不见了，这让他感觉有些奇怪和惊慌，再看这个箱子的眼神也变得诡异了起来。

难道自己确实进入了箱子位面？

李明又一次四处打量了一下，周围还是没人。

"哎，我说，我已经识破你的诡计了，你赶紧出来吧，我不会上当的。"

没有反应。

李明觉得是自己多疑了，毕竟这玩意儿刚刚是从天上飞过来的，若是有人操控只是为了个恶作剧，消耗的成本也太大了点吧？

所以说，更可能的是——

这玩意儿是真的？

2

李明决定试一试，他走进箱子里。

他咬了咬牙，决定照着说明做。

他嘟囔着："我只是为了揭穿谎言而已。"

他扇了自己一个耳光，箱子开始发出耀眼的光芒——

光芒越来越刺目，随后慢慢没入李明的身体里，李明感觉自己的身体越来越烫，身体内部仿佛也在起着一些神秘的变化。

光芒慢慢消散，李明感觉自己背上好像多了几块肌肉。

他推开箱子，试着动了动那几块肌肉，他竟然，他竟然飞了起来！

李明逐渐熟悉飞行的操作模式后，他起了点歪心思——他想去酒店偷偷看看江芳现在在干吗。

砰的一声，他撞在了一道无形的屏障上。

"哦，对，箱子位面。"

尽管李明现在很想到江芳面前炫耀，但是迫于无奈。

来日方长，李明决定回去。

李明找到箱子，再一次走了进去。

"×的，你们等着。"

李明有些愤愤不平地说道。

李明开始疯狂地扇自己耳光。

在第二次进化中，他进化出了抗病毒能力，他的感冒直接好了。

在第三次进化中，他进化出了一种独特的呼吸方式，他能在水下呼吸。

在第四次进化中，他进化了身体素质，身体强度得到了大大的增强。

在第五次进化中，他的骨骼和肌肉大变，他的抗压能力急剧增强。

在第六次进化中，他进化出了毛孔选择性吸收的能力。

在第七次进化中，他进化了感官的感知能力，他对于事物能够有更清晰的认知。

在第八次进化中，他的智力获得了提升……

在第九次进化中，他……

终于，他停了下来。

李明的思绪开始乱转。

李明显然已经是这个箱子的既得利益者——李明已经成功进化了九次。

按照这个箱子的说法，在李明完成第十次进化的瞬间，它会自动去寻找下一位宿主。

李明不确定这个箱子的制造者这样做到底是抱着什么目的，但李明能确定的是——一旦它去寻找下一位宿主，那，李明就会从唯一的进化者变成唯二、唯三甚至无穷分之一的进化者，也就是说，李明的优势就会荡然无存。

李明脑补了那时的画面，李明又想到了江芳，他摇了摇头。

不，这样不好。

李明低垂着的头突然抬起，眼中仿若冒出一股精光。

李明决定要试着毁灭它。

在最后一次进化将要结束的瞬间，他开始摧毁箱子。

出乎他意料的是，箱子脆弱非常，一下就毁掉了。

在箱子毁灭的那一刻，李明笑了。

可下一刻，李明的笑容慢慢凝固了。

因为，李明眼见自己正慢慢地变成了一个和进化之箱一样的箱子。

这最后一次的进化，突然失控，让李明变成了下一个箱子。

在李明最后一点仅存的意识中，李明看到了自己正朝天边飞去。

作为箱子，他正在替代之前的它——

去寻找下一位宿主。

3

尼克原本是个普通人，在某次被虫子叮咬后有了超能力。

现在他成了一个黑夜里的超级英雄，超级却并不为人所知。

尼克每天晚上惩恶扬善，他觉得自己非常正义，常自诩为正义斗士。

在又一次的黑夜，他打跑了几个强奸犯救下一个女孩后，他正打算回家时，天际突然飞过来一个黑箱子，砸在了地上。

尼克停下了脚步，他看着箱子上刻着的字：进化之箱。

尼克抱着不屑一顾的心态按着上面的方法去试了试。

慢慢地，他的表情越来越惊骇，他发现这个箱子给的能力实在是，实在是太可怕了。

飞行、身体增强、抗压、毛孔选择性闭合、抗病毒、无氧……太多的能力让他感觉可怕。

所以直到在进行最后一次进化的时候，他才回想起箱子上说的话：一旦进行十次，箱子就会去寻找下一位宿主。

尼克的心神一颤，他想到了一件事情：

如果说，别人也有了这些进化的能力，那他之前的超能力根本就不值一提，他也就根本不能再被称为英雄。

尼克咬了咬牙，他做了一个决定。

"我……我只是怕被坏人得到而已。"

尼克一边嘟囔道。

4

小明是出了名的乖小孩。

学校里所有孩子的家长都把他作为自己孩子的榜样。

这也难怪，小明学习好，又听话，待人文质彬彬，简直是所谓别人家的孩子的翻版。

但是没人知道小明的内心也会有黑暗的地方。

没人知道小明笑着给他讨厌的同学分享糖果时内心的痛楚。

"上次还欺负我来着，这次又找我要糖果？真是人渣，凭什么要分享给你啊，我自己想独享。"

同样的，也没人知道小明内心的疲累，小明为了得到父母的嘉奖，为了父母的面子，为了自己能保持第一名，时常学习到半夜。

"要是可以很轻松地超过别人，不用这么累就好了。"

小明的内心就是有这么多的烦恼。

有一天，他放学回家，这个时候，他看到了天边——

飞过来一个箱子。

5

不久前，地球外，宇宙飞船上。

一个穿着奇装异服的怪异生物正盯着地球。

这时候，另一个同样的生物走了进来，他先转了三圈，然后轻轻拍了自己的脸庞三下：这是他们星球的一种特殊礼仪方式。

之前那个生物似乎是这一个的上级，这个下属问道："老大，这里就是地球了，咱们这次来这里到底是干什么的？"

上级点了点头，说道："前不久，有个叫瑞克的老科学家打破了异次元的界限，引发了太阳系的动乱，还有十几年就会波及地球，地球将要发生大的变动，我们这次就是来帮他们的。"

"哦，这事我也听说过。"

下属点了点头，上级开始操作飞船，飞船的显示屏上投影出黑箱子的影子。

"进化之箱！"

下属惊叹了一声，接着说道："飞行能力让他们抵御地上的怪兽，无氧呼吸和抗压让他们能在高空和水底生存，抗病毒和选择性毛孔闭合让他们能应对那时候恶劣的环境……"

"我想，这些能力应该足够让他们轻松地度过这次危机了。"

他停顿了一下，又说道："只是我不明白，这么一个落后的小行星为什么会吸引您的注意力呢？还让您亲自来帮他们？"

"你不懂，我曾路过这个行星，意外地发现这个行星上的人可爱得很。他们中有除恶扬善的英雄，他们中的富商会广济天下，他们还有追求平等的斗士，有会分享给坏孩子糖果的乖小孩，他们的新闻里也全是正能量——他们简直是世上最美好的人。当然，他们中也有坏人，但是大部分人都是无私的人，我当然得帮他们渡过难关。"

下属点了点头，赞叹道："有了这个东西，只要他们团结起来，您至少能让他们的文明多延续几千年，而且他们的文明进化速度也会加快，他们的社会将会得到蓬勃的发展，说不定能从 c 级文明突破到 b 级文明。"

这时他好像又突然想到了一个问题："说到团结，我想到了一个隐患，箱子内蕴含的能量成为它的自保机制，但进化会逐渐消耗掉箱子的能量，因此它的防御能力会随着进化的进行而慢慢地削弱。"

他停顿了一下。

"尽管箱子在使用完毕后会马上飞到天上的能源基站充能，但是刚才听您说这个星球上也有坏人，那么如果有人非常自私的话，不愿意整个地球一起进化，他在完成最后一次进化的同时，将箱子毁灭掉怎么办？我们的箱子数目有限，到时候恐怕不能让地球上的所有人完成进化。"

上级笑了笑："不用担心，自私的人毕竟有限，即使真的有这种自私的人，箱子在最后关头会启动反噬机制，那个毁灭箱子的人会将能量全部返还，自身会变成下一个箱子，继续计划。"

他停顿了一下。

"这样的话，就能确保进化的可持续性了，而他也付出了代价。"

一旁的下属适时地恭维道："您还真是有远见，这次计划可真是……"

然而下属说到一半突然忘了词，看来拍马屁的技术并不够熟练，场面变得比较尴尬，他的脸涨得通红。

上级没管他，自顾自地在操作飞船，他眼见飞船抛射出一批箱子向地球，最后再望了一眼蔚蓝地球上的人类众生们，心里默念了一句：要加油呀，人类。

终于，他按了离开的按钮。

一旁的下属还在想词，仍然没想出来，一边重复着："可真是……可真是……"

上级笑了笑，终于得空问道："可真是什么？"

下属的双眼突然闪烁，他终于想到了合适的词语，抬起头，坚定地说道："人类之欢。"

独家定制的生活

文／银针一朵

1

  每年过年，刘普通在亲戚家拜完年后，都会面临两个问题。

  其一，如何应对亲戚的言语羞辱：找女朋友了吗？要不要相亲？现在工资多少啊？未来有什么规划？这个问题，在刘普通多年被羞辱的经验下，他已经能够完美地解决：他已经达到了如同修真者一般能关闭耳识的能力，恍若无闻。

  其二，如何在拜完年后那段无聊的时间里度日？刘普通的老家在一个偏僻的小镇，小镇上没有什么娱乐设施。刘普通是个网虫，按理来说他可以找个网吧混混日子就是一天，但是这个小镇上的网吧仅有一个，也正因如此，这个网吧具有了垄断效应，每逢过年大肆涨价到无耻的地步。

  谁去谁傻 X，刘普通想。

  现在，又是过年之际，刘普通仍然很无聊，生活状态一如既往地稳定。

  在刘普通给一颗草莓挑完所有的籽，并一一给它们命名为小张、小红、小丽、隔壁老王等之后，他开始尝试计算自己的前额刘海对自己的视野遮挡度的时候，奇迹发生了。

刘普通突然感觉到一阵剧烈的眩晕，然后就感觉到一阵炫目的白光，之后大脑昏昏沉沉，仿佛睡过去了一样，再之后，就是精神的突然清醒。

2

刘普通睁开眼，发现他的眼前出现了几个光影，是几双手。他望向手的主人，是几个穿着奇装异服的人，他看了看四周，发现自己躺在一个奇怪的机器上面。

刘普通问道："你们是谁？"

那几个穿着奇装异服的人看到刘普通醒了，其中一个带头的梳着中分头的男人走了过来，双手在虚空中一划，空气中弹出一个虚拟窗口，上面写着几个字：真实历史人物摄制计划负责人。与此同时，他一边说道："是这样的，我们是时空摄制影视公司，真实历史人物摄制计划的负责人，这是我们的团队。"

刘普通疑惑了：真实历史人物摄制计划是什么？我为什么会在这里？

中分男开始解释，真实摄制计划是一个拍摄历史人物电视剧的剧组，它和普通的剧组不同的点在于，他们的电视剧不请演员来充当历史人物，他们剧里的历史人物全都是通过时光机从过去的时空里请来的。

刘普通又疑惑了："那为什么请我呢？"

"因为你是青年烈士。"中分男回答道。

刘普通开始思考，烈士，也就是为国牺牲的人，青年烈士，也就是……

刘普通："也就是说我死得早咯？"

刘普通的一针见血，让场面很尴尬，中分男轻咳一声，点了点头。

"拍完戏你们能救我吗？"刘普通试图挣扎。"不行，违反时空条例。"刘普通被果断拒绝。

"那我为什么要拍？拍完给我什么报酬？"刘普通想明白了这一点。"你想要什么报酬？"中分男听后问道。"拍完后你们要告诉我未来每一天的彩票中奖号码，还有……"

刘普通突然想到了《夏洛特烦恼》，他补充道："告诉我一些流行歌曲，我要做一个抄梗狂人。"

"可以。"

谈好之后，刘普通开始和未来的人员投入到紧张的拍摄之中。三天后，拍摄完成，刘普通为了防止他们不给自己报酬，献殷勤道："合作愉快，你们很棒。"

"你也很棒。"

中分男告诉了刘普通一些流行歌曲和彩票中奖号码，刘普通很高兴，觉得自己回去之后至少还可以在死前潇洒很多年。这时，中分男说道："好了，现在我们来开始愉快地清空记忆吧？"

"什么？"

"为了防止演员们改变过去的历史，导致我们现在的时空崩塌，所以你懂的，我们一般会清除当事人的记忆。"

"……你们怎么不早说？"

"你没问我们呀？"

"那别人一般要什么？"

"未来一日游。"

"纳尼？"

刘普通正要试图反抗，他被送了回来，回到了他准备开始测试视野遮挡度的时刻。刘普通忘记了一切，他伸了伸懒腰，准备继续开始他的计算。

3

"刘普通，去把衣服洗了。"刘普通的妈突然给他下了任务。

"好的。"

刘普通只能暂时放弃自己的计算计划，去用洗衣机洗衣服。在他的手刚接触到洗衣机的那一刻，他突然穿越了，地球上的规则其实一直就是这样的，每台洗衣机都是一个时间禁止域，只要人类一打开洗衣机就会穿越到一个时空不会流动的空间，并且被永远地困在这里，不再饥饿，不需要睡觉，也无法自杀。

"好了，这下更无聊了。"

在时间静止域的第一年，刘普通决定滚来滚去，滚了一年，他开始觉得无聊了。第二年，他尝试锻炼自己倒立行走的能力；第三年，他开始尝试催眠自己分裂几个意识出来陪自己玩；第四年，他失败了；第五年，刘普通开始证明数学的基本公式……第一百年，刘普通尝试证明费马没纸定理……第一千年，刘普通开始思考人类的起源……第一万年，刘普通开始思考人类与宇宙的关系……第两万年，刘普通慢慢懂得了宇宙的真谛……第五万年，刘普通创造出了一个小宇宙……第六万年，刘普通创造出了人类……第十万年，刘普通已经无所不知无所不晓，他懂得了时间的所有东西……第十二万年，刘普通做出了一个决定：无所不知的日子让他太痛苦了，他决定离开这个空间，回到最初的日子，并且抹除掉自己这段时间的所有记忆。

…………

刘普通盖上洗衣机，打算午睡一会儿，反正衣服也要洗一段时间。

…………

晚饭时间，刘普通醒了，在七大姑八大姨的唠叨下他继续闭上自己的耳识，草草地吃完饭；饭后，刘普通决定趁着夜色出去散散步。

他一个人漫步在山野间，深呼吸了一口气，觉得这个地方虽然无聊，但是空气比较清新，正好可以戒戒霾。

刘普通躺在草地上，看着月亮，月亮很远，很亮，闪烁着银光。不知道为什么，刘普通总感觉月亮在慢慢变大，刘普通催眠自己道："幻觉，一切都是幻觉。"

4

刘普通闭眼，又睁眼，月亮更大了，刘普通仔细一看，这哪里是什么月亮，是个飞碟。刘普通吓得一颤，仓皇爬起来，想跑，飞碟发射出一道银色的光圈，将刘普通笼罩了起来，刘普通不能动了。刘普通被吸了进去。

几个穿着类似于宇航服的外星生物朝着刘普通走了过来，他们拿着一个类似于翻译器的东西，问道："你好，愚蠢的地球人。"刘普通没有理会它们的问好，反问道："为什么抓我？""我们需要获知一些地球人的身体信息，为侵略你们这些废宅做准备啊，思密达。"

刘普通感觉有点不太对劲。

"那为什么选中我？"刘普通又发问，"因为你非常普通，比较符合测验样本的需求啊亲。""你们怎么这么说话？"刘普通终于想到了不对劲的原因。

"我们侵略了你们的一个叫作微博的网络，学习了你们这些狗日的的语言啊。"外星人答道，"纳尼？"

刘普通明白了。

在接下来的时间里，刘普通的身体被进行了全方面的检测。刘普通也知晓了一个惊天的大秘密，这些外星人偶然发现了地球的存在，打算将地球作为殖民星。

"得赶紧上报国家。"刘普通如此想道，然后被外星人消除了这段被捕获的记忆。

刘普通被放了回去。

刘普通回到家，不知道为什么，他觉得有点累了，便洗了个澡，上床休息。他躺在床上，和每一个寂寞的人一样，他的思维开始活跃起来。他开始想象很多东西，他的脑海中开始出现很多画面，神奇的事情发生了，在他思考的同时，他的思维频率与某个异次元空间的频率产生难以描述的共振，进而连接到了一起，他的思维能量具备了操控这个异次元空间的能力。

简单地说：他的想象将会在那个异次元空间变成现实，他可以改变那个空间的事情。

刘普通开始幻想在那个世界里有一个大魔头，大魔头到底哪里坏呢？他不知道，因为他懒得想，总之是烧杀掳掠。刘普通继续幻想自己是一个翩翩美男子，在山林间出生，后来在山林间从一头野猪的蹄下救下一个邻国的公主，公主为什么会被野猪追杀呢？这不重要，后来公主决定以身相许，然后进行了一系列不可描述的事情；再之后，追杀公主的野猪也被刘普通感化，刘普通化身野猪骑士征战江湖。

刘普通轻而易举地征服了世界上所有的强者，江湖上时常会有说书先生为了自己能卖书出去开始说一些关于刘普通的八卦，而每次说八卦时都会引起听书人的讨论……

"呵呵，营销狗没话题又开始消费我家普普了，抱走我家普普，不约，我们普普不约。"

"呵呵，这个刘普通又来炒作了。""不好意思，我家普普一直认真工作，是这些营销说书人捆绑营销我家普普。"

终于，刘普通和终极大魔王要进行最后的对决。

"很难想象居然会有这样的强者啊思密达。"路人甲望着刘普通说道，"是啊，真是无敌啊三胖酱。"另一个梳着中分冲天发型的路人也感叹道。

刘普通轻而易举地打败了终极大魔王，然后，他决定让那些平时被欺负的民众来侮辱一下大魔王。

"你们来打他，别怕，有我在。"

终于有一个勇敢的人上来了，是之前那个被叫作三胖酱的胖子。他扯了扯自己的中山装，气势汹汹地上来扇了大魔王一耳光："小 X 不是挺嚣张吗？"

旁边的群众见状更加雀跃了起来，这个时候，他们的勇者突然消失了，他们脸上的笑容瞬间僵硬了，很尴尬。三胖酱尤为僵硬，大魔王见状掏出一把刀直接捅在了三胖酱的心中。三胖低头看了看自己的伤口，欲哭无泪地说道："啊，扎心了老铁。"

"无聊。"

这一切的缘由只是因为主人公刘普通觉得有些无聊且累了，结束了自己的幻想。刘普通开始百无聊赖地躺在床上，他刷了刷社交软件，没发现什么有趣的内容，他看了看时间，十二点了。

"啊，无聊的一天终于过去了，该睡觉了。"

刘普通如此想道。

终

　　你每天的生活也可能如这个刘普通一样惊心动魄，只是你最后忘了。

独家定制的生活

第二种形态的生命

文／银针一朵

1

情况越来越险峻了。

我望着下方，一大波凶狠的意形正龇牙咧嘴地穿过第一世界大街上的行人，朝我们攻来，但很快，他们又被炮轰了回去，战火激烈。而这一切，第一世界的人类还浑然不知，他们只会在意形穿越他们的身体的时候觉得有些许的躁郁，但找不到原因，最后，他们也只会将它归为天气太闷的原因。

我幽幽地叹了口气，揉了揉太阳穴。

还有半个月，如果半个月内江教授还找不到对抗意形的有效办法，那么，第二世界就会因为能量耗尽而告破，而第一世界对于意形完全没有任何抵抗能力，到时候，第二世界和第一世界的所有人类都将灭亡，地球将被这种外星生物意形所侵占，人类文明将到此结束。

2

人有两条命，我是说真的，这一点，是在我死的时候才知道的。

第一条命，是我们的肉体，它从呱呱落地到盖棺入土，在人世经历百年浮沉后死去，给世间留下或多或少的痕迹。这条生命所处的世界叫作第一世界。

第二条命，是意识上的生命，在人的肉体死后，人的意识活了下来，它靠吸收活人的意识能量为生。这条生命所处的世界叫作第二世界。

活人是每时每刻都在散发着意识能量的，只要他们在思考。如果能把每个人每天的每个细胞摄入的能量和损耗的能量都计算出来，把它们加到一起，再加上人每天排出的废物的能量，再将这个结果与人每天的摄入总能量形成一个等式，你会发现这个等式是不成立的，人每天摄入的总能量是要大于这些消耗的能量的，那么，那些差值能量去哪里了呢？

这些就是人的意识每天思考时所消耗的能量，这一部分能量通过一种叫作意识介质的东西被散发在空气中，选择性地让第二世界的人吸收；同一个第一世界人类散发的意识能量可能有些第二世界的人能吸收，而有些则不能。如何选择？只有当你记得一个人的时候，你所散发的意识能量他才能吸收。

人的第二次生命，在第一次死亡后诞生，有人记得他，就能给他提供能量，供他活下去，当第一世界里再无人记得他时，他就会灭亡。这一次，是彻底消失。

所以，在第二世界里，牛顿、爱因斯坦，这些伟大的人物直到现在也还活着。这些伟大的人物，从古至今记得他们的人非常多，因此，他们获得的能量也最为巨大，这一部分能量，他们会用来作为第二世界的搭建。

第二世界是纯意识形态的，所以第一世界的人完全没办法感知到，但较为神奇的一件事是，意识形态的居民，虽然失去肉体形态的五感，却产生了一种意识感官，仍可以感知到第一世界的动态。

　　这种意形，是一种外星生物，它们是纯意识形态，攻击性极强，能够摧毁生物的意识。它们来地球的目的，我估摸着是想要摧毁第一世界人类的意识，从而占领这个星球。所以这注定是一场战争，于公，我们不可能眼睁睁看着它们将第一世界的人类杀完，于私，倘若第一世界人类被它们全部杀害，第二世界也会因为缺乏能量来源而灭亡。

　　我有时候想，我们在第一世界活着的时候，之所以没有发现外星生物，是不是因为这些外星生物是隐形的，或者是射线形，或是像现在这样的纯意识形态。也许，地球在这些年早已经被不知道多少外星人光临了，只是这些外星人对我们没有恶意，我们也发现不了，所以才一直不知道罢了。

3

　　江教授的研究有了巨大的突破，针对意形的武器即将面世。

　　此时距离我们的能量用完还有一个星期，第二世界举界欢腾，将士们慷慨激昂，对抗意形时也更加凶狠了些。我也松了一口气，这段时间连日来的劳累也让我疲倦不已，但幸好，这段日子要被画上休止符了。

　　所以，当我在第二天听说江教授突然倒下，病危的时候，我是不能接受的。先不说我是多么崇拜江教授，就说现在的战争正迫在眉睫，江教授也绝不能倒下。

　　我冲到研究所，问江教授到底怎么了。研究人员一脸心痛，看见我时一脸欣喜，但又是一副看傻 × 的眼神看着我。

　　这时，我才意识到，我是关心则乱了，这第二世界，病危还能有什么别的原因？只能是一个原因：

在第一世界里，最后一个记得江教授的人，也要忘记她了。

"有什么办法能救她吗？"

"有。"

我听后连忙再问道："什么办法？"

"派一个人，去唤醒那个人的记忆。"

我听后一阵恼怒，又心灰意冷，这个意识实体化的技术早就在研究之中了，但是一直都没有进展，现在说这个办法岂不是痴人说梦？

"这段时间这项技术得到了突破，从目前的理论水平上来说，在消耗巨大的能量前提下，确实是可以让人在第一世界和第二世界之间切换了，只是这项实验对意识体质的要求非常高，能穿越的人选万中无一，所幸，我们找到了一个。"

"是谁？"

"是你。"

4

江教授在第一世界里并不突出，她在二十岁还未成名的时候，就已经去世了，后来在第二世界中才凸显出了她的能力，所以，在第一世界中记得她的人并不多，也就是亲戚朋友罢了，但我觉得江教授的朋友可能也不多。

因为在第二世界里，她也是沉默寡言，比较孤僻，平时总是一个人，偶尔会一个人消失一阵，结交的人甚少。

"大爷，您躺好。"

我在病床边，眼前这个叫作梁青的大爷看着我，一脸茫然。

"您家人呢？"

我注意到，病床边一直没有人，所以问道，大爷茫然地摇了摇头。从江教授的能量来源定位来看，这是最后一个记得江教授的人，可现在，他似乎是得了老年痴呆症。

"大爷，您还记得江溶月吗？"

大爷盯着我发愣，半晌没说话。我叹了口气，心里更加绝望，确实，这确实是在为难一个老年痴呆症患者。我开始思考，有什么方法能唤醒他的记忆，让他的记忆更深刻一些。

"我记得。"

5

我的任务是陪着这个叫梁青的大爷聊天，慢慢加深他对江教授的记忆。我问了下，才得知他和江教授彼此是初恋。

"你怎么知道月儿的？"

大爷有点激动，上来抓住我的手，指甲陷进我手上的肉里。

"嗯，我是他的助手。"

"助手？"

大爷露出茫然的神情，呢喃道："我不记得她年轻的时候有什么助手呀？"

这个时候，我望了望窗外，意形正在肆虐，将士们正在艰难抵挡。

"我是她现在的助手。"

"现在的助手？"

我回头，凝重地看着大爷，说道："因为她还没有死。"

大爷的神情更加激动了，原本看起来昏恍欲倒的他，仿佛在突然间来了精神，散发出了别样的光彩。

"没死，我就知道月儿没死。"

"她应该是没死的，她怎么舍得离开我。"

"我总觉得她这些年一直在我身边看着我陪着我。"

我在一旁看着这个迟暮的老人疯狂般呓语的执念，不知道该说些什么，突然，他像是突然想到了什么似的，问我："那月儿呢？"

"她在另一个世界好好活着呢，这次是派我来看你的。"

"你不会是骗我的吧？她自己怎么不来看我？"

"她现在忙。"

他像是突然放下心来，问我："那我们什么时候能见面？"

我突然沉默了，事实上，大爷是最后一个记得江教授的人，如果他死了，江教授也就死了。但是不死的话，他们在两个不同的世界，江教授的体质和我完全不同，不能切换世界，所以他们注定永远不能见面在一起。

但我不能这么说。

"过段时间吧，过段时间她就来看你了。"

6

在我和大爷聊了两天后，江教授就醒了。

在和大爷聊天的这两天里，我得知了大爷终生未娶，父母过世，现在没有家人了，仅剩的一些亲戚也不太愿意管他，所以我之前来的时候病房里才空无一人。

这段时间我也有些疲惫，白天和大爷聊完天，晚上还得回第二世界去指挥战事。

但幸好，一切都在慢慢变好，随着大爷对江教授的记忆越来越深刻，江教授的身体也在有条不紊的恢复中，战争也慢慢开始扭转。

大爷也每天乐呵呵的，他对于接下来的和江教授的见面非常期待，有时候甚至还哼着小曲，一边和我说，江教授当年最喜欢听他哼的曲子。

我也在这段时间内，得知了不少大爷和江教授当年的事。

那时候，他们一起下乡，搞研究。

江教授天赋异禀，时常会有很多闪光的想法，而在那个时候，人们的思想比较局限，所有人都像被关在同一个井里的青蛙，共同思考着头顶的那一片方圆。

这样的情况下，江教授给大爷引来的那片更广阔的星空，和江教授独特而充满自信的眼神，就更加让大爷沉迷了。

木秀于林，风必摧之。

一个人太优秀只会有两种情况，要么成为伟人，要么成为罪人。

人都是自私的，在那个时候，大多数人心里的想法是扭曲的，你要是比他们优秀，你必须要给他们带来好处，否则只会遭到他们的怨恨和嫉妒。

江教授被嫉妒了，被排挤了，但江教授并不在乎，她仍然特立独行。

大爷也不在乎，他仍然爱慕着江教授。

这个时候，怨恨来了，有一个姑娘也爱慕着大爷，她认为，大爷之所以不喜欢自己，就是因为江教授的存在。

所以，在某一次大爷外出的时候，她趁机编造谣言诽谤了江教授，本就嫉妒江教授的众人群情激愤。

等大爷回来的时候，江教授死了。

没人知道的是，大爷那段时间之所以外出，是在准备求婚戒指和求婚道具。

江教授死的那天，正是大爷准备向江教授求婚的那一天。

7

第二世界传来了坏消息。

研究部有奸细，切换世界的技术被恐怖分子窃取了。

是的，第二世界中会有牛顿、爱因斯坦，这些助人的好人阵营永生者，自然的，坏人阵营那边，也会有像希特勒、本·拉登等极端恐怖分子，他们在第二世界中，始终抱着灭世的想法，而又因为第一世界中仍有大部分人记得他们，甚至信仰他们，给他们提供能量来源，所以我们也很难清除他们。

这一次的战争，是他们的机会，他们始终在暗处盯着我们，寻找摧毁这个世界的机会。

现在他们窃取了我们的技术，如果他们也拥有能够穿越这个世界的人，那大爷必然是他们的目标。他们想通过击杀大爷，从而击杀江教授，来完成摧毁两个世界的目标。

我扭头望了眼大爷，他仍乐呵呵地笑着。

我叹了口气，大爷危险了。

8

接下来的时间里，我打起精神来。

护士送来的药，配菜员打来的饭，甚至是大爷上卫生间，这些我都有仔细检查。

但我没想到的是，最终大爷还是出事了。

我还是太大意了。

恐怖分子为什么会被叫作恐怖分子？

他们疯狂，他们不顾后果，他们心中没有爱。

他们要杀大爷，完全不需要进入病房，他们选择了一个更疯狂更直接的方式：炸掉医院。

在我接到通报时，时间已经来不及了。

大爷的病情持续恶化，大爷身受重伤，大爷生命垂危。

大爷的记忆也越来越差，有一天早上我在他耳边念了几遍江教授的名字，他都没有反应，这下危险了。

我问医师，医师说他的病情到了这种程度，能记住的东西实在有限，会出现这种情况也实属正常，一切听天由命吧。

我陪着大爷，有一天，他突然又重新清晰地记起了江教授。

这让我觉得很开心，我和他说："梁青大爷，你终于想起来啦。"

"梁青是谁？"

他茫然地看着我，似乎根本不知道我在说谁。

我愣住了，转瞬又明白了，他能记住的东西有限，为了记住江教授，他选择了对于每一个具有独立意识的自由生命体最残忍的方式：忘记自己。

"哪怕忘记世界又何妨，只要记住你就够了，因为你就是我的全世界。"

9

江教授的研究得以完成，战争胜利了，我被记下大功。我也开始准备返程，回到第二世界，但是被上级制止了。

"你还有任务。"

江教授不知道什么时候来了这个病房，我看见她有点激动，我已经很长时间没看见她了。

"我想和他说说话。"

我明白了江教授的意思，她想让我充当他们的传话员。我的眼眶突然有些发热，这么深爱的两个人，却只能通过这种方式相处。

"小粉丝，我来啦。"

我完整地把她的话复述了一遍，大爷原本微垂的双眼突然睁开。

"是她来了对吗？她在哪里？"

我指了指江教授所在的位置，大爷望去，但他看不到，他又疑惑地望向我。我低下头，他明白了：江溶月来了，但是他不能看见她。

"月儿，我好想你。"

太多的思念，话到嘴边，也最终变成了最朴实无华也最俗套的一句话，大爷几乎泣不成声。江教授也跟着哭了起来。这是一场无言的交流，是他们这么多年思念的释放。

他们的爱情在这一刻，通过我这一根丝线，又紧紧联系在了一起。

大爷擦了擦眼泪，开始絮絮叨叨地说这些年的琐事。

"月儿，我帮你洗净清白了，现在大伙都知道你是被冤枉的了。"

"月儿，当年那个举报你的女人已经被惩治了。"

"月儿，当年他们都笑我不像个爷们儿，否则哪有汉子会崇拜自己媳妇的？可我就是崇拜你，你这么好这么优秀我爱慕你怎么了？何况你还是我媳妇，他们就是在嫉妒。"

"月儿，你这些年是不是一直在陪着我？我其实一直都知道。这些年我一直一个人，好多人要给我说媳妇儿，我都拒绝了，我想呀，你那么爱吃醋的一个人，我要是找了媳妇儿你怎么受得了？

何况，我也不想找，有了你之后，我再不觉得别的女人好。"

"月儿……"

我不断听着大爷述说的情思，又望望江教授，她已经泣不成声，哽咽得说不出话来。

"我爱你，永远爱你。"

大爷挣扎着从病床上爬了起来，又摔了回去，他再一次挣扎着爬起来，冲我之前望向的地方单膝跪下，从怀里掏出一个古朴的盒子。这个盒子看起来年代久远，破旧不堪，但仍可以看出来它上面花纹的精致，让人可以想象出当年它是如何璀璨夺目。

大爷打开盒子，从里面掏出一枚戒指，对着空气，老泪横流地说道："嫁给我好吗？"

这是一场迟到了五十年的求婚。

我转头望向江教授，之后回过头，说道："她说好。"

10

梁青大爷在不久后就不治身亡，江教授也跟着烟消云散。

大爷在进入第二世界后，老年痴呆症消失了，他的所有记忆都恢复了。

他想起了所有的一切，但我想，有时候记得太清楚，只会让他更加痛苦吧。

在梁青大爷进入第二世界后，我托人安置好他，之后，不知道为什么，我想到他总会觉得很愧疚，认为自己之前欺骗过他，始终不敢去见他。

不承想，没过多久，我就接到了他的死信，他是自杀的。

去参加丧礼的人回来告诉我，大爷留了一封遗书，他们从上面知道了大爷自杀的原因。他们和我说：

大爷自杀，是因为第二世界的存在。所以他始终坚信着，仍有个第三世界，他的月儿在那里等他。

不曾离去。

就像他这五十年来认为的那样。

假如天赋可以定制

文/灵魂厨娘

1

小安是个人。

没错，是个人。

不要认为是个人是一件多么寻常的事，在基因修改技术被全民所接受的今天，是个人的稀有程度基本等同于一百年前生活在人群中的美国队长。

是个人，意味着这个人的祖宗十八代都没有接受过基因修改，同时他自己也是百分百原装。

是个人也意味着这个人长相一般，身体机能一般，才华一般，什么都一般。

小安今年十七岁，假如是一百年前，他这个年纪应该正在接受高中教育，跟一群同龄的孩子每天做着《三年高考五年模拟》，课间去偷瞄两眼自己暗恋的女孩子。

可是一百年后，应试教育不复存在，现在讲究的是定向教育。

什么是定向教育？小孩还是胚胎的时候，父母就可以为他规划以后的道路，然后针对性地接受靶细胞基因修改手术，手术后小孩会在这一方向格外具有天赋，欠缺的只是知识的填充，父母只需要在他们出生之后把他们送到对应的定向教育学院就好。

当然，现在的人把这种手术称之为修正，而不是修改，因为广告是这么打的：你本来就很优秀，为什么要受困于基因？基因修正手术，让你遇见更正确的自己。

也有的父母认为孩子的发展方向应该取决于小孩本身的意志，在小孩出生之前不应该接受基因修正手术，而应该由小孩懂事之后自己决定以后的发展方向。针对这类小孩，会有专门的定向学前班。

小安平庸的资质决定了他只能和这类小孩一起接受基础知识的学习。

2

"小安，你年纪最大，所以这周的值日就交给你了哦！"年轻的女老师下课前笑眯眯地安排好了值日任务。

小安畏畏缩缩地从后排抬起头，看了女老师一眼，局促地别过脸点了点头。虽然大家都知道，整个学期的值日都是他一个人做的。

女老师很漂亮，最梦幻的是她长着一双洁白美丽的翅膀，这种被称为"天使之翼"的模块化基因修正技术刚刚推出来不到三年，令无数爱美女士趋之若鹜。

小安也觉得她很美，可是就是这样很美的老师，教了他三年，笑眯眯地忽视了他三年，每周唯一一次记得他名字的时间就是安排值日的时候。

小安自卑地低下头，班里的同学们尽管说还没有进行基因修正手术，但是他们的父母都是接受过基因修正的优秀新人类，他们遗传了父母的优秀基因，聪明、美貌。

"小然，你怎么还不走？"

小然今年十五岁，十岁就过了钢琴十级，十二岁参加奥数比赛拿了金牌，比不少接受过基因修正的人还要厉害。

小然睡眼惺忪地抬起头："是小安啊！老师又让你打扫卫生了？"

小安有些紧张："没什么的，你快走吧，天要黑了。"

"她就知道欺负你。"小然翻了个白眼，噔噔噔跑到小安面前，仰起脸道，"别理她，我们走吧，我请你喝饮料。"

小然是班里唯一一个愿意和小安说话的人。

"我跟你讲，我就羡慕你，搞什么基因修正，一个个人不人鬼不鬼的，你看班主任那个傻×，晃荡个翅膀跟个鸟人似的！"

小然吸溜着饮料，坐在讲台上晃着脚丫子，看着小安吭哧吭哧地打扫卫生，翻了个白眼："呆子，你再不来我把你这份也喝掉啦！"

小安"啊"了一声，呆呆地抬起头："哦好。"

小然恨铁不成钢地走过去，看见小安正在费劲地擦一张课桌。那张课桌是班里鼻涕王大熊的，一身蛮力，祖传的四肢发达头脑简单，课桌下面被他蹭满了鼻涕。

小然干呕一声，狠狠一脚过去，课桌坏了个大洞："费劲干吗，让他重换一个好了。"

3

"你不打算接受基因修正手术吗？"小安捧着小然给的饮料坐在天台上，月亮升起来了，又大又圆。

小然站在天台边缘踢正步，闻言扭过头来，一笑露出两颗虎

Never Thought It
Would Be Like This

这种操作　还有

牙："我爸是个数学家，我妈是个钢琴家，他们都希望我能继承他们的事业。我出生前没有接受基因修正手术不是因为他们开明，而是因为他们意见不统一。"

她停下正步，随着风轻轻摇晃，看得小安一阵胆战心惊。

"我出生后，他们终于决定，让我长大了自己选择。从小到大，我妈没给我做过一顿饭，我爸也没给我讲过一个故事，他们总是在忙，把我交给保姆，每年见面次数不超过十次。"

小然笑着扭头看向小安，眼睛亮晶晶的："这世界上每个人都在忙，基因修正给了他们机会，可是他们却只记得自己的事了。"

小然张开双臂，摇摇欲坠："我就想当个普通人，有朋友有家人的那种。"

小安低下头，心里泛起苦涩。

他和小然不一样，他之所以没有接受手术，原因只有一个——穷。

他是养父从垃圾场捡来的，以为会是个宝，长大了能养他，可是检查之后才发现居然是个彻底的人类，养父没有钱给他做手术，囫囵着把他养大了。

"该回家了。"小安比小然高一些，他下意识地摸了摸小然的头发，又觉得有些失礼，慌乱地想缩回手。

小然呵呵笑着，在他掌心蹭了蹭。

回到家的时候，养父半躺在破旧的沙发上，手边放着两瓶劣质酒。

养父是个酒鬼，年轻时候是个心高气傲的外科医生，有不菲的收入。他对基因修正手术不屑一顾，可惜过了不久，接受过基因修正的竞争对手以更稳的手、更精妙的技术击败了他，他失去了工作。

后来，他便开始日日买醉逃避现实。

养父哼哼着，迷迷糊糊看见小安回来了，便跟跟跄跄上前，狠狠一巴掌抽在他的脑袋上："臭小子还知道回来？跟哪个女孩约会去了！呵呵，我倒是忘了，就你这种没接受过手术的劣等人类，哪个女孩愿意跟你约会？"

小安抱着头一声不吭，等到养父打累了一屁股坐回沙发，他才默默走进厨房，准备两人的晚饭。

4

有时候小安会想，自己这样的人生真的有必要继续下去吗？

身上都是青紫的伤痕，有些来源于养父，大部分来源于同学。养父嫌恶他，那些优秀的同学们看不起他，会在没人的角落殴打他，指着他的鼻子骂他是个基因低贱的人类。

是的，基因修正技术出现之后，人类继阶级歧视、肤色歧视、宗教歧视之后，出现了基因歧视。

小安在黑暗中摸索，掏出了一个藏得严严实实的盒子，借着窗外的微光可以看见，那是一盒整整齐齐的零钱。

两千八百七十一块三毛。

小安站在窗口，看见不远处的诊所还在营业，巨大的灯箱广告牌上写着：父母给不了你的，我们给你。

在那里，三千块钱就可以做个最简单的强化身体机能的基因手术。

小安抱紧了钱盒，眼里有点点星芒闪烁。

可是一瞬间他眼里的光芒又暗淡下来，他想起了小然。

小然对基因修正那么反感，如果他做了，那她会不会再也不理他了？

盒子的棱角硌得他生疼，他想起了被那些基因优秀的同学们拦在偏僻的巷子里殴打的疼痛。

小然郑重地重新藏好盒子，蜷进了被窝。

次日，小安刚走到教室门口就觉得不同寻常。小安低着头，从后门进了教室，像往常一样尽量不发出声音。

他忽然想到，昨天小然把大熊的桌子踹坏了，今天估计又要被打，不过反正都习惯了，大熊每天都会找借口打他。

他别过头看了一眼，今天的大熊居然安安静静地趴在座位上，似乎是感觉到小安在看他，抬起头恶狠狠地看了他一眼。

班主任扇着她的大翅膀声情并茂地讲了两节课基因修正对人类发展史的重要意义，小安一句都没听进去，因为不时有人神色诡异地偷看他，大熊更是几乎把眼睛黏在了他身上。

"你……怎么了？"课间的时候，小安忍不住开口问大熊。

大熊粗声粗气地冷笑："果然，有人撑腰就是不一样了！"

"什么意思？"小安一头雾水。

"没什么意思，你跟我们出来一趟。"几张熟悉的面孔突然出现，其中一个身材壮硕的人伸手拎着小安的衣领把他拽了个趔趄。

小安下意识地哆嗦了一下，这几个人是学校里的恶霸，小安身上的伤痕有一大半来源于他们。

几个人推推搡搡将小安推到了走廊尽头的储物室，小安习惯性地伸手护住头。

"哟，知道要被打了，哈哈哈哈……"

"业务熟练啊，毕竟是我们的老客户了。"

"不过之前倒是没想到，我们这位老客户居然还敢泡咱们的校花，果然是劣等基因的人类，真敢痴心妄想！"

"不过劣等人类也有劣等人类的优点，比如说勇气可嘉啊哈哈哈哈……"

嘲讽一句比一句刺耳，小安抱着头蹲在角落里，渐渐弄明白了事情的缘由，看来是有人知道了昨晚他和小然在一起的事情。小然是校花，而他只是个劣等基因的人类。

"我来看看有多可嘉……"

话未说完，小安就被一记重拳砸在了肚子上，他熟练地弓起腰，尽量缓冲这一拳的冲击力，顾不上喊疼，他拼命护住要害蜷成一团，嘴里半真半假地讨饶，他知道，这样能让这些人早些收手。

但是今天小安的行为激怒了他们，小安知道，这里面为首的那人追求过小然，所以这次估计会比较惨。

"你们住手！"

是小然的声音。小安心中哀叹一声，小然不出面还好，这下彻底完了。

"老师，你管管他们，他们欺负小安！"

从人群的缝隙里，小安瞥见了那双标志性的雪白翅膀，是班主任。

美丽的班主任慈爱地看着施暴的男孩子们，温柔地笑了笑："男孩子嘛，精力旺盛，打打闹闹是正常的。小然，这些事你就不用管了，你父母早上跟我约好了，等下我带你去见他们，关于你的定向基因修正手术的事情……"

声音渐渐远了，小安松了口气。不出意外，没过多久，几个人打累了，上课的时间到了，他们恨恨地撂了几句话走了。

小安熟练地检查了一下自己的身体，确定没有严重的伤，吐出几口带血的唾沫，又把布满鞋印和灰土的衣服整理了一下，这才走回了教室。

5

周末的时候，小安去卖掉了最近攒的废品，盒子里的钱涨到了两千九百块，不出意外的话，再有一周，他就能够支付得起一个最简单的身体机能增强的基因手术。

他想着，在那之后，或许他在挨打的时候能够有余力还个手什么的，或者哪怕什么也不做，被打完也不会这么疼了。

下一步，小安想攒钱做个提高记忆力的基因修正。他记性很差，很多东西别人看一眼就能记住，他却得背一周，即使自己不能当个天才，那当个学习能力勉强达到合格水平的正常人也是好的。

小安心里欢喜，把钱又数了一遍放进盒子里，犹豫了一下，他拿出了二十块钱，准备下周值日的时候给小然买饮料。

想到小然的时候小安愣了一下，好像，小然已经两天没有在学校出现了。

想起那天挨打的时候陆陆续续听见的话，小然的父母来找她谈关于基因修正的事，可能是出现了一点家庭矛盾吧！

小安万万没有想到的是，再见到小然，是在城南的垃圾场。

那天放了学，小安照例去垃圾场捡拾可以卖钱的东西。忽然听到一阵窸窸窣窣的声音，小安下意识地躲到一边，却看见一个小小的身影，披着一件脏兮兮的大外套，走到旁边，从刚刚运来的一堆垃圾中找到一个被啃了一半的面包，狼吞虎咽。

借着远处的灯光，小安看清了那人的脸。

"小然！"

他失声叫道。

那人吓得一个激灵，丢下面包就跑，小安连忙道："小然，是我，小安。"

小然停下脚步，背对着小安抹了抹脸，扭过头来，眼睛亮亮的：
"我不想做基因修正手术，所以我跑出来了。"

　　小然被父母送到了某基因修正三甲医院。等待手术的几天里，小然将医院的格局和人员分布记在心里，在手术的前一天成功跑了出来。

　　她不敢待在人多的地方，不敢去任何需要扫描基因ID的公共场所，她只敢躲在没人的角落里，趁着夜晚出来找点吃的。

　　"小安，我带你跑吧！你也不喜欢这个地方对不对？"小然抓着小安的手，短短几天，她瘦了一大圈，可她的眼睛里都是光。

　　小安心中动了动，却摇了摇头："不行，我们不能一辈子躲躲藏藏地生活，基因ID没法改变，你的父母迟早会找到你的。"

　　小然赌气地踹飞了一堆垃圾："可我真的不想做手术，这让我觉得自己像一株植物，只能一动不动任人修剪，长成他们想要的模样。"

　　她的肚子咕噜噜地叫了起来。

　　小安叹了口气："先跟我回去吧！我们……再想想办法。"

　　小然忽然不说话了，她定定地看着小安，突然用力甩开了小安的手："你根本就不想帮我对不对？"

　　"小然……"

　　"我本来以为，你和他们是不一样的。"小然抹了一把脸。小安看见，她眼睛里亮亮的都是眼泪。

　　"算了，你要是还当我是朋友，你就当今天没看到我行吗？我马上就走！"

　　小安心里闷闷的，他不知道该怎么办，其实，从一开始，他们就不是一类人，他渴望接受基因修正手术，却连最便宜的手术费都支付不起，而小然，她什么都不缺，却追求着他想不明白的

还有
这种操作

一些东西。

"你等等……"小安猛地伸手抓住小然的手，他语气急促起来，"你等等，先别走，等我一下，我去给你拿点钱……起码……起码别再从垃圾堆里找东西吃了……"

他掉头就跑。城南垃圾场离家只有十分钟路程，很快，他抱出了那个寄托着他全部希望的钱盒。

钱没了可以再赚，可是小然……

小安安慰着自己，抱着钱往回跑。

6

"这大晚上去哪儿啊？还抱着东西，你们猜这盒子里装的是什么？"

小安猛然停住脚步，下意识地后退了两步。

又是这群人。

小安咬咬牙，不说话，死死抱着盒子。

"拿来。"

两个人冲上来一个把小安摁住一个用力掰开他的手，轻而易举地就抢走了盒子。

为首的男孩接过盒子，漫不经心地打开，挑眉笑了笑："居然是钱，还不少。"

他哈哈笑了一通，对同伴道："怪不得我们每次在他身上找不到钱，原来全攒起来了，说说，攒钱为了干啥呀？难道是为了讨哪个女孩子欢心？"

他一脚蹬在小安胸口，语气骤然变得凌厉起来："说！是不是小然！"

小安咬牙不语，死死盯着钱，心里盘算着抢回来的可能性。

"还想抢回去？看来这钱对你很重要，平常只会抱着头挨打的劣等人类居然也敢瞪我们了哈哈。"

　　他们放肆地笑着，却被一声怒喝打断了。

　　"你们放开他！"

　　是小然，小安有些绝望地闭上眼睛。

　　"大小姐，你还当自己是校花吗？上次你放话只有这个劣等人类才是你朋友的时候很厉害嘛！我听说你跟你父母闹翻从医院跑了出来，你就是来找这个劣等人类的吗？你觉得他现在护得住你？还是你能护得住他？"

　　他毫不掩饰地将贪婪的目光在小然身上游移，小然终于觉出了一丝害怕，裹紧了肮脏的外套。

　　小安猛地跳了起来，挣开摁住他的两人，扑向为首的男孩，吼道："小然，跑！"

　　可是很快，他羸弱的身躯被这些经过基因修正手术的强壮男孩再次狠狠摁倒在地，小然仓皇地逃入远处的黑暗，只有小安嘶哑的声音依然在荒芜的小巷里回荡。

　　"小然！跑啊——"

7

　　"安教授，安教授……"

　　安教授猛然惊醒，下意识地扶了扶老花镜。

　　"安教授，该您表决了。"助理轻声道。

　　安教授，目前全球基因工程项目权威之一，而眼前他所在的会场，是关于基因修正技术是否应该进行临床推广的全球第五次表决会议。

　　台上的年轻人意气风发，是基因工程计划年轻一代的翘楚，在安教授打瞌睡的一个小时里，他描述了基因修正技术将给人类带来的种种好处。

"目前什么票数了？"安教授揉了揉眉心，轻声问助理。

"5:5，就差您这票了。"

安教授抬手准备举起那张写着"同意"的表决牌，却猛然一个激灵。

梦中的画面潮水一般将他淹没，他一向平稳的手颤抖起来，良久，他叹了口气，举起了"反对"。

一片哗然。

台上的年轻人眉头紧锁，见状连忙问道："安教授，能告诉我理由吗？"

安教授不说话，扫视了一圈会场，悲哀地发现投反对票的都是跟自己一般年纪的老头子。

"是因为伦理问题无法为公众所接受吗？"年轻人语气激烈起来，"安教授，我敬您是个老学者，但是您不懂公众。自古以来，没有什么不是基于利益而存在的，伦理的存在也是出于过去人们普遍认同的家族利益。

"但是如今，个人利益早已取代家族利益成为人们的追求目标，基因修正所涉及的伦理问题成为最后一道可能的绊脚石，但是我相信，这只是微不足道的一个难关，一旦基因修正技术所带来的优势进入公众视野，没有人能够抵抗得住天赋的诱惑——"

安教授摆摆手，打断了他的话："基因修正技术能改变一个孩子的天赋，但它能改变一个孩子的秉性吗？"

"基因修正技术所带来的，将是更多的歧视和欺凌。"

年轻人愣在当场，一时不知道该说什么，安教授起身离开会场，背影佝偻。

"去城南墓园。"安教授疲惫地吩咐了一声，助理应声，车子缓缓驶向城南墓园。

　　斑驳的石碑已经有些年头，安教授给墓前换上鲜花，席地而坐，默默无语。

　　石碑上写着四个简单的字："陈然之墓"。

　　七十年前，他是个贫穷却很有天赋的孩子，他的养父喝醉了酒就会打他，他的衣服永远散发着异味，他远离人群，从不和老师同学交流，他本应该是班级最不起眼的一个学生。

　　可他偏偏有着过目不忘的天赋，势利眼的老师们嫌恶他，认为他考试作弊，其他学生嫉妒他、孤立他，以至于后来动辄殴打他。

　　陈然是他的初恋女友，准确地说，是初暗恋。

　　他们一起做枯燥的值日，一起在天台喝饮料看星星，一起抱怨生活的不如意。

　　后来，他眼睁睁看着他暗恋的陈然被小混混强暴了，陈然不堪打击，跳楼自杀，而他则搬了家，转了学，在一个没有人认识他的地方重新开始。

　　当时他总想，他的天赋不是自己所能选择的，但是如果每个人都可以选择自己的天赋，那些人是不是就不会因为嫉恨他而殴打他甚至欺凌无辜的陈然？又或者，如果可以选择天赋，他希望自己可以变得更强壮一点，力气更大一点，起码能够保护陈然……

　　后来他靠着一腔狠劲儿考上了大学，学习了基因工程，摸爬滚打半个世纪，成为学术界的权威，可是今日一梦，却让他顿悟了一件事。

　　人类欠缺的，从来就不是天赋。

另外一个世界的入口

文／灵魂厨娘

传说，午夜时分，浓雾弥漫的江面是另一个世界的入口，跃入江水，你就能到达那个世界，见到你最想见的人。

Never Thought It
Would Be Like This

1

陈渡站在老式轮渡的甲板上，冬日的江风吹得他遍体生寒，可他全然顾不上这些。

连续半个月，他租下了这艘被淘汰下来的老式渡轮，夜夜徘徊在江面上，着了魔一般地念叨着关于另一个世界的传说。

他双手撑在船舷上，脸色憔悴，微微凹陷的眼眶里却闪着令人心悸的狂热光芒，请来开船的张师傅说他疯了，可是架不住疯子舍得花钱。

风忽然停了，远处，江边的指示灯和道路上车流的灯光渐渐变得模糊，最后，连同在江面上的货轮顶部的信号灯也看不真切。

陈渡霍然站直——起雾了！

大雾，无根无源，不知道从哪里过来的，不过短短数十分钟，便笼罩了江面，将陈渡的视线牢牢锁住。他下意识地伸出手，二十厘米的距离，他看不清自己的手指。

陈渡心里一阵激动，整个人翻到船舷外侧，奋力睁大眼睛，企图从被浓雾锁住的江面上看出点什么。

时间一分一秒地过去，陈渡什么也看不到。

他渐渐焦躁起来，脚步慢慢挪了挪，冻得清白的手指在船舷上不安地松开又抓紧。

冷不丁船一个颠簸，他一脚滑落，手有些冻僵了，下意识想要抓紧，却没有来得及。

扑通——

意识消失之前，陈渡闻见了妻子江心最常用的香水味儿。

2

陈渡醒来的时候，浑身像睡了一个世纪那么酸痛，他喘了几口气坐起来，入目是熟悉的墙纸、熟悉的被单——是他自己的卧室。

他愣怔片刻，忽然觉得被窝里很暖和，不是那种令人烦躁的暖，而是仿佛能触摸到的香香软软的暖。他的眼泪一下子涌了出来，脖子像生了千年的老锈，僵了半天硬是不敢回头看。

这是独属于妻子江心的温暖，江心还在，还好好地睡在他的身边。一切果然是真的，穿过江水，他就能到达另一个世界，见到最想见的人。

他深吸了一口气，下了莫大的决心缓缓扭过头去。

江心柔和的面孔陷在柔软的枕头里，睡得有些不安稳。她动了动，微微睁开眼睛，迷迷糊糊道："才几点？再睡会儿。"

一颗心扑通一声落了地，结婚多年渐渐退去的激情一瞬间重新回到他的身体里，他一个猛扑，江心还没反应过来已经被他口口带响地亲了一头一脸。

江心被他闹醒了，有点生气地挣扎起来："一大早就发情，泰迪啊你！滚滚滚别烦我，我要睡觉，你不知道我昨晚加班到快一点才回来？"

狂喜的陈渡不管不顾，任由江心力气不小的拳头砸在他的身上，很快，那拳头在他的攻势下变得绵软无力起来。

3

陈渡发现自己回到了半个月前。在原本的世界里，半个月前发生了一件事情：他忘记了结婚纪念日。

妻子江心是个工作狂，平心而论，除了平时在房事上有些兴致缺缺之外，对待他们的婚姻关系还是很认真的。她提前一个月精心准备了礼物，并且破天荒地请了假打算陪陈渡过纪念日。

然而第二天一早，从五点钟就假寐等着陈渡给她纪念日惊喜的江心眼睁睁看着陈渡像往常一样睡到八点钟，胡乱套了件衣服上班去了。

临走还说了一声："今天工地上有事，晚上我就不回来吃饭了。"

对了，陈渡是某建筑公司的项目负责人。

江心安慰自己说可能他是故意这么说，晚上会给她惊喜，于是她早起把家里打扫了一遍，精心化了妆，选了衣服，艳光四射地在客厅等到了半夜十二点。

江心知道陈渡早上说的是真的了，他真的忘记了今天是什么日子！

卸了妆，衣服随手扔沙发上，饿了一天的江心愤怒地睡了，把房门反锁了。

陈渡凌晨三四点到了家，累得只想倒头就睡，结果却被锁在房门外，顿时气不打一处来，一怒之下扭头就走，在对面酒店开了间房。

次日，他憋着怒气回家，想和江心沟通一下为什么把他锁在门外，却引来了江心无缘无故的怒火，计划好的沟通瞬间变成了激烈的争吵。争吵中，陈渡甩了江心一巴掌，江心一怒之下开车离开了家。

一个小时后，他接到了交警打来的电话，江心开车半路出了事，与一辆大货车追尾，当场死亡。

陈渡现在知道了，他一点也不怪那天早上江心无理取闹和自己怄气了。当他在江心离开后看见储物柜里未拆封的礼物盒，里面装着他一直想买却没买到的某品牌限量版手表和一页意义非凡的单子的时候，他就后悔死了。明明知道两个人个性都很强，脾气一样火暴，为什么就不能克制一下自己的脾气好好交流呢？

好在一切还来得及。

4

看了看手机，明天就是他们的结婚纪念日了。

礼物是肯定没时间准备了，陈渡望着睡得香甜的江心，对着窗外微微泛白的天色沉思了许久，心里有了主意。

他在江心额头上亲了一下，轻手轻脚地起床，开车二十分钟买到了江心最爱的一家早点铺的豆腐脑和鸭油烧饼。回来见江心还没起床，便写了张纸条把早点放在客厅，匆匆忙忙赶去了工地。

他要把工作的事情一天之内交接好，然后请个长假，带江心去马尔代夫玩一趟。

他记得，结婚那年，他们本来计划好了去马尔代夫度蜜月的，可是当时两人的事业都正值发展期，忙得焦头烂额，婚礼那天的早上各自在公司加班，中午才去酒店会合，连各自的礼服都是在车上换的，实在是仓促得令人心酸。

当时他们不觉得什么，可是在江心离开后，陈渡才发现，一点一滴，都是痛彻心腑的遗憾。

他火速解决了工作的事，订好机票，重新制定行程安排，还在网上搜了一堆攻略，把关键点全部记在小本子上。

他要避开那些游人如织的地方，那太俗了，他要带着江心去过二人世界。

哪里的店好吃有特色知道的人还少，哪里的风景好看什么时间去最好，哪里的游乐园——这个就算了，虽然年轻的时候两人都很爱玩一些刺激的游乐园项目，但是毕竟江心她现在……

嘿嘿，陈渡傻笑着……

5

次日，陈渡精神抖擞地早起买早点，机票时间是晚上，虽然想给江心一个惊喜，但是江心毕竟是个责任心很强的女人，总要留一天时间给她去交接好工作的事。

江心面无表情地吃完早点，说了一句话："以后不要买早点了，早上多睡会儿，我早饭去公司食堂吃就好了。"

说完拎起包，上班去了。

陈渡蒙了，什么情况？

她不是提前一个月就给自己准备了礼物吗？她不是还有个更大的惊喜要给我吗？

"等等！"陈渡叫道。

江心狐疑地转过身："什么事？快点说，我快要迟到了。"

"你知道……今天是什么日子吗？"

江心掏出手机看了看："十一月十五号，今天我的一个项目要进行汇报，很重要，你没什么特别的事我先走了。"

陈渡有些呆滞，脑子里一时没有反应过来，下意识张口道："今天是我们的结婚纪念日。"

江心皱了皱眉："这样，那我晚上尽量早一点回来，我们一起吃饭。"

"不是。我已经订好了今晚去马尔代夫的机票，行程都安排好了。我想和你一起去好好玩几天，蜜月没去成马尔代夫我一直很遗憾，这次我们去好不好？"陈渡声音大了起来，死死盯着江心，企图看出一些端倪。

但是没有，江心有些生气："你怎么都不跟我商量一下就订票？我现在哪有时间陪你去马尔代夫？我的工作很忙，手里这个项目这两天正要结束，关键时期我不可能离开公司，更何况，蜜月没去成马尔代夫这事我早就忘了，什么时候遗憾过了？你知道我从来不在乎这些的。"

"胡说！你明明提前一个月给我准备了礼物，你明明就想和我好好过我们的结婚纪念日的！你给我买了我一直想买却买不到的限量版手表，你还——"

江心打断他："你在说什么？什么手表？好吧，我承认我忘记了我们的结婚纪念日是我的错，我忘了给你准备礼物，这样，等我忙完这个项目，我一定给你补上，好吗？"

陈渡难以置信地望着她："不可能！你……你不是还……怀孕了吗？你不是打算今天给我个大惊喜的吗？"

江心脸色奇怪地凝固住了，半晌，才平静道："没想到你会知道，我本来没打算告诉你的。你知道，我现在工作很忙，这个孩子是一个意外，我不想浪费时间去生一个孩子，这会耽误我起码两年的时间，你知道两年的时间对于现在的我有多重要吗？如果没有孩子，我有把握两年之内拿下公司副总的职位，所以我本来打算这两天找时间去一趟医院……反正，我们都还年轻不是吗？以后总会……"

陈渡整个人如遭雷击，事情为什么会变成这样？

江心愧疚地看了他一眼，放软了口气："你别这样，放弃这个孩子是无奈之举，但是我不得不这么做，希望你理解我……"

她说完不等陈渡说话，蹬着高跟鞋上班去了。

陈渡失魂落魄地出了门，他不知道去哪里。工地上他请了假，兴冲冲地对每个人说他要去和老婆度蜜月，可是转眼，这一切都成了笑话。

而且江心她还……还要放弃他们的孩子！这是他们的第一个孩子啊！她怎么舍得！

陈渡心里充斥着怒火、不解和许多难以描述的暴躁情绪，他一个急拐弯上了高速，车速越来越快，越来越快。他懒得看仪表盘，打开车窗，任由呼呼的风吹得他睁不开眼。

忽然，一道巨大的阴影袭来，陈渡心中一沉，待看清那是一辆大型货车的时候已经来不及了。

轰——

6

传说，午夜时分，浓雾弥漫的江面是另一个世界的入口，跃入江水，你就能到达那个世界，见到你最想见的人。

张师傅开着那艘被淘汰的渡轮在江上逡巡，半个月来，那个披头散发的疯女人包下了船，每天半夜都要开到江心，然后在江上漂个一整晚才肯回去，嘴里还念叨着什么关于另一个世界的话。

真是个疯子，不过反正钱给足了。张师傅点了支烟，跟着录音机哼哼着一曲黄梅戏。

江心站在渡轮的甲板上，江风凛冽，她昔日细嫩的肌肤被吹得皲裂开来，可她完全顾不上这些了。她后悔死了，为什么那天没有好好和陈渡沟通，为什么自己满心都是工作，直到接到陈渡的死信，她才知道自己有多在乎他。

如果再来一次，她愿意放弃工作陪他去马尔代夫，她愿意放弃晋升为他生一个孩子，她什么都愿意，只要他活过来！

江面上风忽然停了，浓雾无根无源地升起，江心心里一阵激动，不顾形象地翻到船舷外侧，努力探出身子看向江面。

一股熟悉的味道传来，她闻出来是她最爱的那家早点铺子的豆腐脑的香味。

她笑了笑，松开了抓着船舷的手。

再次醒来，她望着自家卧室熟悉的布置泪流满面，她亲吻着尚在梦中的陈渡，打开手机，距离他们的结婚纪念日还有一个月。

她轻手轻脚地起床，打电话给在法国留学的闺密，拜托她帮忙买一款手表。放下电话，她轻轻抚上小腹，脸上漾开一抹从未有过的微笑。

她想，一切都还来得及……

迷途摩西

文／刘英冬

1

　　暮色昏沉，一个透明质地的巨大圆球悬浮于地平线上，风吹过，云没动，球也没动，大地没有烟尘掀起，只有圆球连通的圆形隧道里，人与气船在流动。这些隧道以圆球为中心向四周蔓延伸展，有的直达云霄，有的通向地底深处，有的连接着周边的摩天大楼。

　　圆球是星际电视台的一号演播厅，透明质地与圆形结构将天光最大程度地收于其中，演播厅的空间纯白简约，在光照映射下显得神圣庄严，此刻演播厅内人头攒动，正在进行一场面向整个银河系观众的直播节目《有话好好说》。

　　摩西穿着这个时代少见的麻布长袍，胸口别着地球当年颁发的英雄勋章，挺直腰背端坐在纯白沙发上，回答着面前主持人老崔的问题。摩西是奥丁星球的唯一幸存者。这是他在地球几十年来第一次在公众场合接受采访。

　　本次访谈仅在预热推广阶段就引起了全民热议，不仅是地球总部的公民，那些移民到其他星球多年的公民也热情地参与到话题讨论之中。这算是历史遗留问题引起的反弹效应，当时地球总部宣发人员关于奥丁星球毁灭事件的声明报告简短模糊，也因此流传下来了各种版本的猜测消息。

这次摩西露面接受采访，当年提出各自意见的星球公知也都再次积极踊跃地发表意见，有谈阴谋论的，有谈移民道德链的，有谈前地球主义人道复兴的，这种跨越行星的全民讨论已经近百年没有出现过了。

老崔："摩西先生，您为什么忽然露面决定接受采访呢？"

为什么呢？为什么生，为什么死，为什么在奥丁，为什么来地球……摩西这辈子有太多为什么，这些疑问多数都没有答案。

摩西："不知道吧。"

老崔扯了扯嘴角，这是他的招牌表情，有点不以为然，有点不相信，有点无奈。他顿了顿，回了句："嗬，您这个'吧'用得有深意啊。"

摩西叹了口气回答："没，真不知道。"摩西不愿意和人打交道，太没劲了，什么事儿都要知道为什么，能知道吗？谁能活得那么明白啊？真要有那么明白的人，还可能去和你们交流吗？他自己活过两个世界，跨过了一个世纪的时间，可到现在垂垂老矣，还不是一样不明不白地活着吗？

就是想说说话，把该说的都说说。当初选择隐瞒真相没什么原因，如今讲出真相也一样没什么原因。

老崔换了个坐姿，身体重心由右腿移到了左腿，整理了一下思路再次问道："那摩西先生，您给大家讲一讲当年从奥丁星球来到地球整个事件的始末吧，这事儿到现在都是不清不楚，大家都挺好奇的。"

摩西："这事儿挺曲折的，该怎么讲呢……"

老崔："嘿，从头讲就行，您慢慢讲，不急。"

2

从头啊，从头这事就长了，追溯到差不多一个世纪以前。

奥丁星球位于银河系极其偏远的角落里，是颗人类移民星球。摩西在这儿出生，是第七代星球公民，是一名奥丁宇航局的宇航员。

还记得小学第一堂课，老师就告诉大家奥丁星球是一颗不适宜人类居住的星球。星球能有今天的繁荣，离不开当年那批开荒者，因为他们非凡的勇气与智慧，星球上种种严酷的客观因素才被克服解决，让数以千万的人类得以移民这颗美丽星球，建立家园。在座的每一位都要向他们学习，为人类开疆拓土奉献自己的力量。

摩西觉得这不对，地球、奥丁以及其他那些移民星球，人类来来回回地走，以前的人搞不清楚自己从哪儿来，以后的人搞不清楚自己该回哪儿去，还惦记着移民扩张，怎么就没皮没脸的呢？

人类没希望了。总这么琢磨事情，早晚要出事的。

所以后来领导召集紧急会议，告诉大家"农业卫星索尔解体毁灭原因不明"的时候，摩西一点都不惊讶，他觉得这都是命。

领导："慌什么！你们看看摩西，多学着点，作为奥丁宇航局的宇航员，时刻保持镇定是极为重要的品质。"

会议现场，所有工作人员的目光都齐刷刷看着摩西，眼神里饱含钦佩之情，现场慌张的情绪也渐渐稳定下来。

摩西被人们看得脸颊发烫，喉咙干干的，他清了清嗓子发问："咳，那星球的粮食储备情况呢？"

领导目光赞许地点头回答："虽然失去农业卫星不能再种植

Never Thought It
Would Be Like This

还有
这种操作

生产，但星球现有的粮食储备还算充足。如今棘手的是，星球周围的宇宙风暴持续多年，我们与地球总部始终处于失联状态，风暴时长难以估测。就在三天前，我们已经发射了一颗无人飞船去往地球求援，为保险起见，高层决议再派出一队载人飞船。摩西，这次行动就由你来带队吧。"

摩西点头，捏起手里的念珠。

这串念珠是他爸留给他的。听说来自地球很多年前的某个宗教，可以帮助人静心思考。摩西每次遇见难事儿就会拿在手里把玩。

这次任务是个难事儿。

3

摩西小队一共四个人，林淼、王猛、章向北以及他自己。

林淼、王猛是与他同期培训上岗的队员，一样二十出头的年纪，三个人彼此熟悉，算是固定队友，经常一同执行任务，配合默契。而章向北则是航天局仅存的冬眠人，由大领导直接任命调动进入小队。

摩西："这大领导真有意思，章老师这把岁数还给插进小队，也不管老人家身体受不受得住？"

章向北四十岁的年纪在宇航员中确实属于高龄。他是当年地球移民外拓初期的宇航员，同期人员一部分负责奥丁星球的开荒建设，一部分则进入冬眠舱冬眠存留技术知识，章向北是进入冬眠舱的那部分人之一。

林淼一笑眼睛弯成了一道月牙，她捂着嘴小声回答："你还不知道咱领导迷信呀，这次任务难度系数高，章老师从地球来，这次回地球去，带上他老人家也算是讨个好彩头。"

摩西："拉倒吧，'仅存冬眠人'怎么来的？这些年老前辈们陆陆续续醒来，一个个派出去执行任务，就没一个能顺利回来的，章老师这才仅存了。好嘛，这次让章老师和咱们一起，我看大领导也不打算让咱几个回去了……"

正说着王猛和章向北打开舱门走了进来，摩西和林淼赶紧住住话头。

王猛："冬眠舱排查调试完毕，自动航行航线校准咋样了？"

林淼回头冲王猛比了个 OK 的手势然后说："嘿，队长，我可信不过王猛，他那马虎劲儿，调的冬眠舱能睡人吗？别我如花似玉的年纪躺进去，出来就白发苍苍了，医保能报这种情况吗？"

摩西从驾驶位起身，一边活动脖颈，一边笑着说："这还真不好说，猛子这块头遇上个异形什么的倒是能保护保护我们，但这种活儿……"

章向北摆了摆手说："好啦，别取笑王猛了，这不还有我呢，调试冬眠舱我太有经验了。都活动活动吧，咱准备入舱。"

王猛拍了拍胸脯说："就是，我说你们这些人的刻板印象，也该改一改了……"

几个人一边说笑一边进入了冬眠舱。

飞船以第四宇宙速度向地球航行，测算结果显示需要八十年时间抵达。

摩西最后确认了电子屏上 AI 测算的数据，缓缓躺下。对于时间，他第一次生出了某种怀疑情绪与不确定感，这曾经是他认为生活中唯一可以确定的真实。

4

摩西先是听到林淼的尖叫声，然后是连续刺耳的警报声。他缓缓睁开双眼，仿佛刚从另一段漫长不明的人生里醒来。

冬眠舱红色的警报灯一闪一闪，一旁的王猛也缓缓起身坐起，林淼面色苍白，站在冬眠舱外，指着另一个半开的冬眠舱大喊："章……章老师……"

摩西还没从长时间的冬眠中完全苏醒，面前的景象涣散模糊。王猛站了起来，看了眼冬眠舱里的章向北，来到摩西面前，使劲摇晃他的身体并呼唤着："摩西，快醒醒。"

摩西眼前的画面渐渐聚焦，他握住王猛伸出的手，站了起来，拖动身体缓缓地走到了章向北的冬眠舱前。

他看到章向北满头银发，身躯如同枯木，脸庞布满沟壑。

摩西："怎……怎么回事？"

林淼："冬眠舱的强制唤醒系统……"

王猛："为什么只有章老师一个人的身体衰老了？"

三个人相互打量，发现各自的外貌都发生了微弱的变化，但比之章向北而言，几近于无。

忽然间，章向北的冷冻舱内发出了咔嚓的声响，章向北的身体开始战栗抖动，猛然大喊："该回去了！"然后脖子一歪，再没一丝动静。

王猛和林淼愣在当场，摩西若有所思，他先审视了冬眠舱操作面板上的测算数据，又在章向北的舱内一阵摸索，半晌从他的宇航服口袋里掏出个合金刀片，随即转身对两人说："冬眠舱的营养液储存装置泄漏了。"

王猛："他为什么要这么做……"

摩西摇了摇头："不知道。不过他应该没预料到，自己因为有过长时间冬眠的经历，在营养液缺失的情况下，身体衰老速度成倍于我们，使他的生命特征消失，这才触动了安全系统将我们强制唤醒。"

林淼："可航行测算的距离还有……"

摩西和王猛抬头看向上方的电子屏，"航行轨道：准确。航行终点：地球。航行时长剩余：438000h"。

王猛："……五十年。"

王猛冲到舱前，一拳狠狠地砸在章向北的脸上，他的头颅碎裂成片，发出枯木破裂的声响，浓稠的汁液向四周溅开。

林淼连连后退，身体倚靠在飞船壁上大叫："王猛你做什么！"

王猛："我做什么？你怎么不去问问这个老王八蛋要做什么！"

林淼："你呢？当时冬眠舱是你和他一起检查的，你怎么就没发现呢？"

王猛两步跨到林淼身前，伸出沾满鲜血的手掐住她的脖子，紧紧地抵在墙壁上喘着粗气低声说道："你还敢埋怨老子，老子现在不还是和你一样。"

摩西急忙上前揽住王猛壮硕的身躯向后死命拉扯，大声呵斥："你他妈疯了吗！"

王猛松开了掐在林淼脖子上的手，转身看着摩西问道："我疯了？对，我是疯了，那你告诉我该怎么办？我们该怎么办？"

"继续航行，挺过去，我们现在也只剩下这一条路了不是吗？"摩西迎着王猛的双眼，一字一顿地回答。

王猛一把推开站在身前的摩西，沿着通道向驾驶舱走去："去你妈的一条路，鬼知道老子现在算是什么年纪，与其再熬五十年，不如赌一赌。"

摩西神态疲惫，扣住王猛的肩膀说："王猛，我希望你能服从命令。"

"穿梭虫洞，总比他妈熬时间等死要强。"王猛头也没回，甩开肩膀上摩西的手，离开了通道。

摩西听到王猛的话手上一顿，眼看着他的身影消失在通道尽头才将手臂垂下。

"那就试试吧！"他心里想着，然后扶起一旁瘫倒在地哭泣的林淼，向驾驶舱走去。

5

"从 A 点到 B 点，这条直线的距离是最短的，但我们把纸折叠，让两点重合，这时再从 A 到 B 便不存在距离了。这就是虫洞，能够缩短空间两点的距离的捷径。"老崔把手里画着 A、B 两点的白纸放到一旁，接着说道，"航天局发布的全新一代载人飞船就具备了穿梭虫洞的功能，飞船搭载人类最顶尖人工智能系统'全知神'，通过强大的计算能力瞬间模拟虫洞空间，制定合理的穿梭路线完成空间穿梭，相信我们人类很快就能突破银河系，走向更为广阔的宇宙空间……"

摩西看着面前对着镜头侃侃而谈的老崔，忍不住出神："越走越远了，这真的算是好事儿吗？"

老崔："但是据我所知，奥丁星球那时候所使用的载人飞船并不具备穿梭虫洞旅行的能力吧？"

摩西："是，不具备。"

老崔："那能成功穿越真是够幸运的。"

摩西："那种情况下，人力所能解决的微乎其微，也只能交给运气了。"

老崔："不过既然虫洞穿梭十分顺利，为什么……"

摩西："为什么只剩下我一个是吧？唉，老崔，你觉得宇宙复杂吗？"

采访到现在，摩西还是第一次喊出他的称谓，老崔愣了一下，紧接着回答："唔……复杂啊，非常复杂。"

摩西："是呢，在我看来有些东西比它还要复杂。"

6

摩西发现事情没有那么简单。冬眠舱被破坏，穿越虫洞，飞船各项指标临近红线，小队分崩离析……他以为这些最困难的时刻都已经度过了。来到地球，任务也基本可以宣告成功，可是，似乎没有。

王猛整日和地球总部宇航局的科研人员在一起，分析飞船航行资料，听说是要搞一个虫洞模拟空间。林淼被地球自然生物科学专家请走，记录研究关于奥丁星球生物迁移后的异变。而摩西一行人的主要任务，是救援奥丁星球，却始终无人提及。

摩西则陷入了另一个困境。

在穿梭虫洞时，有那么一刻，他听到有人和他说话，严格来说是有人在问他："你要去哪儿呢？"在强烈的空间震荡与飞船刺耳的警报声中，他清晰无误地听到了这句话，就像是在耳边说的。

后来他问过王猛和林淼，两个人都表示没听到，觉得摩西是幻听了。摩西也有过自我怀疑的念头，但很快就打消了，他很笃定，在虫洞的的确确听到了这个声音。

"我要去哪儿呢？"摩西想起了童年时对人类扩张行为的质疑，想起对来路与归途的困惑，想着想着，他就想进去了。

摩西每天就在宇航局提供的屋子里，捏着念珠盘腿坐在那儿，看着全息影像里的宇宙星空愣神。林淼来找他，一见面，他还是

Never Thought It
Would Be Like This

还有
这种操作

那个问题。

林淼："够了摩西，别再想了，你再这样下去怕是要魔怔了。"

摩西："可林淼，明明是很简单的问题，为什么就是琢磨不明白呢？"

"去哪里，"林淼抬头望了望天花板轻声自语，"反正……我是要回奥丁的。"

摩西看着林淼坚定的神态恍惚了一下："林淼，你和以前好像不一样了……"

这时响起一阵敲门声，门没关，走进来一个身穿宇航局工作服的卷发男人。他向摩西与林淼行了军礼，然后说道："摩西队长，那个……王猛出了点事儿，长官让我请您过去一趟。"

摩西和林淼对视了一眼，起身和那个卷发男人说："好，请您稍等一下。"

卷发男人带着摩西和林淼来到了地球宇航局总部的一个小型会议室里。说是小型，但整个空间其实看不出大小，中心区域摆着个椭圆形桌子，周围是宇宙的全息模拟，也看不到边界。此刻王猛被两个地球总部宇航局的人按在椅子上，身上捆着纤维禁制装置，一边挣扎一边大骂。

地球宇航局的局长张南山背对王猛，注视着眼前的全息影像也不说话。直到摩西他们进了门，他才转过身来。

张南山："摩西队长，你这个队员脾气可真够暴的，打伤我们局好几个同事了。"

王猛硬梗着脖子把脸扭到一边看向摩西和林淼，喘着粗气大喊道："摩西！你可来了，他们……他们说奥丁要没了！"说着说着带着哭腔又骂了起来，"王八蛋！不想救援就直说，奥丁，奥丁怎么可能会毁灭……"

摩西走向王猛的身体一僵，嗓音低沉地说："先把人放了。"

按着王猛的两个人没有反应。

摩西抬头看向张南山，张南山点点头说："摩西队长都来了，就放了吧，你们先出去。"

两人解开王猛身上看不见的纤维锁扣，退出了会议室。

王猛神色慌乱语速极快地和摩西说起了经过："前段日子他们科研部的人好奇我们穿梭虫洞的经历，想调用我们飞船的航行记录推算模拟，我想地球总部的需求没有不满足的道理，挺积极配合的。下午在科研室，和我对接的工程师邀请我留下来。我还要回奥丁当然就没答应他。那工程师就说，没必要了，奥丁要毁灭了。我不信，一路闯进宇航局总部，想知道真相，他们拦我，我一冲动就动手打了人，后来挨了麻醉，给扣在这里。"

林淼听到这里脸色苍白，嘴里一遍又一遍地重复念叨着不可能。

摩西拍了拍身旁两位队员的肩膀，神态平静地看着张南山问："到底怎么回事？"

张南山："奥丁星球周围的宇宙风暴已经持续了近百年，我们失去了联系，也没法更新观测数据。不过上一次的观测数据在最新一代超级计算机的推演模拟下显示，奥丁的确只剩下不到一个世纪的寿命了。"

说完他挥了挥手，会议室内的光照系统熄灭了。全息画面模拟出了整个银河系的比例图案，张南山指着奥丁星球的区域，画面飞速推进，星系比例变化，熟悉的奥丁在众人面前浮现。奥丁发出了璀璨的光，并催生出剧烈波动扩散，然后在肉眼可见的速度下，逐渐寂灭暗淡。

真实沉寂的模拟画面让摩西一行彻底失去了言语，随着星球寂灭光晕褪去，他们眼睛里的光也一同消散了。

张南山："这次请各位过来，一方面是交代奥丁的未来，一方面也是转达总部高层的意见，奥丁距地球太远，有限的时间前提下，已经不具备救援价值，所以地球总部这次不会安排救援行动了。不过各位放心，你们的安置工作总部一定会尽心解决。"

林淼语气冷冽地回答："谁说要留下来了。"

张南山："可是即使你们现在乘飞船赶回奥丁，可能在半路就……"

林淼："推演的准确度有多少？"

张南山："百分之九十八。"

林淼镇定的模样像是变了个人："百分之二够了，我要回奥丁。也希望地球总部能帮助我做好最后的飞船维修。"说罢打开了会议室的大门，回头看向了摩西与王猛。

摩西又想起了那个萦绕在脑海的问题，看着林淼摇了摇头："我留下来。"

张南山没料到林淼的决心，愣了片刻又说："你们是穿梭虫洞的宇航员，留下来，地球总部会授予你们星际英雄勋章，得到宇航员的荣誉和全人类的尊重，可如果选择离开，为了地球总部形象考虑，你们的故事会被隐瞒抹去，随着奥丁的毁灭一同被历史遗忘。"

林淼笑了笑，笑里有果决与不屑。

王猛面色苍白，看了眼摩西又看向大门外的林淼，踌躇许久，最后走向门口："那我和你一起……"

王猛跟着林淼离开了会议室。

摩西和张南山坐在了椭圆桌面的两端，四目相对，默然无语。全息影像的宇宙模拟仍在运行，一颗星升起，一颗星寂灭，光在传递的过程中结束了它的一生，一切因缘际会，无常无相。

过了许久，张南山叹了口气："唉，这又是何必。总部也算是仁至义尽。摩西队长，我看王猛像是有留下来的意思，要不你再去劝劝他们？"

摩西手里捏着念珠，缓缓睁开双眼，眼睛里有星辰的光芒闪过。张南山的话倒是让他忽然想起了什么。

摩西一路寻找，终于在一段隔离区域的廊道里听到了两人激烈的争执声。

王猛："来不及了，现在就算回奥丁也来不及，你为什么还要回去。"

林淼："不为什么，要么葬身宇宙，要么回去和母星共渡灾难，这是我作为一名奥丁宇航局成员应有的觉悟。"

王猛："林淼，我真是没看出来。"

林淼："王猛，我也没看出来，你既然不敢回去，跟出来又是什么意思？"

王猛："我不是不敢，我只是觉得没有意义。"

林淼："在宇宙里谈意义多可笑啊！我们什么都改变不了，只有跟随自己的内心。"

王猛一时语塞，看林淼离去急忙跟了上去，抓住了林淼的肩膀："不行，我不回去你也不许回去。"

林淼："为什么？"

王猛："总之就是不行！"

林淼打量着王猛惊慌的神态忽然有点明白了，她笑了笑语带讥讽地说："王猛，我还头一次看到你这样。我算是明白了，你不仅怕死，更怕别人知道你怕死，你最怕的，是自己没回去，但那百分之二的可能真的发生了吧？"

王猛一把拽过林淼瘦弱的身体，用手臂紧紧地勒住她的喉咙低声说："放屁，你放屁，给老子闭嘴……闭嘴。"

林淼被勒得上不来气，仍不停地笑着："呵……呵呵……"

长廊的灯光幽蓝冷清，王猛的喘息与林淼的笑声在其间回荡。摩西脚步沉重，神色绝望，一步步地走到了两人面前，拔出了腰间的高斯枪指向王猛说："王猛，放了她。"

王猛把林淼挡在自己身前对摩西说："摩西你先把枪放下。你听我说，绝对不能让这个女人回去，万一……"

"啪！啪！"摩西先后开了两枪，第一枪打在王猛与林淼面前几厘米的地面上，王猛一惊往后退了一步身体也与林淼错开了一个位置，第二枪毫不犹豫直接打在了王猛的脑袋上。

7

飞船的维修工作在几个月后完成。秘密发射前，摩西来现场为林淼送别。

摩西："这个珠子你带上，当个念想吧。"

林淼也没推托，接下念珠盘在了手腕上，低着头说："摩西，我不理解你，我觉得也没人能理解你，总之我希望有一天你能找到答案。"

摩西："也祝你能回家。"

林淼笑了笑，挥手向飞船走去。

8

整个录制现场听到这里鸦雀无声。老崔咽了口唾沫，斟酌许久问道："所以林淼自己一个人回去了？"

摩西点头，掸了掸衣衫上的皱褶："对，讲完了，我也该走了。"

老崔神色疑惑地问道："你要去哪儿呢？"

"我要去哪儿呢？"摩西听到这熟悉不已的问题，慢慢站起身，演播厅上方的天空忽然裂开了一道巨大的裂缝，然后一束金黄色的光芒照下，摩西的身影被笼罩其中变得模糊不清，这时有成群的大雁从周围飞过，发出嘎嘎的叫声。

摩西从腰间缓缓掏出了那把高斯枪，张开嘴，枪抵在了自己的上颚。他声音呜咽，像是在回答老崔，也像是在回答自己。

可惜没人听清他最后说了什么。

异星恋人

文/梅艺璇

还有
这种操作

1

　　大齐是个三流画家，自称师从齐白石，学艺毕加索。但至今的身价，仍停留在五十一幅，八十两幅的尴尬境地。尽管如此，他依旧日复一日，年复一年地画着，笔下是天马行空，也是色彩斑斓，但画得最多的，还是六一的肖像。

　　六一是个三流模特，出道三年，干得最多的，便是给各大画室做人体模特。这活辛苦不说，挣得还少，若是倒霉遇到咸猪手，也只能敢怒不敢言。那年夏天，六一做室外人模，便给人吃了豆腐。眼泪汪汪的六一一望向人群，一眼便看到正咬牙切齿的大齐，紧接着第二眼，大齐就像火箭一般蹿了出来，第三眼，身边的大齐鼻青眼肿，拽着自己离开场地。

　　大齐因这事儿，得罪了圈内的前辈，身价跌至二十一幅，买一赠一。但他不以为意，依旧饿着肚子，安慰还在愧疚的六一，说自己是贫民窟的大艺术家。可六一觉得大齐今后的日子没了着落，于是自告奋勇，提议做大齐的裸模。要知道，这年头的裸体画像最为吃香。大齐虽晃着脑袋，却红了脸。

六一自顾自地一件件褪去衣衫，大齐红着脸拾起笔，落在半空，未及落笔，便扯来浴巾，将六一包裹得严严实实。

"怎么了？"六一抬头问着，撑起两腮红晕一片。

大齐没说话，只一件件拾着六一的衣裳。半晌后，他摸着脑袋，憨憨地告诉她："这是个秘密。"

2

白驹过隙，日子风轻云淡，在六一的眉眼间和大齐的颜料中流逝。六一辞去了全部画室的工作，成了大齐的专属模特。

"你为什么叫六一？"

"六一出生的。"

大齐点点头，埋头继续画着。除此之外，他对六一一无所知，当初是，现在也是。

"你家在哪儿啊？"

"你家人呢？"

"你住哪里？我送你吧。"

每当大齐有些恼怒地一遍遍将这些问题抛向六一时，六一只是笑着。

"别问我，这些是秘密。"

"那我们交换秘密怎么样？交换你一直想知道的那个秘密。"大齐笑得狡诈，因他知道，六一对他当初不画自己裸像的缘由，一直心心念念。

六一咬着嘴唇，稍稍活动着有些发麻的脖颈。眼神扫到大齐身上，又慌忙撤了回来。一连几个回合，彻底败在了大齐追问不休的目光下。

"那我要先带你去个地方。"

3

穿过废弃的铁道，翻越破旧的围墙，在一片视野开阔的荒废工厂中，茧形的白色小屋悬在半空，周身发着微弱却柔和的莹莹白光。

"六一，这是什么地方？"

大齐试着走近小屋，小心翼翼地用手触碰着外壁。墙壁光滑微凉，稍一使劲儿，手指便陷入其中，宛如一枚巨大而充盈的水球。

"我们称呼她为茧。"

"我们？"大齐转身望向六一。柔柔白光之下，六一的皮肤通透似雪。

"我们是异星人制造的仿人类数据收集器。异星人没有情感，却拥有宇宙最为高级的智慧。他们成批量地制造我们后，便将我们投放在他们最感兴趣的地方，通过我们与人类的交流和接触，收集你们的思维方式、情感诉求以及行动习惯。所以，我并不是你的人类朋友六一，而是来自异星球的T70Z1型机器人。"

"异星？机器人？T70？"呆若木鸡的大齐，半张着嘴巴，愣了半晌后，一半谨慎一半惊讶地开了口。

"至于异星人有何目的，我不知道，从我诞生那日起，便只记得自己的使命，和供给我们能量的茧。"六一说着话的工夫，将身体靠近了她口中的茧，随后，左耳便伸出一条细如发丝的线状物，灵巧地插入茧中，茧状物的光芒轻微闪烁几下后，迅速恢复了正常。

"你在……充电？"

"算是吧，茧一边供给能量给我，一边又接收我收集的信息。"六一讲到这儿，明显停顿了一下，"就是和你相处的点滴。"

大齐盯着浑身也在微微发光的六一，心里不是滋味。原来这些日子里的有福同享有难同当，全都被转换成异星数据，源源不断地输送到这大白茧中，而会难过会撒娇的六一，竟也不过是冷冰冰的机器一台。

正这般想着，只见六一忽然神色一变，慌忙抽出连接线，一连后退几步。不明所以的大齐还未来得及开口发问，便被那茧状物发出的耀眼光芒晃得睁不开眼睛。随后，身上便一阵酥麻，似不受控制般地坠入一片黑暗之中。

4

再度醒来的大齐，宛如置身梦境。自己身体悬空，正在一个透明的胶囊舱体中不受控制地缓慢旋转。透明舱壁外，有七八个和六一模样相似的女孩子，不，准确地讲，是机器人，围观着他的一举一动。

"我去。"大齐心中暗暗骂着，却发现，自己的一个皱眉，一个摆手，都能让舱外的六一们兴奋得摇头晃脑。自己认识的那个六一在哪儿呢？大齐使劲儿张望着，却无力可施，身体正在被奇怪的力量控制着，大幅度的摆动几乎是不可能完成的任务。

正和这胶囊舱体较着劲儿的工夫，舱外的六一们忽然迅速让出一条通道，谦卑地低头行礼。大齐不明所以地抬头望去，只见一个怪模怪样的东西朝着自己滑了过来。

半流体状的身体，没有清晰的面貌轮廓，但依稀间却又可以辨认出是个人形。杵在大齐面前之后，不明生物像是一团柔软的银灰色橡皮泥，开始迅速地自我塑型。眨眼的工夫，长相俊朗的一个男人，活灵活现地出现在大齐面前。

"欢迎来到茧。"

"你是谁？"大齐忽然发现，舱内的力量减弱了一半，自己终于不再像陀螺一般旋转不停。

"我来自一个你们人类竭尽毕生之力都无法观察和触及的星球，所以，你可以称呼我为异星人。"

"六一呢？"

"六一？"异星人冷笑着，抬起手指，随意地在半空一圈。另一个透明的舱体迅速出现，赤身裸体的六一竟也被悬于其中，周身发出微弱的红光。"它是我的玩具之一，还由不得你给它随意起名字。"

"你想要干什么？"

"擅自闯入异星区，就该为此付出代价。巧的是，我们也对你的数据研究了许久，正好可以将我们的人类研究计划推进至下一步骤。"

"下一步骤？"大齐脊背一寒，自己虽不能年少成名，却可能要年少丧命，这也太惨了。如此想着，嘴巴便着了急，零七碎八地往出蹦词句。

"喂，哥们儿我说，你们知不知道随便杀人是犯法的？

"这可是地球，我的地盘。

"嘿，你知道我谁吗？你就下一步骤，艺术家懂吗？杀了我无异于摧残了艺术节的半壁江山哪！朋友。

"嗨，哥们儿，你说句话行吗？"

大齐吼得唇干舌燥，对面的异星人却依旧笑得得体，一边晃着脑袋，一边指着六一的舱体："过程并不痛苦，只需你躺在那张床上，静静地闭着眼睛就好了。如果你不愿意为这项伟大的实验献身，现在就可以离开，不过，你那么在乎的它，就没这么幸运了，竟敢擅自带你来到异星区，这种不听命令的机器怎么能不报废呢？"

"报废？"

"T70Z1 型机器需要每二十四小时补充能量槽和清理数据，不然的话，它们的处理器会崩溃的。就像此刻的它一样。"异星人指着舱体内，已经周身发红发亮的六一说着。

"六一。"大齐低声念叨着，当初一句交换秘密的玩笑话，竟将二人引至如此险境。六一作为一个机器，也真够蠢的，嘴上说还不够，非要拉着自己过来。说一千道一万，今日的鬼门关，怕是躲不过去了。舱体内的六一奄奄一息，嘴唇一开一合，虽听不到声音，却依稀能辨别出，那口型是在唤着"大齐"。大齐将头别到一边，心里一遍遍地安慰自己，不过是个机器，没有感情没有意识，就连平日里的记忆，都以数据的形式储存，一颦一笑怕都是计算好的数据编程，何必为了它丢了自己的性命。

想了许久，大齐隔着舱壁，冲着异星人摆了摆手。

"放我走吧，它，不过是台机器罢了。"

5

舱体倏地消失，跌落在地的大齐，一边活动着筋骨，一边打量着茧内的其他机器。

"为了异星球的秘密不被他人所知，我们需要消除你的部分记忆。"异星人说着，挥手招来一人，长得五大三粗，一身黑衣。

"这也是你制造的仿人类机器人吧？"

"你知道得还真不少。"异星人笑着，背过身去。男人不苟言笑，像极了警匪片中的大佬，不由分说地从怀中掏出把像是手枪一般的物件儿，顶在大齐额上。就在此时，大齐忽然像发疯一般，朝着男人扑了过去，扭打成一团。

6

再度被缚于舱体的大齐，喘着粗气，冷冷打量着舱外的异星人和他那些莫名其妙的机器。

"不要再做无谓的挣扎了，我们通过 T70Z1 型机器人，已对你的思维方式、行动模式等相关数据，进行了成熟而系统的分析。所以你的一举一动，所思所想，都在我们的意料之中。换句话说，早就知道你是在玩障眼法，假意顺从，伺机逃脱。也早就算到，你会莫名其妙地因为这台机器，留下来。"

大齐不屑地哼了一声，扭头望向隔壁舱体内，已虚弱不堪的六一。沉默了半晌，他开了口："我留下来，你们一定会放过六一的对吗？"

7

大齐从舱内被转移到一张金属床上，头上箍着一个巨大的银色盔状物。半空中出现的半透明状屏幕上，快速闪过一排排奇形怪状的数字。

周围突然也多出几位异星人，围在为首的那个异星人身边，对着屏幕指指画画，嘀嘀咕咕，不知说些什么。

过了不知多久，迷迷糊糊的大齐被异星人拍醒。异星人指着屏幕上一条曲曲折折的红线，向大齐解释道："我们在收集分析过程中，始终没能发现这根红线背后所代表的数据规律。就像刚刚我能根据你的思维习惯和行动方式，预测你会伺机逃脱，但我却无法根据这根红线的波动，预测你产生的一些其他想法。我们猜想，这大概就是人类在漫长的宇宙资源争夺中，始终处于劣势，并不能得到其他星球物种的回应的原因之一。要知道，真正的高等生物，从态度到行为，都是精确可控，遵循严格规律的。"

"就像你们一样？"

异星人没有开口，却笑得趾高气扬。冲着身边人又嘀咕了几声后，异星人皮笑肉不笑地冲着大齐宣布结果："这条红线，应该就是你们人类生命中的一个 bug（漏洞，缺陷），为了更好地了解它，我们一致决定，对你进行一个小小的颅内手术，以便我们对人类产生更加直观的了解。"

意料之中的事情，大齐没有说话，也没有挣扎，只是使劲儿转过脑袋，寻找着六一的身影。异星人还算守信，此刻的六一，已被他们从舱内拖了出来，靠在茧的内壁上，通过左耳内的连接线，补充能量。虽然还是虚弱得睁不开眼睛，但周身骇人的红光已逐渐微弱下去，脸庞恢复了之前通透如雪的状态。

六一真美啊！

如此想着，大齐却无意间瞥了屏幕上的那根红线一眼，只见红线微弱地跳动了一下，随后归于常态。等等？大齐像是意识到什么似的，又一次将脑袋转向六一，脑海中开始一一浮现出和六一相识的点点滴滴。屏幕上的那根红线，也开始波动得越发明显。终于，在大齐想到一直瞒着六一的那个秘密时，到达峰值。

一旁的异星人也注意到了这个怪象，开始紧张地密切关注起大齐的一举一动。大齐却在折腾一阵后，彻底放松了下来，躺在试验床上，笑出眼泪。

"Bug，你知道人类的 bug 是什么吗？我告诉你们，是爱，是你们这些永远没有情感的异星物种体会不到的那种感受！"

"爱？"一旁的异星人面面相觑。

"摸不透规律是吗？我告诉你们，爱没有规律，它既不可控，亦不精确。生死关头，它是坚持下去的勇气；沧海桑田，它是携手终老的承诺；茫茫人海，它是让你发亮发光的信念。如鲸向海，似鸟投林，它是万丈深渊，也是熠熠星空，无可避免，退无可退，这就是爱，你们懂吗？"

大齐的红线在屏幕上整齐而又规律地跳动着，异星人愣在一旁，又一次犹犹豫豫地学起大齐的模样，发出了那之前从未听到的声音：爱。

8

白色的茧充盈而柔软，泄下一地柔光。大齐站在茧外，逆光打量着眼前的异星人。

"不需要消除我的记忆吗？"

"这段记忆很有……很有爱，所以这一次我们选择破例，也请您一定不要忘记它，当然，更不要泄露它。"

"那你们呢，会一直在这儿吗？"

"人类的 bug 我们已经发现了，对于这个被你们命名为爱的 bug 究竟怎么出现、运行，已经超出我们的使命范围。我们也要撤回到异星球，好好休假去了。"

"那六一呢？也要回去是吗？"

异星人不再开口，开始陆续钻进茧中。最后一位异星人进茧之前，低声对大齐说："它不过是台机器罢了。"

大齐笑着，却红着眼眶，嘴上骂着："你们懂个屁啊，我还有个秘密没来得及说出口，它是机器，可也是我唯一的六一啊。"

茧缓缓合上入口，无声无息，却刹那间白光耀眼。大齐只感到眼前热浪滚滚，炙得鼻眼发酸，管它是荒野还是闹市，是夜深人静还是车水马龙，大齐只想号啕大哭，眼泪砸在六一曾踏足的土地上，碎成无数片，然后，每一片都化成六一的模样。

9

大齐是个三流画家，他不再画那个女孩的肖像，却开始日复一日，年复一年地画着那枚茧，和茧中的故事。收藏者说大齐的画天马行空，色彩瑰丽而不失温度，大齐敲着画板说，那是他爱人的故乡，一个遥远的地方。

又是一个夜晚，大齐像往日那般，带着画板，来到那处废弃工厂。茧像是从未出现过似的，一丝痕迹都不曾留下。

刚刚摆好画板，还未起笔，大齐的身后传来一个声音。

"我给你当裸模吧，这年头的裸体画像最吃香。"

愣在原地的大齐，捏紧了画笔。这声音日思夜想，今夜竟这般鲜活地出现，宛如天籁。竭力抑制情绪的大齐抿着嘴巴，声音干涩。

"算了吧，你身材也就那样。"

"所以这就是你当初不给我画裸像的秘密？"六一低着头，玩弄着发丝。如今她不再背负使命，只带着异星人成人之美的善意，再度踏足地球。

"还有就是，你是我的爱人，怎么能让别人看去。"说完，大齐像个孩子，笑着也哭着，转身，看到了今晚最明媚的月色……

拯救月球人计划

文／小怪

　　未来的某一个世纪，人类的宇宙航行技术全面普及，成功发现了生活在地底的月球人。随后地月建交，两边人口互相流动，人类正式进入了宇宙纪元元年，旅月器作为地月通行手段被广泛使用。

　　宇宙纪元一百三十年，地月断交，前往月球的航线全部取消，地月通道关闭，民用旅月器强制报废。地球人对于月亮的接触水平退回到二十世纪，仍然留在地球的月球人没有被遣返，作为普通居民继续生活。

　　宇宙纪元一百四十三年，断交十三年后，月亮表面惊现肉眼可见的巨大黑影。地球遭遇近百年来最暗夜空，科研机构难以确定造成黑影的原因，但普遍相信并非人为因素导致，不否认其他文明对月球侵入的可能。

　　学术界统一口径，地球目前是安全的。

　　黑影出现后的两个月零五天，李方店里来了一位不速之客，意图是买他家的旅月器。

　　"对不起啊，我的这个是父亲遗物，真不能卖，你多体谅。"

李方是这样说的，对面的人不为之所动。

这个人有很长的耳朵和细小的眼睛，李方判断这是一名月球人，但作为月球人来说又和人类太像了。

"地月混血。"对方说，"我的母亲是纯正的月球人，我在地球生活长大。"

月球人脸上保持着微笑："理解您保管父亲遗物的心情，我愿意付钱租用来代替购买，并且保证只作为科学研究所用，不做破坏，您也知道现在市面上旅月器少见。"

"少是少，但并非完全没有。"李方把月球人往门口引，"家里这台对我意义重大，你还是去找找别的。"

月球人走的时候留下了一张名片。

李方并非因为是父亲遗物才没出手，旅月器也压根没当成纪念品保管。

现在这玩意儿被取缔了，市面上是当收藏品来交易。开口说是科研反而不好买，如果说是收藏，李方刚刚可能会考虑，但他还是有所顾忌。

李方下午去了趟女朋友家，和她说了一下这件事。他女朋友叫张可可，提出了同样的担忧。

月球遇到了麻烦事，地球方面施以援手的概率很大，到时候地月通道一旦打开，虽然民用旅月器会禁止通行，但依旧有可能被投机分子用来走私。

走私是重罪，这个时间点过来收旅月器，李方担心会连累自己。

"别想了，不是打发走了吗。"张可可说，"下周和我去一趟妈妈家，家里种的牡丹花开了，刚刚妈妈叫我们回去一起赏花。"

"老太太真有闲情雅致。"

李方对牡丹花没有兴趣，对张可可家却兴趣过于浓厚。

她家老宅子后面本来是片荒地，一直处于谁爱用谁用的状态，理论上没有主，于是愣被老两口种了半亩多的牡丹花。冬天看是光秃秃的一堆杆，等开花时候，红灿灿的特别好看。每到开花的季节，李方都要回去陪着一起赏花。

这种行为在李方看来和逛街是一样的，纯粹浪费生命，但为了生活质量又无法拒绝。

月球人没有放弃。

李方又一次在开门的时候看见了他。月球人表示很抱歉："周围我都去看过，好像早一步都被收走了，所以附近就你的……"

李方说："可是我这个不卖啊。"

"确实一定要用到。"月球人没有要走的意思，"不然你说个价格，我租用一段时间，价格高一点也可以。"

"你要是真的特别想要。"李方把自家的门关上，"我知道个地方，说不定还有。"

李方有个朋友叫王大明，做一点擦边生意，手里长期放着三四个旅月器。而且这人有一个好，他不管你买旅月器是收藏还是干别的什么，只要价格合适就出手。

王大明的店铺是一个内外双层的模式，外面放店子，里面是仓库。李方把月球人安排在店子里面喝茶，自己进来找王大明。

王大明正在做大扫除，屋子里面乌烟瘴气，但他的态度并不如此朦胧，很明朗。

"科学研究个屁，这个时候忽然抬价钱收，肯定是走私。"王大明鸡毛掸子到处拂，"说不定还是个新手，以前干过这行的手里都压着车呢。但之前管得松啊，现在放开通道还能那么放松吗，没点经验不百分百出事？光想着赚钱心里没点数。"

李方坐在那儿，尘土飞得茶杯盖子都不敢打开："你怎么还在用这玩意儿，又慢又费劲。"

"怀旧。"王大明说，"这本身就是老宅子，我扔个自动除尘系统进来，多碍眼。"

"老宅子也没鸡毛掸子那么老啊。"

王大明不接这茬："要我说你别蹚这浑水。"

李方说："我不蹚，过来问问是想看你的意思。这人找了我两趟，老老实实的，万一你想做给你介绍个生意。"

"老弟有心了，现在不敢顶风干这个。"王大明坐椅子上长喘口气，"你早几个月来我就出了，如今再卖不是给自己找不痛快吗？"

李方点点头，心想那就算了。

王大明又劝："你也到此为止，这人说不定要干吗？"

李方确实是准备到此为止的。

不过他很好奇，为什么一个人忽然要走上走私的不归路。

早在一个世纪以前，那会儿宇宙纪元刚刚开始，地月之前由于巨大的生态体系差异，两者之间的互通有无产生了巨大的差价，这导致走私行业极端发达，利润高到两边都红了眼，基本是个人都能和走私扯上关系。

但随着时间推移，差价越来越小，在断交前十几年这一行已经不太赚钱。本身就是高风险，一旦没了巨额利润，做的人就越来越少。

地月断交之后算是彻底绝了走私这一行，现在十几年过去了，当年的老一辈早就找到了吃饭的行当，也只有混得最惨的走私客还想着东山再起。

可这个月球人是打的什么主意？

"看你才二十来岁，干吗做这个啊。"

"干吗做科研？"

"不是。"李方掏出手机，"你等我一下，接个电话。"

其实从王大明那里出来，李方已经知道这次要无功而返，但为了表示诚意还是继续带着月球人一直逛到中午。现在他俩在一个闹市里面吃午饭，这是一栋多功能大厦，中间的二十三层到三十三层是美食街，里面囊括了地球上各种各样的小吃。

电话是张可可打来的，让他把车洗一下，马上就快周末了，不要等去了妈妈家发现车太脏不好看。

李方说妈妈家本来就在乡下，洗得再干净过去了也是脏的。当然这个建议被张可可无视了。

李方收起来电话，月球人问他："你要去乡下吗？"

"是啊。"李方说，"乡下有一片牡丹花田，要过去看看。你看城市里挤得大家都住在天上了，乡下居然还有空地种花。"

"花很好，很好看。"

李方问他："月球上的花好看吗？"

月球人摇头："我不知道，我还没有去过月球。"

"那你可以借这个机会过去看看。"李方和他说，"说到这个，买旅月器确实不是为了科研吧，要去走私商品吗？"

马上李方又找补一句："我就随便问问。"

月球人说："是不是基本没希望买到了？"

"很难，市面上的已经卖空。"

月球人叹了口气："我确实并非为了科研，但也不是为了走私。"

月球人拿出来两张照片，第一张上面是个标准的月球女人。

"我妈妈在月球上，十三年前她回去探望亲人，还没来得及回来就关闭了地月通道。那时候我才十岁，今年我二十三了，妈妈应该接近五十岁了，我想如果有机会的话一定要过去看看，接妈妈回来。"

第二张照片是拍的月亮。

"如果月球黑影没有出来的话，再等几年也无妨，但现在这个局势，我很担心一旦我没能过去，会后悔一辈子。"月球人说，"我真不知道该怎么办，现在旅月器买不到，即使买到了我还要自学驾驶技术，等地月通道开了能不能顺利过去还很难讲，很可能我再也见不到妈妈了。"

"再也见不到了？"

李方很小声地说了一句，声音小到自己都差点听不见。

晚上的时候李方把车清洗了一遍，他这辆已经很旧了，现在汽车行业更新换代非常快。父亲那个时代的车还在用二十一世纪的汽车外形，但现在已经完全看不到前人的影子了。

保留下来的只有名称，可孩子们不再能理解，课本上讲汽车为什么有个"汽"字，就像为什么这个时代的通信器材还在叫电话，等再过几年这些名称恐怕也会被时代抛弃。

李方父亲就是这么被时代抛弃的。

李方父亲是个很传统的人，喜欢各种古董车。他去世那年李方也才十来岁，跟着父亲在检修保养旅月器。李方记得父亲是开上古董车要出去买一个配件，但在路上这辆破车出了故障，引发了一场车祸。车祸的另一方从车里出来的时候毫发无损，而父亲就这么去世了。

官方解释说古董车的保护设施实在太过时了，早应该淘汰，没想到还有人在开。

车被淘汰了，父亲也淘汰了，李方看见了太多东西被淘汰，弄得自己心很累。

地月时代也可能要被淘汰了吧，现在月球都不知道遇到了什么麻烦。

李方想着想着有点可怜那个月球人，他想如果自己父亲还在的话，那肯定要不顾一切地过去，然后告诉他，你可别玩你那些古董了。

不过没什么机会，再也见不到了。

李方瘫在沙发上，张可可打来电话，李方有点懒得接。他不想跑那么远过去看牡丹花，也不想为了看花耽误一整天，这种有毒的东西也早点淘汰掉就好了。

他打开了电视，电视上在讲地月通道明天早晨八点开启……电话还在响，李方烦得不行。

月球人第二天上午十点到了李方家门口。他在昨天晚上接到了李方的电话，而李方这个时间正在车库里等他。

月球人激动得一晚上都没有睡，因为李方打电话和他说，通道开了，我送你过去。

现在旅月器就安安静静地放在车库里面，李方刚刚给它做了保养，里面的各种器件也进行了简单的检测，一切都没有太大问题。

"部件有点老了，勉强能飞。"李方甚至换好了宇航服，"你把我以前的那套穿上，我们先去通道口看看天气情况。"

"谢谢谢谢，你……太谢谢你了。"

"用不着。"李方坐在驾驶位子上说，"我等过我爸回家，但我没等到，你母亲应该也在那边等你，希望这次她能等到。"

月球人换好了衣服坐在副驾驶的位子上，李方让他做好安全保护措施。

"有点旧了，但还能保证安全。你准备好了？"

"准备好了。"

"出发，去拯救月球人。"李方吸了口气按在启动按钮上。

李方昨晚考虑了很多，他不想去女朋友家看牡丹花。他觉得自己应该去做点比看牡丹花有用的事，于是李方的手按在了启动按钮上，他在彻底按下去之前和自己说，这并不是一个冲动的决定。

旅月器也不冲动，人家根本不理你。

李方又按了一次。

周末时候李方开着车，带着张可可出了城。从市区出去一路往北就是妈妈家，那边有片牡丹花。张可可始终不知道，这趟旅程能够实现，归功于一台坏掉的旅月器。

今年花开得不是很艳，颜色是种深沉的红。

晚上李方坐在花边上看着月亮，上面的黑影巨大又明显，李方叹了口气，接过张可可递过来的茶。

"妈妈说过几个月要搬家了，这一小片牡丹不知道该怎么处理。"

搬呗，总有些事是无可奈何的。

智能导路手环

文／晁安呐

1

2040.5.5

桌上的请柬皱巴巴的，合照上女人笑得好不幸福，男人的脸却被人用水笔刻意地涂画掉。

姚琛抄着手坐在椅子上，沉默地看着箱子里的一堆照片。

突然门被推开，一个女人的脸出现在门口，小心翼翼地提醒了一声："姚教授，时间马上就要到了。"

"好。我马上出去。"

得到他的回应，女人点了点头，顺手带上了门。

姚琛蹲下身子，将箱子里的照片在地上一字排开。照片上的女人叫尚真真，是他从初中起便开始暗恋的对象。照片上搂着尚真真的男人叫付朗，是尚真真的老公。

姚琛点燃一支香烟，不禁想起那永生难忘的一天。

那是二〇一七年五月七号，姚琛的生日，那天他特地约了尚真真出来一起吃饭，攒了五年的告白，蓄势待发。

尚真真如约而至，兴奋又激动地坐下。还没等姚琛开口，她便兴冲冲地说起自己这两天的经历。

"你可不知道，我一出车站，整个人都蒙了，站在原地，不知道该往哪儿走。就当我犯蒙的时候，你猜怎么着？"

尚真真是一脸的神采飞扬，看得姚琛心里稀罕得很。

"怎么着？"

"一帅哥，可能看我茫然得像只无措的小绵羊，哈哈，主动给我带了路。人也是恒城大学的，比我们大一届，幽默风趣，人长得也好，还主动留了我的联系方式。聊了两天了，我猜我俩有戏。"

"老姚啊……"尚真真边说着边从包里掏出手机，解了锁递给姚琛，"来，给你看聊天记录。"

姚琛黑着脸，看完两人的聊天记录，那天晚上的饭吃得索然无味，送尚真真回宿舍之后，他自己溜到学校东门，喝了大半夜的酒。

果不其然，一周之后，就接到了尚真真和那个男人恋爱的消息。

就这样，两人异地恋两年，毕业后尚真真直接去了恒城，终于，两人在一年后走进了婚姻的殿堂。

姚琛去参加了他们的婚礼，亲眼见了那个男人，看得出，尚真真很爱他。

再早一点就好了。

这二十多年里，姚琛经常这么想着，再早一点表白的话，哪还轮得着他。

将地上的照片重新收回箱子里，搬到柜子里锁好。

没有什么是不可以改变的，只要没有起点，就不会再有交集。

2017.5.5

尚真真是个路痴，骨灰级的。

如果你问她在哪儿，永远是在太阳的斜下边。

今天是二〇一七年五月五日，尚真真正站在恒城汽车站门口，一脸迷茫地看着这个世界。

如果你问尚真真，路痴多年，是否有些亲自总结的经验要与大家分享。

她一定会说："一个路痴，永远不要因为冲动，轻易地踏上另一块你不熟悉的土地。"

因为现在的她，正亲自品尝着冲动的苦果。

只身一人坐车到好朋友的城市，在昨夜忘了给手机充电的情况下，她用最后一点电量等来了朋友突然加课，无法来车站接她的好消息。

天雷滚滚不足以形容她在这一刻遭受的打击，一个从来只靠熟记标志物来走路的人，现在要在一个陌生的城市，顺利地找到公交车站。

用最传统的掷硬币方式，选出自己应转身右侧行走。尚真真低着头迈着灌了铅似的步子，心中千万匹草泥马奔腾。

如果真的有月光宝盒的话，不，只要是时光能够倒流，就一定要回到自己做决定的前一刻，狠狠地给她来两个大嘴巴。告诉她老哥你意志坚定手别抖，坚决不去要稳住。

就这么想着出了神儿，突然身体好像撞到什么东西，尚真真抬头正对上男人探寻的目光。

"对不起啊大爷，撞到你了。"她往后退了两步，语气真诚地道了个歉。

男人有些尴尬地笑了笑，说："其实我才四十多岁。"

尚真真吞了口口水，忙不迭地找补道："啊是大哥，我刚才心里其实在想我大爷，嘴一秃噜就给说出来了，误会误会，您一点儿也不老。"

只是男人的嘴角上扬了还没有三分之一，便听见尚真真接着说："大爷，您能帮我个忙吗？"

男人一脸黑线，还是忍住了开口道："什么忙？"

"您能告诉我最近的公交站牌在哪儿吗？"

"这个嘛。"男人嘿嘿一笑，从口袋里掏出一根蓝色手环，"姑娘你算是问对人了，我手中的这个东西，叫智能导路手环，现在还没有正式发售，想去哪儿，它都能带你去。"

尚真真在心中翻了个白眼，问路问着个搞推销的老大爷，今儿这运气也是绝了。估计这大爷接下来的台词就是：小姑娘我看咱俩有缘，这个原价九百九十九，今天不要九百九十九，不要四百九十九，只要一百九十九，你就可以轻松地将它拿回家。

一套流程顺下来的嘛，大家都熟。

"小姑娘，我看今天咱俩有缘。"

这不，来了。

"我就把它送给你吧。"

送？送！尚真真掏了掏自己的耳朵，一脸的不敢置信。大爷是遇着什么事儿了，这么想不开。

正要开口劝大爷两句，大爷却率先开了口："我这时间马上到了，红色开机，蓝色关机，我先走了，再见啊姑娘。"

将手中的手环儿一把塞进尚真真手里，大爷一骑绝尘。

跑得还挺快。

尚真真摆弄着手中的小玩意儿，犹豫了半天，轻轻按下了手环左侧的红色键。

"欢迎使用 2040 智能导路手环，下面请选择语言。Welcome to use 2040…"

手环里传来机器人女声。

尚真真在小巧的屏幕上滑动了两下，选择了中文模式。

"设置成功，现在系统自动定位。"

"检测到您现在正处于 2017 恒城叻埔路 138 号，请语音输入您的目的地，或点击屏幕选择智能手写模式。"

"语音输入。"

"请输入目的地。"

"恒城大学。"

"请选择出行模式，汽车模式、公交车模式或步行模式。"

"公交车模式。"

"请选择前后左右模式或东西南北模式。"

"前后左右模式。"

"设置成功。现在请您向后转，一直往前走。"

尚真真听话地向后转，然后一直向前走，终于在走到路口的时候，小手环里幽幽地飘出来一声——停。

"现在请您右转，在绿灯亮起时通过人行横道，到达马路对面。"

尚真真好不乖巧地依着手环的指示过了马路。

"现在请您向右转，然后向前走。"

走了大概有二十多米，果真有一公交站牌。

"停。现在请等待 K81 路公交车，票价两元，请提前做好准备。"

3

2040.5.7

激烈的掌声噼里啪啦地响起。

姚琛从时空旅行器上下来，走在红毯上从容地朝两旁的媒体记者微笑着点头招手。

"时空旅行器，空间旅行再也不是问题。"姚琛低头笑了笑，这大概就是明天的新闻标题吧。

独自回了自己的小屋，瘫在椅子上，姚琛闭上眼，准备睡一会儿。

谁知刚一合眼，便感觉什么东西开始慢慢发生变化了。

是什么呢？姚琛躺了一会儿，突然迅速从椅子上弹了起来。

手颤抖着从抽屉里拿出钥匙，从柜子里将那个箱子抱出来，打开后却是空空如也。

照片呢？姚琛跌跌撞撞地跑到桌子前，桌上的那张结婚二十周年派对请柬也不见了，反而多了一张全家福，画面里姚琛搂着尚真真，尚真真怀里抱着一个女孩儿，一家三口其乐融融的样子，好不幸福。

姚琛哈哈大笑，跌坐在椅子上，是记忆啊，记忆完全发生了变化。

记忆里的尚真真，没有遇到付朗，而且自己在生日那天向她表白，她考虑了两天后也欣然表示接受。

后来姚琛和尚真真同时毕业，并一同留在了平城，两人恋爱三年后结婚生子，而且今天就是他们结婚二十周年的纪念日。

果然啊，没有什么是不可以改变的。

姚琛笑了笑，抄起桌上的车钥匙，在花店买了束花，开车便赶回了家里。

女儿在外地上学，所以家里安静得很，只有厨房里传出阵阵水流声。

怀着期待的心情走进厨房，一个穿着白色丝质睡衣的女人正在里面前前后后地忙活着。

"真真。"试探性地叫了一声。

女人应声转身，正是尚真真。

姚琛一把将尚真真搂进怀里，果然啊，没有什么是不可以改变的。

没有起点，那么自己就会获得胜利。

"阿琛啊，今天怎么回来得这么早。"

尚真真将姚琛的外套褪下来，把它挂在玄关的衣架上。

"实验成功了，早点回来陪你。"

"啊真好。"

尚真真环住他的腰，轻轻在他胸前蹭了蹭。

姚琛将尚真真紧紧抱在怀里，二十多年了，这种只在梦里出现的景象，如今赤裸裸地展现在面前。一瞬间，幸福从心底涌来，现在的自己，家庭和睦，事业顺利，简直是现实版的人生赢家。

4

2040.5.8

"阿琛啊，那我就先走了。"

尚真真在男人脸上印下一吻，微笑着冲姚琛摆了摆手。

"去吧。"姚琛宠溺地点点头。尚真真因工作的原因，要去泷港出差，两人要暂时分开两天，这让姚琛有些不舍。但一想到以后的大半辈子两人会一直在一起，这两天也算不了什么。

尚真真拖着行李箱出了家门，打了个车直奔机场。

大概两个多小时后，恒城机场。

尚真真拖着箱子从里边出来。

三天前姚琛的时空旅行器投入实验，尚真真因工作原因只身来了恒城。

阴差阳错地，导路手环不小心落在了家里。

无奈只好硬着头皮拦下了一个路人，正好，尚真真的目的地，正是男人工作的公司。

男人名叫付朗，带着绅士的微笑为尚真真领了路，其间谈吐幽默，人也帅气。尚真真突然感觉，和这人总有种似曾相识的感觉。或许这就是人们常说的缘分吧。

当下两人便交换了联系方式。

聊了两天之后，尚真真觉得自己心中有一根弦，"砰"地一下松了。

不行，我一定要见他。心里这么想着，尚真真便打着工作的幌子又来了恒城。

此时站在恒城机场门口，尚真真只感觉神清气爽。

抬手将左手手腕上的蓝色手环摘掉，随手塞进包里。

掏出手机拨通了那个熟悉的号码：

"喂，付朗啊。对啊，我又迷路了，在恒城机场门口。好，那你快来，等你。"

我的机器人男朋友

文／赵同学

1

"您好，这里是 NPY 公司售后服务，请问您最近购买的
B07012 号男朋友有什么故障吗？"

"挺好的，就是这张脸我看一年多了有点腻。哎，你们能不
能帮我换张脸啊，我最近又有了新爱豆（英文 idol 的音译，偶像）。"

"好的女士，您可以把爱豆的正脸照片用邮件发过来，我们
重新为您制作一张。"

客户又问了一些相关方面的问题后，舒佳淇挂掉电话，喝了
口已经凉掉的咖啡，扭扭脖子伸展个懒腰向窗外望去。

从一百层的办公室往下看，能俯瞰到 Y 市热闹的交通线路。
对于没有感情没有思维的机器人，那些人好像投入更多的关注，
舒佳淇想。

前段时间还有媒体报道某富家女为机器人男友包下整个商场
的男装，动不动就得吃土的舒佳淇表示并不是很懂这些有钱人。

听到高跟鞋敲击地板的声音时舒佳淇才回过神来，总经理顾
瑜穿一身黑色的正装出现在售后部，一贯的不苟言笑。顾瑜大约

有三十多岁，剪着利落的短发，眉毛长得也锋利，再加上平时不爱笑，公司的员工在私下里都不大喜欢她。

舒佳淇看着她把灰色的文件夹放在自己面前的桌子上，抬头的时候刚好对上她的眼睛。

"到我办公室来一趟。"说完又踩着八厘米的高跟鞋离开。

舒佳淇把书桌整理一下便起身跟随。顾瑜的办公室和其他人的有些不同，以灰白色为主，冷淡的风格，电脑旁边是印着墨色竹子的笔筒。

她伸手示意舒佳淇坐下，然后从笔筒里取出一支黑色水笔习惯性地在指尖转动。"售后访问有发现什么问题吗？"她问。

"目前还没发现什么大问题，就是机器人男友反应的灵活度还不能满足顾客的需求。"

"这也是我们公司现在正致力改进的问题。这次第二批机器男友计划你应该听说了吧，我们这次打算继续生产二十个，和以往不同的是，这次公司将留下五个作为实验。"说到这儿顾瑜停下手中的笔。

"作为售后部总负责人，你也被分配一个。"

舒佳淇没有说话。

"这五个机器人男友和其他十五个不同，可待开发性较强。你需要对这个机器人男友的日常反应进行记录，我们将会根据这些记录改良下一批。"

"好的。"舒佳淇回答道。

2

其实舒佳淇早就听到关于第二批机器人男友计划。

作为初步实验的第一批生产二十位，由于可以根据客户需要对外貌进行改造，外形又几乎和真人无异，所以即使还存在一些不确定性，也都出售完毕。购买的几乎都是富商高官，听说还有一些娱乐界人士。

人们似乎对爱情越来越失望，年轻时身边是一批又一批的新欢，到了一定的年龄后，形影单只也不觉得可悲。

前几天新闻报道说，试管婴儿的数量又比往年增加了两倍。

如果说快速的生活节奏让长久的爱情变得奢侈，那很多人只想有个简单的陪伴。所以说有个机器人陪着，也不是什么坏事，舒佳淇这样想。

办理完所有的手续，舒佳淇从手机里翻出一张照片发给技术部："我想以这张脸为模型，身高一米八一左右。声音的话，我稍后给你发一段录音，和这个音色相似就好。名字的话，叫萧安吧。"

她手机里保存了很多录音，随便点开一个就会发现，都出自同一个人。

一下午时间，由模型改造的男友加工完成。舒佳淇对说明书已经了如指掌，指纹认领后，她就挎着"萧安"的胳膊走出NPY。

打开车门后舒佳淇没有急着发动引擎，她埋着头抵在方向盘上好久，像是终于做出什么决定一样，抬起头，用右手把垂下来的头发别在耳后。

"好久不见，萧安。"舒佳淇侧头对坐在副驾驶的机器人男友说。语音输入复制后，"萧安"转过头，用她再熟悉不过的声音回答说："好久不见，舒佳淇。"

舒佳淇想过很多次如果萧安重新出现在她面前她会怎样，她会飞奔过去抱着他的脖子大哭，或者把所有的想念和委屈都大声讲出来埋怨他的离开。

然而即使眼前的这个人和十六岁时认识的那个人是如此相似，舒佳淇也清醒地记得，那个让她心心念念的人，早在十年前因为肺癌晚期而永远离开人世了。

但他将以另一种方式存在，如同人们入睡后的梦境。

这场梦，将由舒佳淇掌控。她扭过头看着车窗外亮起的灯光，任凭灯光照在她明晃晃的脸上，和手背上破碎的水珠上。

良久才回过头，冲"萧安"露出一个刚好的微笑。发动引擎的时候，她听见内心有个声音在说：一切都重新开始吧。

3

下班高峰总会堵车，利用这个空闲时间舒佳淇对"萧安"输入了些日常指令，比如不同程度的微笑和一些简单的问候语。

回到家时舒佳淇觉得有些不对劲，平时只要她刚从包里掏出钥匙毛毛就会撒欢地乱叫，现在她都换好了鞋也没听到毛毛的动静。

"毛毛？"她顺手打开灯，看到卧室的门闪开一条缝。萧安跟在她身后，看起来像这个房间的男主人。

"毛毛？"她一紧张声音就会有些颤抖。舒佳淇几乎是挪到卧室的，没敢开灯，窗帘也没拉，月光冷清地照在书桌前的白色地毯上，一团金色的物体趴在那里，从鼻腔里发出有气无力的哼声。

"毛毛！"舒佳淇蹲下来把手放在它的脑袋上，它这次没扬起脑袋来舔她的手。

舒佳淇慌了，她对"萧安"喊："快过来抱它去医院。"喊完才想起来还没有输入指令。

只能语音输入指令并示范出抱狗的动作，"萧安"才从地毯上把八十多斤重的毛毛抱起来。

正是下班的高峰期，地上地下通道都堵得一团糟，舒佳淇站在楼下做出跑的动作，于是"萧安"迈开大长腿就跑了起来。

…………

舒佳淇凌乱了会儿才意识到还没有给他输入地址，只能提着拖鞋在后面狂追。把毛毛交给医生后，舒佳淇才松一口气坐到旁边的长椅上。

"萧安"紧跟在她后面，就直直地站着。

"坐下。"她站起来给他示意坐下的动作，然后两个人一起坐下。

旁边抱着柯基的小男孩咯咯笑着对他妈妈说："你看那个哥哥还需要姐姐教他怎么坐下，真好玩。"

舒佳淇把手放在他没有温度的手背上，用力握住："像我这样，握手。"他反扣过来，把她的手紧紧握住。

医生出来时，舒佳淇赶紧站了起来："医生，毛毛怎么样了？"

"误吃葡萄皮的原因，还好送得及时，不然就会有生命危险。我们正在给它洗胃，你们在这里继续等着。"医生回答。

舒佳淇刚松口气，医生又回过头说："你不知道一些养狗的常识吗？葡萄、巧克力、洋葱这些，都会危及狗狗的生命。就算你不知道，你男朋友难道也不知道？"

舒佳淇看了"萧安"一眼，又低下头满是歉意地说"我知道了"。"萧安"也学着舒佳淇的样子低下头，弱弱地说了句："我知道了。"

医生："……"

抱着毛毛离开宠物店时，街道已经松散很多了。

舒佳淇穿上拖鞋吧嗒吧嗒地走在"萧安"身边，一边摸着"萧安"怀里的毛毛，一边试着给他输入高级模式。

"我冷。"舒佳淇说。

"冷是什么？""萧安"问。

"冷就是，比如下雪天穿裙子，重感冒，冷天吃雪糕……"

舒佳淇还没有解释完，"萧安"就腾出一只手环住了她。训练得还不错，舒佳淇忍不住嘴角上扬。

4

以前等待舒佳淇回家的只有毛毛，现在多了"萧安"。

"欢迎回家，午饭做了你最喜欢吃的小鸡炖蘑菇还有麻辣小龙虾，毛毛的狗粮我也换好了。"

舒佳淇换好鞋子走到餐桌旁，"萧安"笑得一脸温柔，毛毛正认真地把脸埋在狗盆里。

"萧安你进步好大哦，两个月前你的小鸡炖蘑菇只有毛毛才能忍受，现在不得不夸夸你，简直好吃到爆炸。"舒佳淇啃着鸡腿，还不忘用油乎乎的手摸"萧安"的脑袋。

"萧安"似乎特别喜欢被称赞，每次夸奖他后，他会做得更加出色。

有时星期天舒佳淇在卧室看书，"萧安"会在没有接到指令的情况下端进来一杯花茶。

有时舒佳淇来例假心情不好不想说话，"萧安"就会巴拉巴拉在她旁边说个不停："今天我把作业写完后给金鱼换了水，给毛毛洗了澡，等你回来的时候在阳台看了几章你拿给我的书。但我还是不懂作者想要表达的意思。"

舒佳淇上班的时候会给"萧安"布置一些作业，相当于小学一年级的水平。还会给他买一些童话书，让他试着说出自己对这本书的感悟。

舒佳淇很烦的时候会让他闭嘴，他一脸委屈地看着她说："是你告诉我在你心情不好的时候要多和你说话，现在你又让我闭嘴嘤嘤嘤。"

舒佳淇忍不住吐槽：现在连机器人都会卖萌了？

天气好的时候舒佳淇会带他去公园溜达，虽然她知道"萧安"对这些并没有感知。但听到鸟鸣或者途经一片波光粼粼的湖时，只要舒佳淇扯扯"萧安"的小拇指，他就会说："今天天气真好，和你一起出来很开心呢佳淇。"

这些是舒佳淇输入的模式，在两个月后，他已经能认出公园里各种花的名字。

"萧安"逐渐开始不再局限于"输出"和"输入"模式，他已经会自己组织一些简单的语言，有时候说出一些让舒佳淇震惊的话。

晚上去睡前舒佳淇会让"萧安"把《安徒生童话》一章章地读给自己听，失眠的话舒佳淇就会让"萧安"躺在身边，给他讲一些以前她与萧安的故事。

每次说到她多爱萧安的时候她就会问"萧安"："你知道什么是爱吗？"

最初"萧安"会按照输入的指令那样回答："就是人鱼公主化成泡沫。"后来他逐渐增添字句："就是萧安永远都爱舒佳淇，他会给十七岁的舒佳淇买喜欢的连衣裙，春天带她去麦田放风筝。人鱼公主会化成泡沫，但萧安不会。"

有次舒佳淇讲着讲着就睡着了，"萧安"盯着她的睫毛看了很久，帮她把被子拉好，在她脑门上轻轻吻了一下："晚安佳淇。"

5

"E032 号最近怎么样？"顾瑜的办公室里，舒佳淇端坐在她对面。

"反应良好，已经能够根据一些没有输入的指令做出相应的反应，觉得智力已经相当于十岁小孩。"

顾瑜没有说话，用同样的黑色水笔敲击桌面："其他四个机器人呢？反应怎么样？"

"和初次生产的普通机器人无异。"顾瑜耸肩。

"你对 E032 号做过什么特殊的训练？"

"也没有多特殊，只是把所有离开公司后的时间都花在了他身上，每天给他讲故事，告诉他什么是爱。"

"他会懂？"

"不知道，有时觉得他只不过是根据程序做出反应，但有时候……"舒佳淇停了一下，她想起来那个周日下午他们在阳台上和毛毛玩耍时，他猝不及防地吻在她头发上。

"有时候怎么样？"顾瑜皱着眉毛追问。

有时候会真的觉得，他就是萧安。

这句话舒佳淇当然没说："我也说不清楚。"

"两个月后五名机器人男友就要回收了，我们会着重对 E032 号进行检查。"

"检查完之后呢？"舒佳淇几乎是脱口而出。

"之后？当然是销毁制造下一批。"

销毁？

这两个字像尖锐的石块一样砸得舒佳淇心口生疼，顾瑜好像发现了她脸色的变化："怎么？你舍不得？舒佳淇，你要知道，机器人是没有感情的。所谓的感情，都是你们的自欺欺人。"

舒佳淇怎么不知道，她亲眼见证过那些机器人是怎样由精密的零件组成的。但是，但是那个人是萧安啊！

6

走出办公室的时候舒佳淇还处于恍惚的状态，回到家"萧安"已经做好了午饭。毛毛现在和他特亲，一直跟在他屁股后面摇尾巴。

"佳淇你不开心吗，还是不喜欢今天的午饭？"他从她的表情里读取到她不开心时下达的指令，于是开启了话痨模式。

"我今天从你给我的教学视频里学到了好多新的食谱，有机会我们一起去超市买食材，带上毛毛，回家的时候我做给你吃。"

毛毛在桌子底下摇尾巴，舒佳淇还是没有说话。

"你今天的大衣真好看，很符合你的气质。这样显得你又白又瘦的，真担心你被别人抢走。"

治愈不开心第二招，说好听的话，狂夸模式。

"好了乖，别生气了，再不说话就要吻你了。"

第三招，霸道总裁模式。

舒佳淇看着他——温柔和真人无异的他，觉得难过得眼泪都要掉出来。

"萧安"微笑着一步步靠近她，她愈加觉得内心遭受谴责。

"站住！"舒佳淇用右手握着心脏的位置开口。

"萧安"果然停下，疑惑地看着她，眼神清澈。

"萧安，如果有一天你发现自己的世界是虚构的，会怎么样？"

"世界本来不就是虚构的吗？我从来都没见过童话故事里的人物，只能通过别人构造的故事知道。你没出现之前我不会知道自己爱你，但你出现了，这个故事需要我去爱你。但我也从来不会怀疑这份爱的忠诚度，因为虚构的人物也会有真实的感情。"

眼泪直直地砸在大理石餐桌上，碎成几块。舒佳淇极力克制自己，但没能忍住。

"萧安"不懂什么叫眼泪，但他感受到她的痛苦。他绕过餐桌坐在舒佳淇身边，把她的脑袋摁在自己的怀里，那里没有心脏的跳动声。

他再次亲吻她的额头，用那再熟悉不过的声音说："别难过了，一切都会好起来的，不是吗？"

7

日期到的那天舒佳淇请了一天假，为"萧安"在百货大楼挑选衣服。

一身休闲装，"萧安"穿起来像极了十年前的他。

"萧安"还以为是再平常不过的一天，拉着舒佳淇的手要看她试穿那件旗袍。他们一起购物，买了很多食材，还去公园待了一下午。

那天天气极好，湖面上有水鸟掠过。他们并排坐在长椅上各自沉默，"萧安"一直都握着舒佳淇的手。

她要去上厕所，"萧安"也跟到女厕旁边，眼巴巴地看着她进去。

舒佳淇出来的时候没有看见门口的"萧安"，一下子就急了，刚一脸慌张地跑几步，"萧安"突然从一旁蹦出来，一脸顽皮的笑。

"你吓死我了，还以为你丢了。"舒佳淇舒了口气。

"你先闭上眼睛，给你看我刚刚偷来的星星。"

舒佳淇半信半疑地闭上眼睛，听着"萧安"兴奋地数着："三、二、一。"

一簇绿莹莹的叶子里有星星点点的蓝色小花，舒佳淇没忍住扑哧一声笑了出来，分明是中学生讨心仪女孩欢心的把戏，却让舒佳淇眼眶微酸。

开车去公司的路上舒佳淇没有说话，"萧安"也出奇地安静。

她摇开车窗，风呼呼地灌进来。这沉默几乎能将人撕碎。乘坐电梯时，"萧安"突然开口说："佳淇，我们今天是不是忘记买鱼了？"

"嗯，下次买。"舒佳淇极力克制住自己的颤音回答道。

"好，等会回去我要写在便利条上免得忘了。对了，毛毛的狗粮好像也不够了，也把狗粮写上去。"

"嗯。"

"你给我的那本《小王子》也快看完了，我们回去时到书店再重新买一本吧。"

"好。"

"佳淇，你在难过吗？"舒佳淇再也抑制不住蹲在地上大哭起来，电梯门刚好打开，她哽咽着缩在电梯的角落里，看着技术部人员把"萧安"带走。"萧安"好像回头了，也好像没有回头。直到哭疲倦了，她才红肿着眼睛摁亮了"1"。

8

当顾瑜打电话说 E032 号从机械房逃走时，舒佳淇差点打翻了手边的咖啡杯。

"在关闭系统的时候发现他消失的，所有人都很震惊，定位追踪的时候发现，锁定的是你家的位置。"

还有
这种操作

舒佳淇坐在车内的时候一直在想，他为什么能够在关闭系统后还有逃走的意识，为什么不逃到安全的地方，而是把他送去销毁的家。

打开门的时候熟悉的香味扑鼻而来，毛毛摇着它肥肥的尾巴跟在他身后跑来跑去，冰箱上新贴了几张便利条。

餐桌上都是她喜欢吃的饭菜，他从锅里盛出小鸡炖蘑菇摆放在她面前。

"快洗手吃饭吧，今天做了你最喜欢吃的小鸡炖蘑菇。冰箱里有啤酒，明天买条鱼，回来就能做啤酒鱼了。"他笑吟吟地解下围裙。

"明天一起去买鱼吧。"他摆放好碗筷说。

"萧安。"舒佳淇叫他的名字，好不容易稳定下来，现在声音又颤抖起来，"你，为什么又回来了？"

"佳淇不是老爱在做梦的时候一遍遍叫着我的名字，不让我离开吗。而且下班时间快到了，该为佳琪准时做饭了。"

舒佳淇红肿着眼睛，她不知道该怎么办才好。内心的两个自己一直在争吵，一个不停地说带他走吧，另一个冷静地说别忘了你的责任。

这时手机响了，是顾瑜的电话。

"对，他在。能再给我两个小时的时间吗？好谢谢。"她挂掉电话，看着他。

"萧安，你知道自己是谁吗？"

"我叫萧安，是佳淇十几岁起就喜欢的男生，是佳淇说梦话时念叨的人，是毛毛喜欢的主人，是会做很多好吃的讨佳淇喜欢的男朋友。"

"我们离开这里吧，到其他城市生活吧，好吗？"

舒佳淇几乎是跑过去抱着他，把眼泪都流进他的毛衣里。

9

自从萧安离开后，舒佳淇觉得自己这么多年以来都活得很麻木，每天都是日复一日地重复。

但是"萧安"又重新回来了，他让一切都好了起来。

舒佳淇握着方向盘死盯着前方，不知道要去哪里，但是哪里都行，只要能带着"萧安"离开。

她都想好了，要不去一个陌生的地方开个小饭店，"萧安"烧饭，她当老板娘。

从后视镜里能够看到一脸兴奋的毛毛在后面座位上蹦来蹦去，还以为带它出去玩耍。"萧安"一直都保持着微笑的表情，上高速的时候他突然抽搐了一下，伴随着笑容的消失，瞳孔开始涣散。

他突然开口说："佳淇，你知道我是谁吗？"

舒佳淇把盯着前方的目光转移到他脸上。

"我不叫萧安，我是 E032。"

车速减到八十迈，她握方向盘的手有些出汗。

"所以你要记住，你没有再次失去他，因为你没有重新拥有他。"

"还有你要记住，每次亲吻你额头的是我——E032。"

舒佳淇突然发现，他说话的声音越来越小，直到他缓慢地闭上眼睛。

"萧安？"

"萧安！"

夜色空空荡荡。

10

"E032 能在关闭系统后还保持这么长时间的独立意识，确实超乎想象。我觉得我们可以对这种意识稍加控制，然后用来开发下一批。"

顾瑜说完台下响起一片掌声，会议结束后顾瑜让舒佳淇留下。

"那天我从定位系统上看到 E032 回家后的路线了，我一直觉得你冷静、成熟、果断。"

说到这儿顾瑜停了会儿，两个人对视半晌，她又继续说："没想到，你比我想象中年轻。

"你的离职申请书我看过了，但是我还想告诉你今天早上收到的两个消息。

"坏消息是我也没法帮你，E032 对公司的发展很重要，需要送往技术总部进行脑部解剖。

"好消息是，他们说会尽力在解剖后保持原零件，对 E032 做还原的实验。"

走出办公室的时候舒佳淇想，如果这次实验成功，E032 会在见到她时说声好久不见吗？

隔离区里的爱人

文/苏磨

1

刺耳的警报声在这个城市的上空拉开来，像由远及近的一场洪流。如果有人站在云端俯瞰，必定会觉得这个城市是个巨大的年轮蛋糕，被突兀地挖去中心一块。

杜垚在楼下门廊那里试了三次指纹，每次都冷冰冰地跳出红色的叉。小男孩摇摇晃晃地踩着滑板车从他身后过，把他当靶子掷过来一沓传单，铜版纸印刷的，尖角很不幸地戳在他太阳穴上。

他的怒火也同时达到顶峰，大力从腰带那里拽出来一串钥匙，以一个很滑稽的姿势踮着一只脚一把一把地试。门打开的时候他看着捏在自己左手上的传单犹豫了一下，还是带着上了楼。

一间不到六十平方米的小公寓，布置得像个精致的——垃圾场。杜垚把传单丢在泡面盖子上，空出来的那只手迅速捏住了鼻子。菜汤从纸张的边角洇开，连同那几个字也变得油渍渍的：丧尸困城五周年。

他回身把门拉上，警报声立刻像闷进了一只易拉罐。门边鞋柜上头醒目位置摆着小小相框，里头两男一女，脸贴脸，定格的微笑是夏日摆在冷柜里头的一大桶冰淇淋，只是看着就很美好。

杜尧拉开窗帘，天色昏沉，像个发了高烧的病人。

五年了，他想。今天是他的好友、洛颜的男友钱择，被困城中心的第五年。

2

杜尧三年前曾经被邀请去做城中心隔离区测评，隔三道墙，人墙、砖墙、钢板墙。他站在最末一道门向上看，五十米的高度，天也被分成两半。墙里突然传来吓人的敲击声，同行的女同事尖叫着蹦出去五米远，卫兵连忙过来安慰："没事的，丧尸出不来。我们很安全。"

病毒在一夜之间暴发，那些邻居、同事、同学、便利店的收银小妹，统统被装进一个大口袋，贴了标签，都叫丧尸。

里间卧室窸窸窣窣有人开始找拖鞋，没过一会儿洛颜顶着乱糟糟一蓬鸟窝露张脸出来，睡眼惺忪的："你怎么来了？"

"来看你死没死。"杜尧眼珠子看着她走进浴室，没好气地讲。

洛颜的声音透过水声模糊地传来："我三点才出研究所大门，你行行好。你要喝什么？先说好，只有自来水，自己煮。"

"不——了。"他干巴巴地回，很嫌恶地推开手边杯子，杯壁堆了一层黏腻的唇膏印，"怎么样了？"

没头没脑的问话，洛颜却回答得很顺畅："实验了大鼠、狗和猩猩，很成功。正在递交报告申请实验体。"

动物和人还是不一样，即使变为丧尸的动物可以恢复神智，不代表人也可以。五年来这种研究和实验已经进行很多次，这样的消息杜尧也不是第一次听到。但他还是情不自禁地给她鼓了掌："辛苦你了。"

接下来的半小时，他挽起袖子任劳任怨地给她收拾家。洛颜站在客厅角落一小块地板上，头发还在滴水，握着吹风机出神。她难得有不把精力放在工作上的时候，杜垚不忍心打扰，抱了一堆碗筷躲进厨房。

毕竟五年了。他挤了一坨洗洁精，想。就算药剂研制成功，隔离在城中心的五千三百四十二人，现在还剩多少？钱择活着的可能性，又有多少？

"杜垚。"他听见洛颜在外面问他，"这是什么？"

她捏着那张传单看，一个字一个字，自言自语一样地念："丧尸困城五周年……隔离区开放半天可供参观？"

糟糕。他心下惨叫。怎么是这样的传单？

3

是横跨在隔离区上的一座桥。拉了厚重的铁丝网，以至于不得不在顶棚安上灯泡，才能保证正常的光照。上桥之前需要绕过一条极长的回廊，过整整十道安检。

七十岁以上老人不给进，小孩不给进，心脏病人不给进，统统不给进。门口拦了一大批人，有夫妇对着丧尸病毒感染名单痛哭流涕，有小孩天真烂漫，跑去给卫兵献花，转头立刻给父母牢牢锁在怀里头，低声讲不要乱跑。

还住在这里的城市老居民已经很少，彼此都交流理解的眼神。五年前为了控制丧尸的活动区域，减少伤亡，不得已动用了真枪实弹。牺牲少数保存多数是条看起来不得不为之的真理，但对于有亲人死在那场浩劫的人来说，不啻屠杀。

那对夫妻把小孩子交给父亲照顾，母亲和杜垚、洛颜一起进去。建立隔离区，有效遏制了病毒的传播，到底是功劳一件，墙上每隔几步就有功劳簿。杜垚终于在接近入口处看见钱择的照片。

他用一个人的力量，封住了天台的大门。

杜垚只扫了一眼就不愿意再往下看去，一抬头，已经不见了洛颜的身影。

还好她穿红色大衣，够醒目。一座桥，恰好是一个圆的直径，两边环绕开去，像默不作声的两条臂膀，刚好圈出一个拥抱。洛颜侧身靠在铁丝网上，昏暗的光线在她脸上投出网格的阴影。

杜垚走过去跟她一起往下看。

一个死去的区域。

到处都是厚重的褐色。三两的活物踟蹰而行，目光呆滞。墙角覆盖着一层青苔，潮湿滑腻。一个丧尸踏在上面不幸滑倒，好不容易缓慢地站起，再滑倒。一遍又一遍地，他们不知道疼痛，不会思考。杜垚闭上眼偏开头，走出去两步远发现洛颜还在那里呆愣愣地看，索性按住她肩膀强行带走。

洛颜半个身子都靠在他身上，丧失力气一样由着他推着走。杜垚突然感到脚下阻力，低头去看，是跟他们一起进来的那个妇人。她坐在地上，不小心被杜垚踢到，也就顺着这个力道额头抵在铁丝网上，很小声地啜泣。

"我的孩子……我的孩子啊……"

杜垚匆匆说了句对不起，再去扶洛颜，她几不可闻地在他耳边叹了口气。

"杜垚，你告诉我，钱择不在这里，对不对？"

4

他怎么可能在这里，成为这个样子？

杜垚也这样自欺欺人地告诉自己。

他记忆里的钱择，总与人谈笑风生。半夜一个电话叫来，喝酒喝到三点，第二天照样生龙活虎去上班。两个人盘腿在沙发上看球赛，膝盖顶膝盖，争最后一根鸭爪。钱择跟他说喜欢洛颜，他那时想，真好，这世上也只有钱择能配得上洛颜。

一个完美的男人，作息时间刻板得可以当即把他缩小了关手机里当闹钟。晚上十一点睡，早上六点起，空腹一杯水，早饭必要解决一颗蛋、一根香蕉。健康饮食，合理作息，除了他谁都可以活不到九十岁。上帝给他们开了一个好大的玩笑，让他在二十五岁那年，给丧尸咬了那么一口。

小小的一口，他那天穿深色外套，根本看不清有血流出来。十几个人逃到天台，找到一张废旧沙发，想要移到门边去。五个人，抬不动。钱择轻轻松松一只手拎起来。

顿时遭到恐怖袭击一样，一堆人缩到拐角。钱择好像认不得自己那只手，举到脸前翻来覆去地看。翻到第八个来回，洛颜哭着扑了过去。

她说，你不会的，你怎么会？一句话说得颠来倒去，最后只会讲"怎么会"。

终于有人看不下去，提出要钱择守天台门。

多好的提议，直升机马上就要到。而钱择？他已不在人类的世界。

不是人类，不是同类。是注定要被牺牲的那一类。

沉默像塑料袋一样，把每个人严密包裹，几近无法喘息。钱择把洛颜推开来，杜垚知道他其实只用了很小的力道，但还是让他和洛颜一起踉跄了好几步。

钱择说："好。但我有要求。"

杜垚面朝下被摔进机舱，耳边还是洛颜的哭声。天台风凛冽，

还有
这种操作

198

呼啸在耳边像某种悲鸣。他的眼泪流进发里，脑子里一遍遍回放那个大踏步走向门边的身影，手张成大字，面朝他们，像要给一个默不作声的拥抱。

他对杜垚做口型：照顾好洛颜。

他的要求是："请让他们两个，不要靠近我。"

钱择获得荣誉市民称号。

有什么用？挂墙上一小片纸，生不带来死不带去。总有人被牺牲后才得到价值，好像生来就是为了让别人活下去。

只有亲近的人才知道他有多么好。所以杜垚去参与隔离墙建设，洛颜去研究丧尸病毒药剂。目的只有一个，找到钱择，让他活下去。

参观时间很快到底，两个人走出隔离区。明明是只离了二十米远，一头人声鼎沸，过若无其事的日子；一头是从最深处长出杂草来，草叶上写的都是"荒芜"两个字。

那个父亲还带着孩子在外面等。小姑娘跑过来，好奇地摇洛颜的手："阿姨，里面有什么呀？"多小的孩子，纯净得像天上的云朵。她不知道三堵墙后的世界血攒了几公分深厚，不知道她母亲为另一个和她同一血脉的亲人哭泣。

"里面啊，"洛颜微笑着摸了摸她的头，"有阿姨的英雄。"

5

日子还是要继续过。杜垚又一次从沙发上揪出一条牛仔裤，皱得像一坨咸丰年间的梅干菜。

"洛！颜！"杜垚火山爆发了，"你能不能像个女孩子？"

她毫不在意地蜷在沙发一角，眼睛底下好大的黑影。舌尖和牙齿碰撞，发出一串"啧啧"声，"你搞得跟个处女座一样。"

"十二生肖都忍不了你这么邋遢！"

"我没时间啊——"最后一个字拖好长的音，说完却兴奋起来了，跳起来跪坐在沙发上，鼻尖离他的脸好近，"申请通过了，主任跟我说马上就可以在实验体上注射药剂了。"

"哦！"杜垚手忙脚乱地跟她拉开距离，因为身子后仰的角度太大，哐当一声惊天动地地砸在地板上。洛颜探过脑袋，一根项链从脖颈处滑落。他不自在地摸摸鼻子："那……挺好。"

成功把他从尴尬里解救出来的是电话铃。杜垚挣扎着站起来，摸过手机，看到上面显示的人名很是愣了一愣。洛颜看他神情微妙，划拉着手臂就要跟过去："哎呀？不好接吗，是不是哪个姑娘？你不接我帮你接……"

"姑奶奶你别闹啊！"给他吓得，脚底抹油就往门口奔，门板甩得噼里啪啦响，几乎扑簌簌地往下掉墙灰。

出门走了好远他才敢接电话。那边倒是很简洁，两个字："集合。"

杜垚握着手机，心想这一天，到底还是来了。

对于隔离区，政府的意见一直是销毁大于保留。当年病毒从城中心爆发，隔离区建在那里也是迫不得已。墙体再厚，也是个定时炸弹一样，城市想发展，对其也颇多忌讳。

最后敲定的方案是：何时治疗药剂研发成功，何时销毁隔离区。

恐怕在洛颜递交申请报告的时候丧尸活体实验就在进行，等申请批下来，一切也都来不及挽回。还苟延残喘的丧尸，全部只有实验体一个功用。试验成功，那么剩下的丧尸也没有用武之地了。如果要大批量全面投入药剂，没有这个财力和物力，更主要的是一旦投入人力，打开隔离区，伤亡不可避免。

政府打算对人民保密，随便用类似于丧尸暴动之类的理由就能搪塞，毕竟开放日百姓体会过丧尸的恐怖。销毁隔离区后，参与过这一事件的人，都会是英雄。

杜垚在街上漫无目的地走，眼前骤然盖下一片阴影。他偏过脸去，一片枯黄的叶擦着他衣领飘下，落在他脚前。

他见证了一场死亡。

6

车开出去两公里，就要开始过层层哨检。有人过来给他发了吊牌，上头明晃晃"隔离墙监管"五个大字。杜垚在最后一道关卡见到洛颜研究所的所长，对方笑得春风得意，主动递过手来，他不得不赶忙握过去，皮肤与皮肤接触了才发觉自己一手心的汗。

过了今天，谁也不知道他会被调到哪个职位。所长只当他是因前路而忐忑，寒暄几句就放过。

指挥室出人意料地，是个不起眼的灰扑扑小建筑。厚钢铁门打开往里走了两三步才有光线漏出来，杜垚站在明暗分界线上往里看，房间右侧整面墙是一张宽大的投影幕，被分割成密密麻麻的小块荧幕，每一块荧幕对应的是建设在隔离区内或外的一个摄像头。整张投影幕的色调是灰暗的，偶尔某一处冒出来丧尸呆滞木然的脑袋，涎水滴在镜头上一片模糊。

房间中央是圆形中空会议桌，杜垚在桌面上准确找到了自己上司的名牌，抬腿走到其后靠墙的旁听席坐下。人陆陆续续来齐，他听见上司问他"来这么早"只摇了摇头，晓得自己脸色有异，便勉强自己笑了笑。

等到丧尸防治部门的部长和军区的某位军官就座，会场安静，杜垚才从缝隙里看见会议桌一角镶嵌在大理石台面上的控制箱。

银色的长方体，玻璃盖子下隐约一个红色的按钮，按下去，就是灰飞烟灭。

开头还有工作报告和善后预案讨论，杜垚入神地听，突然感到肩膀那里被推了几下，侧头看，是兄弟部门相处不错的同事。

同事笑得不怀好意："什么心情？"

杜垚奇怪："什么意思？"

"隔离区要销毁啊——你那个情敌不是在里面？现在彻底消失了，你的机会不就来了。"

杜垚笔尖在纸面上停了停："你指的我那个情敌，是我朋友。"

"嘿呀，你喜欢洛颜傻子都看得出来，洛颜对你——好吧，那个朋友没死心我也知道。老婆和朋友谁重要？你心里肯定在笑。"

"……别说了。"

同事看出他不高兴，讪讪地哼了一声："要是里头那个真是你兄弟，你还这么坦然坐在这里？别装了，人不为己天诛地灭。"

墨痕在纸上画了长长一道，连透了好几页下去。他虚伪？他出于私心没有告诉洛颜真相，到底是不忍心让她知道，还是想就这样下去吧，画一个句号，以后他拿自己肩膀给她靠。

内心何时扎下的丑陋种子，生出万千带刺枝条，伤己伤人。不是的，不是这样的！杜垚本能地想辩驳，刚扭过头去——

某处传来女人的尖叫："那个人想做什么？！"

所有人的目光从她身上掠过，聚集到她指向屏幕的食指。投影幕的右上角，一个不起眼的身影像是嵌在隔离墙最后一道的铁丝网上，还在缓慢地向上攀爬。

杜垚在那刻，屏住呼吸。

洛颜。居然是洛颜。

7

会场里立刻炸进一颗球形闪电一样，霎时惊呼声响成一片。杜垚上司桌子拍得对面水杯都在晃："隔离区的守卫呢？三道墙，这个女人是怎么进去的？——她是谁？"

杜垚心里轰隆一声：他的指纹就有所有锁的权限。如果想弄到守卫换岗时间和隔离区图纸，对她来说也是易事。

他对她从来没有防备。

前提是她不知道事情真相！

杜垚暴起，冲出去却是拧住了研究所所长的衣领。他声音都在抖，一句话磕磕巴巴讲了两遍才能让人勉强听出来他话里的意思："你来这边的事，洛颜她知不知道，知不知道？！"

通知他集合的电话是指挥部打来的，那日肯定给她看到了手机屏幕来电人。两个本应该完全没有交集的人被要求同时出现在这里，以她的缜密心思，真想要查，不会查不到。

所长嘴唇翕动，脸上浮出猪肝色。他想说"胡闹"两个字，又怕进一步激怒眼前这个明显已经失控的男人。杜垚上司轻声细语地劝："你冷静一点，突发事件处理小组已经去了。"说着眼珠子不自主地朝时钟那里转了一圈，距离销毁倒计时还有四十五分钟，不知道是否来得及。

持枪的士兵右手已经伸了下去，枪口对着杜垚，另外有人要来拧他的臂膀。杜垚放开所长的衣领高高举起双手，态度乖顺地背朝墙后退移动。

间隙里他朝屏幕上瞟去一眼，洛颜已经爬到铁丝网的最高处，一条腿已经要迈过去。她身上鼓鼓囊囊的，不知道装的什么，也许从哪里搞到了枪械吧——

救不回来了。怎么救得回来？

他还有心思自嘲，以前就应该通过下属建议，给铁丝网通高压电。哦，不，也没用，那样只是延后她被投射到这个显示屏上的时间而已。这个姑娘，这个他爱了七年的姑娘，总会给他一些出其不意。

一场洪流，滚过心里东南西北。这个男人已经陷入深深的绝望，躯壳完好，内里一瞬间坏掉。

恍惚里，杜垚忆起那天他倒在地板上，洛颜探头看他，脖颈处滑落一条项链。

链坠很特别，是一枚戒指。

唔，他当然知道戒指来源的。某个人拿十几年的哥们儿交情威胁他请半天假，完全忽略两个大男人出现在珠宝店是多么奇葩的风景。他从来不知道钱择的脸皮可以比城墙厚的，还捧着戒托问他喜不喜欢。

他这辈子都忘不了柜台小姐那个玩味的眼神。

至于他那个求婚，也是诡异得可以。订十八楼餐厅，吃饭得穿礼服去的那一种。结果呢？不还是磨叽半天，最终十分不浪漫地拉过手直接把戒指套到无名指上。

"哪……哪有你这样求婚的呀！"

"对……对不起了啊！"

扑哧一声，杜垚坐他们背面，不客气地把红酒喷在桌布上。还好他是单人桌。

这两个人啊……

灯光晃眼，在不远处桌面上放的控制箱上激起一道亮光。非常诡异地，杜垚拉下手掌覆在眼前，空洞地呵呵笑出声来。

这笑声让人头皮发麻，还是军部的那位军官先反应过来："保护好控制系统，以按时销毁隔离区为第一要务！"

晚了。

杜垚身形矫健地从两个士兵腋下搭起的空当穿过，把椅子作为踏板直接上了桌子，途中还从某位来不及躲闪的头顶跃了过去。军官的枪拔了一半，当机立断首先把控制箱护在身后。两个人在空中交错，军官怒吼："不能让他关——"

枪响。

警报声响。

投影幕上方块荧幕一瞬间熄灭，像是迫不及待一样跳出来鲜红色的数字：10、9、8、……

刺眼的色泽，映着整间屋子，好像有血液汩汩流淌。无力瘫在地板上的杜垚咻咻地笑，前伸的手还保持着一个拳形，玻璃碎碴深深嵌在肉里，掌侧甚至留着控制钮圆形的边缘痕迹。

他从一开始就没有想关闭销毁系统。他要让它提前启动。

8

隔离区拆除一周年纪念。

这个城市一切照常，一年以前的一切好像只是单纯的一场5D电影，该忘记的忘记了，不该忘记的也不会再提起。唯一的痕迹是市中心隔离区旧址矗立起的一座慰灵碑，做成了环岛，孤零零地接受朝拜一样的车流。

刺耳的警报声拉响开来，像由远及近的一场洪流。似乎是很少人能接受亲朋好友是丧尸这样的事实。慰灵碑脚下零散堆着花束，是一夜之间凭空出现的，不愿在这样刺目的阳光下直播一样祭奠死者。

于是就在司机、路人的注目下，那个男人耐心地等在路边，在车与车的空当里下了马路，可能是腿脚不便，只得缓慢地走这十米距离。有人不耐烦按了喇叭，经过的一个小姑娘终于看不下去，跑过去扶，并且大声斥责司机："今天什么日子不知道吗？催什么催！"

男人看了她一眼，顺从地由着她搀扶迈上环岛，温和地说了句谢谢。

小姑娘这才发现，这男人似乎只有三十岁出头的样子。

这么年轻就瘸了啊……她惋惜地想。

"你的腿也是在那场瘟疫里受的伤吗？"她口快地问，出口才发觉好像戳了伤疤，立刻捂住嘴。

杜垚丝毫不在意的样子："不是的。"看小姑娘一脸想问不敢问的样子，"我来看我的朋友。"

"……节哀呀。"

"节哀？"小姑娘发现他居然笑了，"他们可不值得我伤心。"

那两个人啊，终于如愿以偿地在一起了，是要高兴都来不及的事吧。

"一个是我最好的朋友，一个是我最爱的姑娘。他们因为某种原因不能见面，而我爱的姑娘为了见他，死去都愿意。我曾经做错了事，想不到方法补救，只能将错就错，把她完整地送到他身边。"

小姑娘听得似懂非懂，杜垚揉了揉她的脑袋："这是你不用经历的一切。"

暖阳无声，虚空中竟勾勒出六年前三个青年人的模样。他知晓是幻觉，风拂在耳边，如同诉说某种道别。于是他伸出手去，对着风吹来的那个方向挥了挥，又挥了挥。

你们去吧，我就不去了——

你们之外的这个世界总要留一个人，负责来说好久不见。

生活在海底的人类

文/炒蘑菇的大狮子

1

他和所有人类一样，住在海底。

他不知道人类是世代长居于此，还是科技发达后再移居；正如他不知道海面上的一切。

不知何时起，人类丧失了种植的能力，又或许从来没有过种植能力，可谁在乎呢？他和所有人一样，靠狩猎足以果腹，何须费力耕耘。

日复一日，他在海底前行，沿途猎杀弱小的海底生物，撕裂前他们绝望的呼号和呻吟似乎是他唯一的娱乐方式。脑海中母亲的形象早已模糊不清，兄弟姐妹也各奔东西。偌大的海底，人类是那么罕见，偶尔几次擦肩，长年的沉默也使他忘记了怎么开口，和所有人保持最陌生的距离。

活着是为了生存，可生存又为了什么？

这些年来，母亲离去，兄弟疏远，他早已习惯了形单影只。

"有些路啊，只能一个人走。"他这样对自己说。

日复一日，他缄口前行，像大海中游荡的孤魂。

或许，无论海上海下，人都是孤独的吧。

2

偶尔，他也会怀念小时候。关于母亲，他只记得一句叮嘱："我们人类是被诅咒的一族，记得，无论如何，不要向上游，不要去海面。"其他记忆早已化作大洋中的泡沫，所以相比母亲，他更怀念和哥哥一起生活的日子。

那时候的他们无忧无虑，每天捉点小鱼小虾，然后变着花样互相分享，整日悠哉，不亦乐乎。终于一天，哥哥对他说：

"你知道我们总有一天要分离的吧？

"毕竟，人总得学会成长。"

他点头。

"分开前，想不想跟哥玩票大的？"

他歪歪头，说我不知道。

"我们整天住在海底，你难道不想向上游吗？你不想知道海面上有什么？"

他很困惑，说母亲叮嘱过不可以去海面的。

"咱妈和咱才见面几次？凭什么她说什么你都信？每个人都是特别的，我都听人说了，靠近海面的地方才是真正的上层社会，那里的人吃的都是奢华大餐，和他们一比，咱们这儿简直就是茹毛饮血啊！"

他不解哥哥的追求："其实……我感觉我们现在的生活挺好的，何苦要为了未知去冒险呢？"

"你和其他人一样，没有追求！人没有追求，和咸鱼有什么分别？你们世代住在这肮脏的水沟里好了。海面我会一个人去，到时候我会告诉你，海面上有怎样的锦绣河山！"

那是他最后一次见到哥哥。

多年以后他才知道，哥哥的追求，叫梦想。再久以后，他明白梦想的同义词，是野心。

3

哥哥走后，他曾试图向上游，可减少的水压和渐强的光线总让他头晕目眩。或许，自己终究不是哥哥，或许自己本应在海底安分地度过一生。

直到他遇见她。

阳光照射不到的海底，放眼望去尽是幽暗，而她的出现，为漆黑的世界添上了一抹彩虹。第一次见面，他们一起追赶一条带鱼，他抢先一步杀死猎物，转身却看到她不服输却倔强昂头强忍泪水的脸。

那是他第一次主动让出自己的猎物。因为他无法拒绝如此纯净，如孩童般无邪的面庞和倔强闪光的双眸。

她拒绝了，要再比一场。

一次次的你追我赶，他感到自己终于活了起来，第一次他找到了自己生存的意义，自己黑白的世界中因为她的存在而变得色彩斑斓。对猎物的竞争，慢慢变成了嬉戏与调情。从开始的指尖触碰，慢慢地发展为肌肤之亲，他们相爱了。

一天，她说："我怀孕了。"

他沉默，眼中有晶莹闪烁。

在这个世界，女人于男人而言只是种族繁衍的工具，怀孕后，男人便会离开，去寻找下一个女人，为为数不多的族人诞下后代。

可他不行。

他忘不了她青涩娟秀的容颜，忘不了她倔强动人的双眸，忘不了与她的一场场竞争，忘不了与她的一次次缠绵。他想起哥哥说的"每个人都是不同的"，或许，他的不同，在于执着。

"我不走，我留下来陪你。"他说。

预产期将近，她的身体却每况愈下，几近不能自理。他每天猎回更多的鱼虾，可深海生物贫瘠的营养根本无法满足她的需求。眼看着爱人日渐消瘦，他万般无奈之下决定——去上游世界，去上层社会寻觅良方。

她虚弱地拉住他："别去……别去海面……我们人类……是被诅咒的……"他捧起她的脸，眼中尽是温柔："人没有追求，和咸鱼有什么分别？我没有宏图远志，唯一的追求，就是希望你平平安安，全家共享天伦。放心吧，乖乖等我回来，我给你讲海面上的锦绣河山。"

4

他昂起脖颈，再一次向着海面前进。光线愈来愈亮，晃得他半眯着眼，氧气越来越浓烈，咳得他心肺生疼，他继续游。

终于，身边的海水已几近透明，斑斓的光芒轻笼珊瑚，眼前的幻境版的景象让他确定，自己已经到了人类可及的最高位置。

然而，周边并没有他想象中的奢华热闹，除了景色奇幻之外，依然如深海般人迹罕至。

突然，他嗅到了一种香气，那是一种绝对不属于深海的，充满营养的罕见猎物的芬芳。他循着香味找过去——那是一种他从未见过的、长着四肢和尾巴的奇异的动物，半浮在水中。他知道，这种动物的营养与深海鱼渣完全不在一级别。他欣喜地躬身，准备狩猎。

突然，金属钩爪兀地刺穿他的下颌，一股巨大的不可抗力将他拉出海面。他摔倒在坚实的地面上，喉中尽是血液的咸腥，他想捂住下颌的伤口，却被另一股力量禁锢住了手——那力量源自一头怪物，一头他未曾听闻的恐怖怪物。

那怪物用铁锯锯开他的肩膀，他感到钻心的剧痛。怪物切割得如此仔细，以致他能感受到锯子与自己肩胛骨的每一次摩擦，与被挑断的每一条筋脉。鲜血喷涌而出，怪物露出变态般的笑容。他苦痛、挣扎，然而脱离海面的他皮肤急剧脱水，几乎失去了全部力量，意识逐渐模糊，只能任由怪物拆卸自己身体。

怪物似乎失去了耐心，抱着他的胳膊用力撕扯，"刺啦——"伴着一声并不清脆的声响，他的胳膊被撕扯下来，连带着他的肩周组织一起。他喊得撕心裂肺，嘴角也迸出血丝。血似乎已淌干了大半，他倒在血泊中，半身尽是煞白。另一头怪物拾起铁锯，开始肢解他另一只胳膊，他感受到自己的皮肉渐渐分离，暴露在空气中的鲜红肌肉被海水刺得不自主地收缩，已经有苍蝇围着半死的他旋转。怪物切得差不多了，拿起他尚未完全离体的胳膊，慢慢地拧。他已经痛到休克，再无喊叫的力量，只感到自己肩周所剩无几的筋肉在被一点点压榨、压榨。转了两圈后，怪物终于撕扯下他最后一点皮筋——他彻底感觉不到自己双手了。

两只怪物一起把他抬到了铡刀前，将他的双脚仔细在铡板上放好。他已濒死，长时间暴露在阳光下使他眼角渗血，他永远丧失了视力。意识模糊，他口中开始呢喃。

怪物手起刀落，铡刀对准他脚踝果断地落刀。鲜血从腕部汩汩流出，半截白骨暴露在外骇人可怖。他再也没有一丝力气，只感觉到周身冰冷。血液近乎淌干，只剩下尚温的躯壳。怪物小心翼翼地将他双脚放入冰块中储存，然后将他拖离铡台，扔回大海。

一股清凉重新将他包围，然而失去双眼，他再也无法明辨方向，失去四肢，他再也无法在水中遨游，只由得身体不断地下沉，下沉……

他躺在海底，拼命地回想自己的一生，却始终一片模糊。鱼虾啃噬他的创口，他无可奈何，忍受着剧痛慢慢渗入骨髓；有蠕动的东西爬进了他的眼睛，他感到浆质的东西从眼眶流出；被海水浸到发白的伤口开始发出恶臭；皮肤和软组织被腐蚀生物一点点啃噬，剥离……

意识消失前脑中最后的画面，是哥哥望向海面的坚毅，和妻子虚弱瘦削的面庞……

一周后，大洋深处多了一副残缺不全的溃烂尸体。

5

海岸上的五星级酒店内，一群西装革履的"人"推杯换盏，觥筹交错。

"领导，这鱼翅可是这家店的招牌，您一定得尝尝。他们家每天都派'人'去海上狩猎，这食材新鲜着呢！"

"哦？是吗？"被称作领导的"人"微微一笑，"小伙子，你很上道啊。"

黑哥的黑洞

文／木兰无长胸

1

　　来酒吧打工三个月，我已经见过无数号称能喝，也确实能喝的人，他们是酒吧的常客，有一口气吹完两支伏特加还面不改色的美女，有从早上喝到第二天半夜还能开车送朋友回家的壮汉，有每顿二斤烧刀子，年轻时只身喝倒一群毛子的老战士。

　　我曾感叹："这群人是真的海量。"

　　老板程飞对我微微一笑："放屁。他们要是大海，黑哥就是银河。"

2

　　九月的一个深夜，我们正要打烊，一对夫妇走进酒吧。男的五短身材，其貌不扬，女的如花似玉，盘顺条亮。我心里吐槽着好白菜让猪拱了，还没来得及请走他们，程飞突然从后厨飞奔出来，给了那男人一个狠狠的拥抱。

　　"黑哥，你可有日子没来了。"

　　这男的就是那银河？

"以后就能经常来了。"黑哥平淡的语气流露出一丝如释重负的喜悦，身旁的美女也露出浅浅笑容，真好看。

"你还完了？"程飞激动得像是中了彩票，"大木，上酒！来一起喝！"

我频频向黑哥敬酒。但无论我吹瓶还是干杯，黑哥都是礼貌地沾一下嘴唇。很快我就喝了半打精酿，而黑哥那一瓶白熊几乎没动过。他只顾跟程飞聊些有的没的，时不时跟黑嫂耳语几句，逗得她花枝乱颤。

这是喝酒还是虐狗啊。

程飞说："黑哥，你来个绝活儿，就当给我这小伙计开开眼了。"

黑哥给了黑嫂一个询问的眼神，黑嫂捂着嘴轻轻打个哈欠："还完钱也该庆祝一下，你就露一手吧，快点儿。"

程飞从后院搬出了十个装绍兴酒的空坛子，又吩咐我把酒架上所有的酒都开了。

"老板，你要让黑哥给你搓澡吗？"

"滚。快倒。"

桌上的十个坛子里，装满了红酒白酒黄酒洋酒和精酿啤酒的混合物，光闻味儿我都想吐。我见过一种叫作"闷倒驴"的饮品，混合了五六种烈性酒，半斤就可以让一头强壮的成年雄驴找不着北。眼下这十个坛子，莫说闷倒驴，哥斯拉也得跪。

程飞做了个请的手势，黑哥已经把酒递到嘴边，两只手费力捧着坛子的模样，让我觉得他是在虚张声势。

坛子口终于碰到了他的嘴唇，我还没听见液体流动的声音，黑哥已经举起了第二坛，仍然没有任何声响。十坛饮尽，桌上地上干干净净，一滴都没洒。

最后一个坛子磕在桌上，我下意识地看了一眼表，从开喝到现在才一分钟。黑哥羞涩地冲我笑了笑："献丑了献丑了。"

他就站在我面前，面色正常，眼神清澈，吐出的口气中充满烟味和口臭，但就是没有一丝酒气。

"我们先回了，改天再来。"

目送着黑哥夫妇的背影消失，我还没从震惊中走出来。那他妈是十坛酒啊，黑哥连个嗝都没打。

微醺的程飞拿出压箱底的好酒，非要跟我再喝一会儿。

"服没？"

"服了。他们说的还钱是啥意思？"

3

一年前，黑哥黑嫂带着一群面色不善的人来到酒吧。黑哥请大家坐下，然后跟程飞说，我要你们这儿所有的酒。

且不说程飞一脸懵逼，黑哥带来的人闻听此言，怒火冲天。

"黑哥，你他妈什么意思？"

"黑嫂，今儿你就算请我们喝琼浆玉液，该还的钱也得还。"

一行人七嘴八舌，程飞听了个大概。

黑嫂嫌黑哥赚得少，想发点外财。正巧她公司的经理在搞一个创业项目，四处拉人投钱。黑嫂觉得项目靠谱——当然经理英俊潇洒谈吐非凡也是重要因素，遂瞒着黑哥拿走了家里所有积蓄，还偷偷管亲戚朋友借了大笔的钱。

然后经理就突然失联了。纸终究包不了火，知情的债主找到了黑哥，他终于知道媳妇儿闯了祸。

酒来了，十几个坛子，上百个瓶子，还有两个满满当当的冰柜。面对声讨，黑哥不说话，他先是一滴不洒地喝完坛子里的酒，然后示意程飞把坛子再倒满。他捧起一坛，对着义愤填膺的债主朗声说道：

"媳妇儿出了事儿，老公哪能不扛呢。"

"你怎么扛？你拿什么换？"

"就拿这个。"黑哥摇了摇手里的坛子，"我跟各位打个赌，如果我一个小时把所有酒都喝完，你们就给我两年时间，两年后我连本带利还给你们。"

不等对方回话，黑哥再次抄起了酒坛子，一坛复一坛。后来他嫌程飞倒得慢，直接把瓶子塞到嘴里，一次喝三瓶，甭管瓶子里装的是什么，都是干干净净地喝完，一个小时，黑哥清了酒吧所有的存货，他没上厕所，没抠嗓子，甚至没皱一下眉头。喝完最后一瓶酒，他还一字不差地报出了各个债主的欠款数额。

刘伶转世一样的场面震慑了气势汹汹的债主，他们应允了黑哥的两年之约。

黑哥就是个小销售，除了喝酒也不会别的。为了还钱，是个单子他就接，偶尔还干点私活儿。短短七百多个日夜，他喝遍了国内和其他能用酒解决的地方，酒仙儿的称号响彻寰宇之时，黑哥终于还完所有的欠债。

程飞说完往事，我对黑哥的敬佩已然不限于酒量。

只是很纳闷，一坛酒倒光最快也要 20 秒，为啥他干掉十坛只用了一分钟？他的时间都用来举坛子了？

4

黑哥会喝醉吗？我想直到地球毁灭都不会的，假如黑哥能活到那个时候。

还完钱之后，黑哥夫妇的压力明显少了许多，两人有了些节余，可以常来酒吧坐坐。他们一般是晚上来，坐在最角落的位置，点一杯软饮或是低度酒，要两根吸管，轻声细语地聊天。

作为一个单身狗，我其实是考虑过给他们投毒的。

有天下午，黑哥慢悠悠地走进酒吧。彼时天色尚早，人烟稀少，他孤身一人坐到了两口子常坐的位上。

我说："这还没到点儿呢。"

黑哥反复看着酒单，然后害羞地问我："那个，咱这儿，哪种酒度数最低啊？"

我很诧异："咱就不说你久经沙场了，你这种人还在意度数？！"

我给他上了瓶度数最低的啤酒，然后拿起了手机开始计时。一瓶啤酒自然倒完最快也要四秒，如果黑哥能在四秒内喝完，那就证明那天我没记错，黑哥酒仙儿的地位将在我心里进一步坐实。

我满怀期待地看着黑哥举起酒瓶狂灌……

然后他迅速吐了。

残酒和食糜溅了一地，黑哥面色痛苦，跪倒在自己的呕吐物里大声咳嗽。太震撼了，我甚至忘记了上去把他扶起来。

呕吐过后的黑哥面色潮红，双目迷离，明显是喝多了。但那瓶低度啤酒只喝了一口。

我扇了自己一巴掌，贼疼。

"怎么了这是？你丫演戏呢？"我坐过去，小心翼翼地问黑哥。

黑哥把手伸向纸抽，抽了三次才抽出一张纸，抹完嘴，他含混不清地说道：

"我……我的黑洞，不行了。"

"？？？"

"原来喝醉是这个感觉。"

"？？？？？"

黑哥没再说话，他掏出钱买了单，踉踉跄跄地走出酒吧。我打扫秽物时，在满地狼藉中捡到一张病历，应该是黑哥掏钱时不小心带出来的。

胃癌晚期。

5

程飞带着我去黑哥家看望他。一进门，我脸都绿了。房间就像台风刚来过一样，衣服、垃圾、药盒、空酒瓶甚至呕吐物遍地都是，堪称色香味俱全，黑哥勉强在沙发上清理出一块空地请我们坐下，然后拿起半瓶酒就往嘴里灌。

程飞一掌打掉酒瓶，痛心疾首："你他妈是不是作死？还喝！"

"不喝我也活不了几天了。"黑哥淡淡的笑容无比苦涩，"醉了挺好，不疼。"

"嫂子呢？"

黑哥低下头，长久地把脸埋在手里，肩膀微微耸动。我坐到黑哥旁边，轻拍他后背以示鼓励。突然屁股底下有个棱角硌疼了我，捻出来一看，是个鲜红的小本，封面上三个烫金大字。

含混的呓语从黑哥指缝间飘出来，字字扎心。

"你嫂子，跟别人走了。"

黑哥是个纯爷们儿，他仗义、孝顺，对黑嫂温柔体贴，他在酒桌上横扫千军的气势也很迷人。可这些都不能让生活变得更好。当初就是为了赚钱，黑嫂才被人骗。好不容易节衣缩食把钱还完，黑嫂以为生活会走上正轨。好日子虽然来得晚，总归是来了。

但是黑哥的胃癌又把黑嫂推向了绝望。她又找到了当初骗她钱的经理，此时的经理已经逃过了法律的制裁，虽然不算大富大贵，但总归是个成功人士。黑嫂使尽解数，终于重新投进了他的怀抱。

淡淡的语气难掩黑哥刻骨的心痛。我跟程飞轮番安慰黑哥，痛骂渣女。

程飞哽咽了："放心吧黑哥，你是酒仙儿，区区胃癌，打不倒你。等你病好了我们去找她算账。"

"罢了，让她去吧，反正我也不能再照顾她了。"黑哥长叹一口气，又拿起半瓶剩酒，"死之前，我告诉你们酒仙儿的秘密。"

黑哥张开嘴，把酒瓶塞到嘴里，等他把手拿开，酒瓶消失了。

"没看清？我再来一遍。"

这次黑哥用牙齿咬起一个空瓶："看好了啊！"

黑哥一仰头，酒瓶又消失了。这次我看清楚了，黑哥把嘴巴张大的瞬间，酒瓶好像照在哈哈镜里一样扭曲了，然后被吸进黑哥的嘴里。

我跟程飞目瞪口呆。

黑哥从桌上抓起一大把药，用酒送了下去。

"我肚子里，有个黑洞。"

6

小时候，黑哥妈给黑哥讲过一个发生在自己身上的奇事：她怀黑哥那会儿，有天晚上，一个大盘子穿破云层，一眨眼就悬停在了自己的窗外。从盘子垂直射出一道光柱，一大头娃娃从光柱里现身，走到黑哥妈床边，在她隆起的肚皮轻轻摩挲几下，然后飞走了。

黑哥妈只当那是个梦，黑哥听完却浑身冷汗。

外人眼里，黑哥只是个食量大、消化快的孩子，黑哥知道，自己胃里有个奇怪的东西，它没有形体，却无边无际，食物进了自己嘴里，瞬间就被它吸走。黑哥只能拼命控制自己的胃，与那个东西争食。他不停地吃，仍然面黄肌瘦。

熬过了青春期，虽然黑哥个子没长，但好歹胃已经足够强大，终于能完全控制黑洞了。

黑哥本身的酒量很差——一口就倒，不喝正好，可黑洞却是海纳百川，来者不拒。黑哥只要打开黑洞，一口酒就跟一桶酒没有区别了。

一代酒仙儿，不过是个行走的天体。

在得胃癌之前，黑哥却不知道黑洞的使用其实是有限制的，这限制，就是他的健康。而且他身体越差，对黑洞的控制力就越差。以他如今的身体，再露一次绝活儿，不是死于病情加剧，就是被失去控制的黑洞熔化。

"本来还想再喝几年，攒点钱带着你嫂子回老家的。"

"以前我看醉酒的人都是傻X，现在一看，我才是傻X。"黑哥从地上捡起半瓶残酒，喝了一大口，"醉了好啊，胃也不疼了，也不想她了。"

7

纵然是绝症，也不能眼睁睁看着朋友颓死。我跟程飞把黑哥送进医院，轮流照顾他。

地震这晚，刚好是我陪床。我趴在床边睡得哈喇子满地流。梦里边我胃里也长了个黑洞，还是正反面的，正面用来吸别人钱包，等风声过了，再用反面吐出来。我在城市中心买一家顶层公寓，四面墙都改造成钢化玻璃。每晚我端着酒站在窗边，身后是灯火通明的城市，眼前是数量很多穿得很少的各国嫩模。

"来，喝酒！喝不完不许穿衣服！"

吨吨吨吨吨吨……

我的肚子越喝越大，大得我站都站不住，一头栽倒在地上……

咕咚！

一声巨响，病房开始摇晃，人群的哭叫和重物坠地的声音让我迅速惊醒，卧槽，地震了！

我背起黑哥，随着人群，连滚带爬地往出口跑。万幸地震强度不是很大，跑出住院部，地震也停了，人们聚在广场上惊魂未定，喧嚣不止，看样子没什么伤亡。只是黑哥受到惊吓和颠簸，脸色更差了。

程飞衣衫不整地冲进医院，看见我们没缺胳膊少腿，松了一口气。

"大木，你帮我给她打个电话。"黑哥趴在我背上，语气虚弱得要死。

我跟程飞轮流拨打黑嫂的电话，始终打不过去。我身边的一个胖子倒是聊得开心，他开了免提，不断跟朋友吹嘘自己在地震发生时是多么英勇无畏。他朋友的声音也不小，透过扬声器，震得人耳膜疼。

"……我家后面那别墅区，金鼎花园，2号楼的车库震倒了，一男一女正车震呢，当场就给压里边了，现在还不知道死活……"

黑哥的脸色立马从蜡黄转成煞白。黑嫂和那经理，就住在金鼎花园2号楼。黑哥挣扎着从我背上爬下来，跌跌撞撞跑出医院。

8

我们赶到2号别墅的废墟外时，救援队已经到了，领队正拿着对讲机焦急地下命令：

"……两人被困，现在下面氧气不足，男的已经没有生命迹象了，女的必须在半小时内得到救治……啥？挖掘设备一个小时才能到……"

黑哥嗷的一声冲过警戒线，扑到废墟上疯狂掘土，尖锐的碎石划破了指尖，泥土和鲜血混成了血泥。黑哥仿佛不知疼痛，嘴里还呓语一般地念叨着：

"老婆别怕，我来了，我来了……"

我跟几个壮汉把他架到一边，也不知道这个绝症病人哪儿来那么大力气，我们用尽全力才把他制住。黑哥不挣了，他突然跪下，抱住领队大腿歇斯底里地哭号。

"求求你们！求你们救救我老婆。"

闻者伤心，见者断肠。我们眼泪都下来了。可实在是没办法，我们这几个人，就算一起用手刨，半个小时也挖不开这片废土。

"兄弟，救援队已经在路上了。"领队拍着黑哥肩膀轻轻安慰，我们知道，现在他能做的也就是这些了，我们也知道，挖掘设备到了，可能也只能刨出两具尸体。

"不用了，"黑哥拨开领队的手，艰难地站起来，"我自己来。"

"黑哥，别！"

我和程飞眦眦欲裂。我们知道他要干什么，问题是他的身体状况已经不允许再次开启黑洞，这次用完，他断无可能活下来。

黑哥转头对我们笑了笑："以后帮我照顾我老婆。"

说罢，他对着废墟张开了嘴。

砖瓦砂石开始慢慢地动摇，就像一堆不断接近磁铁的铁屑。黑哥又把嘴张大了数分，废墟动摇得更厉害了。一小块混凝土抵不住黑洞的引力，最先飞到黑哥的嘴里，消失不见了。接着，更多砖石飘起来，在空中汇成一道怒涛，直向黑哥嘴里飞去。黑哥的嘴巴越张越大，身体渐渐变得透明，还发出剧烈的红光。那光芒越来越亮，很快就让人睁不开眼睛，我们不得不低下头，把脸埋在衣服里。一团几乎能把眼皮烧毁的强光闪过之后，一个女人的咳嗽声清晰地传来。

我们抬起头，废墟已经不见了，头破血流的黑嫂慢慢睁开了眼睛。

而黑哥却消失了，跟他那癌变的胃一起，跟他那神奇的黑洞一起，彻底离开了这个世界。黑嫂推开救援队，跪倒在黑哥刚刚站立的地方号啕大哭。

"老公……我都听见了……我没想离开你，我陪他睡，他出钱给你治病啊……"

9

程飞给黑嫂介绍了份工作，赚得不多，但足够生活。

每晚黑嫂都来到酒吧，坐在黑哥最喜欢的位置上，点几瓶烈酒迅速喝光。她说醉了能看见黑哥。我也经常无意识地望着酒吧门口，期待着一个其貌不扬的小个子慢悠悠走进来，给醉酒的老婆披一件衣裳。

这段时间我看了不少乱七八糟的书，想知道人被黑洞搞死了会怎么样。有的书里说人如果死在黑洞里，会一直停留在那一刻；还有的说人会被困在一个狭小的空间，直到意识消亡。无论哪种结果，黑哥都回不来了。

但那天晚上我真的看见黑哥慢悠悠走进酒吧，脱下外套披在烂醉的黑嫂身上。

我跟程飞又流泪了。

黑哥说，那天他被黑洞熔化以后，意识顺着时间逆流而上，

还有
这种操作

从天南海北地喝酒赚钱，到与黑嫂相识相恋，再到永远吃不饱的童年，最后他回到了母亲的房间，看到了那个赐予他黑洞的外星人。

外星人得知黑哥的遭遇后，对自己当初的恶作剧深表歉意，它给了黑哥两个选择：一是回到子宫，带着现在的记忆，重新活一次；二是把黑哥复活，但必须摘除他的黑洞。

我说："要是我，我肯定选第一个。"

程飞说："同上。但是黑哥肯定选第二个。"

"我怕选了第一个，就没勇气再过一遍以前的生活，也就不能认识你们。"黑哥侧过头，怜爱地搂住熟睡的黑嫂。

"老婆活得这么辛苦，老公当然要跟她一起扛。"

没有出口的房间

文／茶糖

1

我睁开眼的时候，发现自己正躺在一个巨大而空旷的房间里，四周空无一物。

想撑着地站起来，右臂却突然传来一阵强烈的酸胀感，叫我好半天都没法动弹。过了大约二十秒，那种酸痛的感觉才渐渐消失，我检查了一下，却发现手臂并没有什么异样。

真倒霉。我骂骂咧咧地爬起来，环顾四周。

这是一个巨大的白色房间。

白色的墙上，每隔一段距离都挂着一幅画，不同颜色的柔和灯光静静地投射在画面上，给人一种安宁的感觉。四周悄无人声，只有轻柔的背景音乐，像和风般充斥着整个空间——勃拉姆斯的《摇篮曲》。

我是怎么到这儿来的？

什么都想不起来了。

迷迷糊糊地，我向最近的一幅画走了过去。

画上有一对年轻夫妇，笑容和蔼地从画里往外看，手里举着玩具。

这是想表达什么？这画有些让人摸不着头脑。

仔细一看，每幅画都按顺序编了号，往前走，编号就慢慢变大……被好奇心驱使着，我一边向前走，一边一幅幅地看过去。

大部分画的主角都是那对年轻夫妇，内容则无非是家庭的日常生活。这么无聊的场景，也能入画吗？我抱着疑惑的态度看了半天，总算从这些杂乱无章的画里琢磨出一点规律：这些可能都是以孩子为第一视角画的。以好奇的目光观察平凡的生活场景，大概就是所谓童真吧。

我还发现，这里比我想象的要大得多，走了好久，仍然看不到尽头，也看不到任何一个出口的指示牌。

我开始感觉到焦虑。

也是在这时，我发现墙面上的灯光有了些许不同。起初那段路的灯光是柔和的，而现在，灯光开始变得鲜亮。这种鲜明的色彩很有活力，却也隐隐地给人一种紧张感。配合着画里逐渐增加的上课、考试场景，可以看出，那孩子已经结束无忧无虑的童年生活，开始了新鲜感与压力并存的学习生涯。

走到这里，我已经有些累了，可仍然看不到房间的尽头，只能继续往前走。

随着孩子的成长，画中的夫妇也在慢慢变老。在画里，我看着他们的脸从青涩变得成熟，而那个我看不到的孩子，想必也就是一天天地在长大了。

当我走到编号第1390的画前时，画中的他们已经步入了中年。我端详片刻，突然觉得他们有些熟悉……

那是柳雯雯的父母！

2

柳雯雯是我的前女友，我们几乎谈婚论嫁，不过后来……唉，不说也罢。

照这样说，那个孩子就是小时候的柳雯雯了。

1390 号画上，中年女子正拿着一份高中数学试卷表情严肃地看着，试卷上的分数是一个鲜红的 59，同样鲜红的灯光从墙面上打下来，映照得画中的气氛格外紧张。美术馆里的音乐，不知何时已经换成了贝多芬的《战争交响曲》。

我会心一笑：柳雯雯数学确实不好，刚谈恋爱那会儿，我还信誓旦旦地说一定要帮她把数学补好。不过，我并没有实现这个诺言。

很多话，当初不过是随口说说，只是如果说者无心，听者有意的话，难免就要伤心。

我突然想起了自己当初是怎样快刀斩乱麻地抛弃了柳雯雯，想到了分手前发生的许多事，想到她哀怨的眼神，不禁打了个激灵。

不知道是不是那灯光的缘故，我的呼吸开始变得急促，胸口也有些发闷。

我抬眼望向房间的尽头，却只看到无休无止的画，和绵延不尽的白色墙壁。

我仿佛能看见她出现在每一幅画里，用那双大眼睛哀怨而悲伤地看着我。

脚下的步伐不由自主地加快，我跑了起来，到处寻找着出口，却一无所获，直到跑得气喘吁吁，停下来坐在地上喘气。

抬起头，我突然浑身一震。

第 2716 号画，我在上面看见了自己。

Never Thought It
Would Be Like This

还有
这种操作

那是我给本科生上的一节课，也是我和柳雯雯的初次相遇。我戴着眼镜，正在黑板上奋笔疾书。阳光从窗外照进来，勾勒得我的身影毛茸茸的。

悠扬的小夜曲在空中飘荡，淡粉色的灯光照着画，也照着画外气喘吁吁的我。

也许，那就是她最初喜欢上我的瞬间。

在粉红色的灯光和音乐中，我感觉到更深的恐惧，几乎是连滚带爬地往前跑，可是路怎么也走不完。

沙漠，这是一个白色的沙漠……

不知道走了多远，不知道过了多长时间，我精疲力竭，眼冒金星，路过不知道是第几千几百号画，又看到了一个熟悉的场面。

画上是一个实验室，一个志愿者正躺在床上，头上戴满了密密麻麻的仪器。冷静的淡蓝色灯光从墙上照下来。仪器上有一行小字：记忆宫殿。

电光石火间，我突然记起了自己为什么会昏迷。

3

一天前。

柳雯雯走进祁家明的办公室："老师，你还记得我之前申报的那个课题吗？"

祁家明轻蔑地笑笑："你那个课题啊……叫什么来着，记忆宫殿？我记得，你自从分手后就一直在研究这个项目，却始终没有进展。雯雯，你为什么总是不听我的呢，我早说那种技术根本没有价值的。"

柳雯雯："没有价值？是啊，对现在的你来说，恐怕我也已经没有价值了吧。几年来，我的每个研究成果都被你拿走，冠上你自己的名字，我的价值早就被你榨干了。现在，你成了这里最年轻有为的教授，连教育局局长的女儿都对你青眼相看，你自然是不会再需要我这样一个没有价值的女人了。"

祁家明的脸上出现了难得的慌张："你……你这是诽谤！说我拿走你的成果，你有什么证据？"

"我没有证据，但是我知道，你和我的事如果传出去，场面总归不会太好看。"

祁家明半晌没有说话，许久，他叹了口气："雯雯，别这样……别在学校闹，好吗？"

她定定地看着他："我只要你答应我一件事。"

祁家明点头："你说。"

"我的项目已经有了初步成果，想请您来看一下。"她低头，言语间有了婉转，"您毕竟还是我的老师。"

祁家明心上稍微宽了些，敛色道："你能这么想就好。"

在实验室里，她请他躺下来，然后在他头上戴上了密密麻麻的仪器。

"不会有什么危险吧？"

"不会的。"柳雯雯微笑着，眉眼温柔。与此同时，她将麻醉针的针头猛地戳进他的右臂。

祁家明突然警惕起来，觉得有点不对，他竭力挣扎着想要摆脱那些仪器，但已经来不及了。在麻醉剂的作用下，他很快手脚无力，失去了知觉。

白色，无尽的白色。

没有出口的房间，是梦境，亦是监牢。

在昏昏沉沉中，他听到半空中传来柳雯雯的声音："这样，你就能永远留在我心里了……"

一天后，祁家明醒来。但，醒来的仅仅是肉体。

他如同失去魂魄，双目呆滞，面色苍白，从试验台上直挺挺地站起来，跌跌撞撞地走了出去。身后，柳雯雯意味深长地目送着他离去。

从此以后，再也没有人见到过祁家明。传言说，他不知受到什么刺激，失了心智，已经成为一个废人。

只有柳雯雯知道，现在的"祁家明"不过是一具没有灵魂的行尸走肉。

因为，他的灵魂已经被关在她的记忆宫殿里，永远，永远也出不来了。

数学×家的献身

文／茶糖

1

售货机出现了。

四月十五日晚八点，在西京市的乐活购物中心三层，一扇三米见方的大门从空气中轰然洞开，一个头发凌乱、面有泪痕的中年女人立即得蒙救赎般挤了进去，仿佛那是不容错过的末班地铁的车门。

但熙熙攘攘的人流并未为此分出一部分来围观，从初次见到售货机到现在时隔三年，人们已经习惯了它的突然现界，也深深知道，它是这个女人选择的天命。

"神啊，救救李华吧，他是我的儿子，他告诉我，明天再看不到西野遥就去死，他已经自杀失败两次了。"女人自顾自地哭诉着，尽管她知道售货机很可能不会回应。这在牺牲自己寻求救赎的人们那里是个仪式，叫作"祷词"。

"都是我们对他的关爱太少了，自从他迷上偶像，就退了学，好好的日子也不过了，天天不是关注偶像，就是威胁我们。我很抱歉，这是我做人的失败……明天是西野遥的演唱会，他只买到了外场票，可是，请一定要让他与西野遥见面啊……"

"交易内容：让李华与西野遥 4 月 16 日的见面概率从 0.3% 提升到 91.7%。请问是否交易？"一个机械的女声响了起来。

"不能再提高点吗？我……我怕……"

"请问是否交易？"显然，和神讨价还价，并无成功的可能。

"好，好，我交易。我人生的意义，就是让李华好好活着……"女人在哽咽中疯狂地点头。

"购买成功，感谢您的使用。"机械的女声响起，交易完成，女人消失在空气中，她再也没能出现在世间。

售货机每天中午十二点在世界上某个地方降临一次，每次五分钟。它不是像冬木市的大圣杯那样的万能许愿机器。使用者达成交易，即自愿放弃余下的生命，物质存在立刻湮灭，而为之改变的，只有他祈愿之事发生的概率。

然而在许多人眼里，这就已经足矣。概率在这个大小事件几乎全部随机的博彩世界里是硬通货，是赌桌上的筹码，而生活于此的每个人，都是红了眼的赌鬼。

三天后。

"快看，王守序更新啦！"远在西京市一千公里之外，虹桥理工大学的杜威兴奋得差点从椅子上蹦起来，室友应声而来，两人一起盯着手机屏幕，可不到五秒钟，两张年轻的脸上笑容凝固，剩下的只有悲伤和难以置信。

屏幕上是全国最大的科技网站果皮网，大 V 王守序的头像是他中学时代青涩的笑脸，那时的他穿着白衬衫，戴着黑框眼镜，炯炯目光里流露出和年龄不符的沉稳。个人简介只有十个字：我叫王守序，搞点大数据。粉丝却有数十万——这还是三年前他神秘失踪，部分粉丝取关后的数量。

而他们刷新出来的是王守序一分钟前所发的最后一条信息：坐标 31.200712,121.334577，售货机出现。Bye world，bye my love.

2

"王守序"这个名字是强随机世界的特有产物，就像某个弱随机的平行宇宙在嗡嗡嗡时代涌现的"马超英"或者"赵赶美"。在强随机世界，让周遭的一切安守规则而非乱序流动，是个美好而又不切实际的期望。这也仿佛宣告着期望落空的一天，就是他死去之日。

现在的王守序气质已经与果皮网上的照片大不一样。他颓废地坐在轮椅上，虽然衣着整洁，胡子也刮得干干净净，但一种生无可恋的忧郁在他身上已经达到了饱和，仿佛他移动一下身体，就会不可控制地逸散到外界。

"雨琪，再见了。"他呓语道。低沉的声音像石子落在水面上漾开的波纹，甫一消散，他就转动轮椅，进入了售货机的内部。

世上没有几个活人窥见过售货机的结构，其实它只是一个蹲伏在空中的半透明球体，除了一张小小的显示屏，再看不出任何功能在它身上留下的痕迹。它是最朴素的造物，却也不可捉摸，蕴含着神对强随机世界的无情嘲讽。

王守序清了清沙哑的喉咙，他知道有些人交易之前不讲两句难受，并将这最后的谈话称为"祷词"。他打算沿袭这一传统，尽管他的"祷词"与自己悲惨的经历和灼热的渴求无干。

"比起神，你们在我眼里更像一个科学家组成的团队。"

"证据呢？"令他意想不到的是，售货机竟然回应了他。没

还有这种操作

有用那个机械的女声和他对话，出现在显示屏上的，只有一行冰冷的银灰色小字。

"自从下定决心要找到你们，我开始从三个维度分析售货机的出现规律，说来也没有什么新意，不外乎就是城市的定位、场所的社会功能和周边天气改变。

"数据敏感程度较低的人们可能注意不到，目前的现界地点都是人类发展指数排在全球前 50 位，而且人员流动性较高的城市。对于一些远赴麦加或者耶路撒冷等候你们显灵的虔诚教徒来说，唯一等待他们的结局就是失望。我的确行动不便，但是其实不需要出什么远门，在虹桥市等待就是最好的选择。

"而对本国出现的数据增加了一定的权重之后，我注意到机场和购物中心是你们现界的首选，且到目前为止还以不重复选取为原则。具体出现地点和周边的基础设施情况也有关联，如果附近一千米内有学校、医院或教堂，概率就会降低为基本可以忽略不计。最后是周边天气改变这个变量，93% 的现界都伴随着提前十个小时发布的雷暴天气预警，但在这个气候具有高度随机性，气象灾害频发的社会，提前十小时发布警报已经超出了概率工程师的预测能力。唯一的解释就是，这是你们故意留出的破绽。

"所以，今天的第 1124 个坐标于现在出现在虹桥国际机场，是我分析网友提供的过往 1123 个坐标情况得出的结论。虽然如此，参考这三个均为强相关的影响因素后，我在这里找到你们的概率还是只有 79%。必须承认，时间有限，我的分析手段不够精确，我人生中最后一个梦想得以实现，也要部分依靠你们的旨意。"

"那么你还想要什么呢？你跟那些愚昧的虫豸相比像个国王。"半分钟的死寂之后，银灰色的小字再次出现。

王守序看了看手表，时间已经过去了三分三十秒。解释分析过程，好在临死前留下自己的绝唱固然重要，但再不交易，这冰冷的机械有可能会送他出去。于是他目视显示屏，平静而有力地说道："我请求，4月18日下午四点至五点半，也就是四个小时后，京虹公路927.5公里至935.0公里段封路。"

3

要说王守序和刘中立的相识，还得说回到他们初中时一次期中考试。

"你作文怎么零分啊？"不会聊天的刘中立看着这位新同桌的卷子说。

"你们都问我为什么没分，也不问问这题出的是什么玩意儿——如果你是掌控道闸的工人，电车驶向被绑在一条岔路上的五个人，另一边是个正在嬉戏的孩子。你是拉动道闸救下五个人，还是保住孩子的生命？！可是这种主持公道的职业根本就不存在，因为交通系统自己还没搞明白怎么回事儿呢，一辆无人驾驶的车辆驶向岔路，去哪儿的可能性各占百分之五十，还得概率说了算。要是题目里的职业普及，我上周三来学校就不会迟到了。"瘦瘦高高、貌不惊人的王守序提起这件事来，仍然愤愤不平，"所以我就论证啊，为什么这可能是道假作文题，是道错题。结果卷子发下来，就这样了。"

"哈哈哈哈，王守序，你太较真了。"刘中立挤眉弄眼，做出个滑稽的表情，根本没想到在后来的多少年里，这家伙都会是自己最好的朋友。

而刘中立所不知道的是，王守序也已不是第一次注意到他。他还记得刘中立在食堂对着餐盘念念有词，重复说着什么"西红柿炒鸡蛋"，等到饭菜加载完毕的时候，一句气急败坏的"靠，月饼炒辣椒",整个人几乎是砸在了座位上。

"现在就信唯心主义饭前念咒,将来大概会是个神棍吧。"王守序这样跟数学社的朋友吐槽道。

这也就是小事件仍然随机的荒谬之处。生活是盒巧克力,你永远不知道下一颗是什么味道,换言之,你基本没的选。如果他们知道弱随机世界的理工大学男生最常对异性说的话是"三两"或者"四两",大概第一反应是羡慕吧。

这种情况下,两个人找到共同话题的确是机缘巧合,但是这也有其必然。他们能够就读虹桥市最好的中学,全都靠天时地利人和,翻译过来就是抽签那天脸白外加手气不错。同班同学的数学摸底成绩完全实现从 3 分到 100 分正态分布,这种情况下两个画风不同的满分学霸自然也有办法交谈。

后来两男生加上前座成绩稳定前三的女孩林雨琪,组成西方青少年奇幻主旋律中特有的两男一女铁三角。如果他们的友情没有变质的一天,三个人的故事可能离哈利·波特式情节只差三个死亡圣器和一个伏地魔。

4

"王守序,你可以啊。我一直把你当哥们儿,你却把我当情敌!"从图书馆出来的王守序万万没想到,基友刘中立对他挥起了拳头。

"怎么了?"王守序一头雾水。

"就因为你是数学课代表,同学交换自测题的时候你就每次都把自己出的给她?说好的随机发呢?林雨琪说你的题每次都超纲,你也真幼稚,喜欢一个人的方式竟然是给她出难题。"刘中立的质问就像连珠炮,把他打得彻底蒙 X。

"所以说……你也喜欢她？"

"我从初一就喜欢她了，你不讲先来后到吗？有没有点礼貌？"刘中立已经热血上头，变成名副其实的刘混乱邪恶了。

"可是你再喜欢她，别人也不知道啊。这可不能怪我，你怪信息不对称去。"从小就不理解没逻辑的人，还总要纠正对方，是较真的王守序的一大毛病。

"这倒也是。算了，你不是信随机概率吗，给。谁的点数大，这周末谁就约她出去。"

桌面上滚动的骰子就像是美国牛仔决斗时的风滚草，终于公平正义地定在了两个结果分明的数字。于是就有了周六学校旁边的商业街上，王守序的一句告白。

"我喜欢你。"

林雨琪柳眉微蹙，脸上一闪而过的微表情却透露出一丝得意，不管在强随机世界还是平行宇宙，这都是正值青春期的女生收到告白，而又不置可否时的标准反应。

"你喜欢我对吧，那就给我买一杯冻酸奶。我要覆盆子打底的，浇点太妃酱，上面撒彩虹糖。你买到了，我就做你的女朋友。"

王守序的脸上，失望瞬间表露无遗——这家店冻酸奶的底料有芒果、覆盆子、蓝莓、西瓜、火龙果、橙子六种水果，果酱八种，然后七种坚果、奥利奥加上彩虹糖又组成九种可能。"林雨琪，在你眼里我们就只有 1/432 的奇迹出现才能交往吗？"

"我是个相信缘分的人，1/432 的可能，也不是没有可能。"

仔细想想林雨琪的说法虽然缺乏理性，但也不无道理。于是王守序冲到制作冻酸奶的机器前投币，可出来的并不是林雨琪要的口味。反复尝试，依然如故。兜里微薄的零用钱很快花完，他对着一排冻酸奶出神，不敢看林雨琪的眼睛——只要稍一受热，这种东西化得比什么都快。

"所以说，咱们之间没有缘分。"

林雨琪丢下这句话转身便走，带走了王守序的天真、冲动和14 岁少年特有的争风吃醋心理。

从此以后，他们三个人还是朋友，但感情的事情被王守序尘封在心里不敢再提。推究事物的状态和它们背后隐藏的规律，成了他唯一的爱好。

毕竟，比随机出现的事物更加难以捉摸的，是细腻的人心啊。

5

"我们理工科大学生最熟悉不过的，就是图书馆像个莫名其妙的八卦阵，就算想好了找哪本书，面对那些随机刷新而成，散乱排列的书架，还是无从下手。但是现在，我通过数据分析，建立了同类书籍之间的规律性联系，已经做到了十万本以内图书排序的固定化，让学生一眼望去，一目了然，从而省下苦苦寻找的时间，并把它们投入到学业中。这是个化繁为简的过程，也是个大胆实践的过程。"

看着西装笔挺站在台上演示的王守序，刘中立产生了一种奇特的共情，虽然临近毕业他还一个 offer 都没拿到，多年好友的成功却着实给他注入了一针强心剂。

"老哥，这次红杉科技的 offer 稳了？"等到大 boss 们提问完毕，空荡的报告厅只剩下他们两人，刘中立才上去拍了拍朋友的肩膀。

"不好说，不好说。"王守序的谦虚里带着一种贱贱的虚伪，即将成功的喜悦还是有点没掩饰住。

"得，不问了，offer 下来再请我吃饭。不过……既然咱学校的图书馆是你整理的，这么造福人类的事情也带我参观下呗。"

小小的两层楼图书馆被打理得气氛温馨，窗明几净，座椅都被擦得锃亮，窗台上还养了几盆绿植，但这并非什么革命性的创新，重要的是书架上陈放的读物。刘中立找到自己的教材所在的地方，向着相反的方向走了数步再走回来，眼前呈现的内容竟然没有再度刷新，而是丝毫未变。

"太神奇了，"他由衷地感叹，"以前我最长的一次找了半个小时。"弱随机世界里再简单不过的图书整理过程，用在他们这里却让整个虹桥理工大学的学生仿佛盲人见到了光亮。

可是刘中立的注意力突然被转移了，他看见数不清的数学专业教材中间混着一本特德蒋的《除以 0》，书脊被编上"017521"的序号，这序号已经出卖了一切。

刘中立记得那本《除以 0》，它是林雨琪高中毕业的时候送给王守序的书。有些尘封已久却还是潜滋暗长的感情他不敢问，只好旁敲侧击说道："那好像是一位数学家发现一条可怕的公理，自己的研究成果全部作废，然后心灰意冷的故事。"

"是啊。我毕业答辩的研究方向是概率论，真怕我也发现什么不得了的秘密，变得像她一样。"王守序耸了耸肩。他是个理性悲观主义者，对未来的怀疑他从小时候就有过，只是当下还能够控制。

"我成绩差，是不可能在科研这条道上走到黑了。你别多想，会熬出头的。"

两个年轻人面对向他们奔涌而来的宏大未知，本能地互相安慰着。可是王守序不知道，他的人生像被电车难题里的扳道工拉了闸，已经打开了急转直下的阀门。

6

"我现在的工作叫概率工程师，听着挺高端的，其实就是在一切随机的大前提下帮公司止损。"王守序和往常一样，略带自嘲地介绍着自己的职业，但由于听者是林雨琪，心跳加快之际包袱还是抖得不大流畅，"比如最近我一直在做的项目，就是为了提高职工出差的时候航班预订的效率和成功率。要不然等起飞前40分钟航班信息总算确定下来，他们得掏出 HR 买好的花花绿绿一堆机票，再从里面战战兢兢地挑一张出来……好笑归好笑，误了事损失的可都是 GDP。"

这家酒吧的特色是双人桌中间的门帘，客人落座后才拉起，让对面的陌生面孔显现出来。可是留给王守序的面孔并不陌生，正是他用了十多年的时间去喜欢的女青年林雨琪。看到她熟悉的脸，王守序心底一些灰白的东西，又一次慢慢变成鲜活的红。

"你知道吗，上次我们老总好不容易登机，他乘坐的那架亚美利加联合的飞机就出了问题，还是老一套，算法太差导致的超额预订。因为我们老总坐惯了经济舱，抽到他强制下机，他不答应，拿出身份证之前差点被乘务员拖下去，后来对方道歉的时候脸都绿了。"他忽然发现雨琪始终没有说话，气氛有点沉闷，就试探性地问道，"林女士，你呢，你这几年在做什么工作？"

"我跟以前不一样啦，大学毕业以后玩玩乐队，写写小说，也就过了好几年，没听过一句话吗，年轻人二十多岁没有正经工作，多半以为自己是个作家。"现在的林雨琪气质也改变了不少，她一身款式夸张的休闲装，摘掉了学生时代的厚眼镜，头发也剪短了，跷着二郎腿，很是放松地抿着酒。

"别逗啦，我这是明知故问。你新书首版的购买中签率是10.76%，以为媒体报道我不看吗。就是想听听你自黑，林大作家。"

几句调侃的话下来，互换了联系方式，聊天气氛又冷了下来。他们果然还是像两条相交线，有过交集，但现在的生活轨迹并不重合，所以说不到一起。林雨琪无奈之下，拿出手机打开了微博客户端，强找话题。

那是她此生做过的最后悔的决定。

"听说过'神'和'售货机'吗？最近大家都在聊。"

她手指轻点，熟练地关掉二十多个随机刷新出的弹窗，加载了图片。浮现在王守序眼前的，赫然是一道三米见方的空气门。

7

王守序整理了一下自己脑中的信息，又打了一个寒战。自从那次和林雨琪相见以后，关于"神"和用生命交换概率的一切像一堆关不掉的无用后台进程，让他的工作和生活毫无效率。

他本来试图论证售货机只是个无聊的恶作剧，可是具体的坐标和现场照片每天更新，人证物证齐全，甚至连一些国家的政府都发布了相关声明。事情很快超越了他的逻辑能解释的范畴，换句话说，他没法跟这世界相处了。

《除以0》中女数学家的悲剧，现在按原样发生在王守序的身上。他快速从手执利剑向无序体系宣战的大英雄，蜕变为一个在神创世界中不肯随波逐流，还试图用科学解释一切的可怜虫。

"你去吧。"技术部负责人把盖好公章的假条交还给王守序。对方离开后，他端起咖啡杯，狠狠地喝了一口。

自打售货机这个支持神创论的论据曝出以后，出现这种情况的概率工程师不止守序一个。本来蒸蒸日上的红杉科技，现在竟面临停摆的状况。科技工作者的反应比本就听天由命的寻常人大得多，辞职的辞职，请假的请假，没人挑大梁了。

王守序拖着脚步回到位于虹桥市中心的家中，看着远处的车流回想着自己的过往。他的一生都在攀爬一道责任的阶梯，现在阶梯骤然垮塌，他朝着不可知的地狱摔落而下。

他的责任是什么？是不断地探索并找到随机数据中的规律。而地狱又是什么？

地狱是责任不在的地方。

"你醒了！"不知过了多久，耳边传来医生带着职业性热情的问候，"你坠楼以后能活下来，从概率上讲是个奇迹。"

爆炸般疼痛着的躯壳像一层厚茧，限制着他基本的行动与表达，他不以为然地从鼻腔中哼出一声："……所以呢……"

下一秒，他看到林雨琪红着眼眶，努力在他面前强装微笑的模样。

"这世界上的一切充满阴错阳差，但有一点是确定的。那就是：现在，我陪着你。"

那天，他听见了世上最完美的告白。

8

深夜，书房的灯还亮着。王守序知道，是他精神恍惚时的纵身一跃，把两个人的生活拖入了深渊。

在保险业并不符合市场法则的强随机世界，能够压垮王守序的并不只有高位截瘫患者不菲的医疗费用，还有没有完成的项目的巨额违约金。于是为了还债，曾经沉迷泡吧、夜夜笙歌的林雨琪生活变得极其规律，日常穿衣的格调也变成了性冷淡风。白天无休无止的访谈和走穴逐渐榨干了她的人气，晚上，她继续伏案写稿，却再也没有新的代表作能够给她带来巨额的版税。

"守序，给我点灵感。"时针指向零点，黑着眼眶，形容疲

数学×家的献身

249

愈的林雨琪终于从书房里出来，和往常一样拉住了他的手。

"如果，有个世界上的一切都不是随机的呢，什么都有固定的顺序，人们都注定要通往他们想去的地方……"话没说完，王守序一阵心痛，"算了，太大胆了，你又不是科幻作家。"

心痛毫无征兆地骤然加深了，他看到林雨琪没被衣袖遮住的手腕上有细密的伤痕，虽然不深，却格外触目惊心。

第二天林雨琪照样出去忙碌，王守序操纵轮椅进了她的房间，几乎耗尽全部的力气，终于抽出了压在一堆旧书下方，有着灰色封皮的手稿。

一本普通的日记，却有"罪己书"这样一个沉重的标题，记载着林雨琪最近的三年。

"是我的出现，毁了那个少年意气的王守序，又毁了那个视数学为生命的青年王守序，我不能再对他做出一件错事了……

"我每天用身上的责任提醒着自己，不敢哭，不敢见以前的朋友……很累，像把巨石推上土丘的西西弗斯……

"不敢奢望爱，只要'神'不再玩弄我的人生，我什么都愿意做。"

去除优美文笔的藻饰，原来林雨琪的精神世界是这样脆弱。

可是不必如此，会变成这样不是你的错，是我的宿命。王守序轻轻叹息，一点点将书稿放回原位。

9

"今天下午虹桥理工的活动取消了，我们去海边散步。"其实活动早已被她主动推掉，林雨琪说了谎。

临海的京虹公路风光绝美，还特意为行人留出了停车观景的平台。林雨琪推着王守序的轮椅，两个渺小的个体沉默地听着海边回荡的涛声。

"那边有家书店，去看看吗？"

"好。"

书店里播放着古典乐，桌上的花瓶中插着新鲜的香槟玫瑰，王守序曾无数次梦想过和她来场这样的约会，想来他曾经的"对手"刘中立也是一样。

沉默之中计划已然拟定，王守序心里暗暗咒骂：那死现充大概想不到，自己能有这样的好运。

"雨琪，以后你的电脑借我用一下，每天四五个小时就行。我脱产在家太久了，也应该在网上找点外包做做。"

林雨琪的眼睛亮了起来，她以为王守序终于又燃起了生的希望。

10

"奇怪的请求，为什么不直接要求两个人相遇呢？"

王守序暗自惊叹，不到一秒的时间，售货机已经把他的一生回顾了一遍。就像纸上的二维生物活动的轨迹在人们眼中一目了然，巨大的信息不对称下，他没有可能在这场与神的博弈之中真正获胜。

"我当然可以简单地把请求设置成让两个人见面，可是那是怎么样的相遇你就不能保证了。神啊，我对你可没有什么好感。最好这次见面的每个细节，都由我来安排决定，让他们蒙在鼓里，以为这是随机世界的礼物就好。"

强随机世界至今还无法实现复杂交通路径的固定化，也因此造成了绝大多数公路都是单行道。无人驾驶的汽车以基本不变的速度穿行其上，没有临时状况很少拥堵。王守序早已确认了他们的行程，下午四点至五点半，基本可以确保两个人的车辆处在这个路段。

他用最后一点钱买通另外三家咖啡馆的老板，让他们提前打烊，让林雨琪和刘中立擦肩而过的可能降到最低，然后打电话给临海的那家书店。

"我有一个不情之请。麻烦你预留一张小桌，花瓶里插上刚刚开放的香槟玫瑰。准备两杯她最喜欢的手调香草拿铁，靠门的书架摆上特德蒋的新书《赏心悦目》。他们今天下午四点多可能来。"

源源不断的臆想缠绕着他，让他幸福又痛苦。他们可能像两朵陌生的浪花一样在海边的观景台相遇，聊刘中立刚刚拿到 C 轮融资的生意，也聊某本一直放在案头，带给他们浓郁多巴胺的小说。他们也可能在突然的封路通知下把车停在路边，有些无奈地走进那家书店，喝口咖啡，然后两只手抚上同一本书的书脊，时隔多年后重新说出对方的名字。

他们的久别重逢，不会有他王守序的痕迹。

"可你这样苦心安排，又怎么知道他们的眼中有着彼此的倒影。"

"就算他们见过一面，没有选择对方，至少我也给了雨琪自由。"也是他的自由，至少可以离开这个麻木的躯壳。

"交易内容：4 月 18 日下午四点至五点半，京虹公路 927.5公里至 935.0 公里段封路的概率提升至 100%，交易成功。"机械的女声终于响起，交易完成，王守序的身体消失在空气中。

但彻底的湮灭大概并不符合神的旨意，他得以化身为量子幽灵，寓形于概率云，继续观察着这个喧嚣的博彩世界。

多巴胺

文／刘小谦

1

"你已经多久没抱我了？"

李山青在电脑前运指如飞，眼睛上反射着不断明暗跳接的光，暗色的是烦琐冗长的代码，明亮的是上百个不同角度和尺寸的人脑截面图。

以前的这个时候，老婆的呼唤，或者香烟，是可以让他稍微停顿下的。

那时候李山青也是像现在这样死盯着屏幕，烟灰缸凹槽上总有没燃尽的香烟，他至少需要转动眼球，扫那么一眼，然后右手离开键盘，拿起滤嘴送进嘴里，然后眯着眼睛再敲下长长的一段代码，再把烟放回去。

而那时候，慕子的皮肤也更莹亮，声音也更柔婉。她只需要这样问一句，李山青会微微一笑，腾地站起身子跑到沙发上，双手伸到横卧着的慕子身子底下，一瞬间将她抱起来，有时候为了显示自己的雄性力量，还要在客厅里转上三五圈，不时亲一下慕子带着婴儿肥的面颊，说"再给老公五分钟好不好，五分钟之后我再抱你"。

可是现在，李山青的烟戒了，也再没抱过慕子。于是慕子的轻唤，便显得突兀、不合时宜，且毫无价值。

"你说话，你有多久没抱我了？"

"爱特么多久多久。"

李山青连面部表情都没有改变，他持续地狂热于自己的研究，那是一项能改变全人类的脑科学研究。他不能在此刻有任何分心，不能因为自己糟糕的家庭关系影响哪怕一句代码、一个分号或者空格。

可是也许是因为香烟的缺席，他无法借助任何外力把自己的注意力重新戳在嘴里，倾吐在屏幕上，他终于分心了。他的手指慢了下来，眼神淡了下来，心里产生了奇怪的情绪。

"猪啊！情绪不是心里的，是脑子里的！！！"

这句话是李山青在大学第一次和慕子约会的时候，慕子说的。

这句话慕子说得气急败坏，说得充满鄙夷，可是在李山青听来，这是最美好的一句话了。

这句话的上一句，是李山青的表白："我和你在一起的时候，心里很奇怪，但是很舒服，我就想这就是幸福吧……"

这句话的下一句……没有下一句啦，李山青的下一句，被慕子柔软而温润的嘴唇，死死地堵住了。

十多年了，两个人读到硕士，读到博士，成了国内脑科学首屈一指的科学家，可是半年前，慕子突然辞去了研究所的教授职位，说只想在家里待着，安安心心做一个家庭主妇。

李山青不同意，这个家没什么需要家庭主妇的，而世界的脑科学领域，却需要这个机敏聪慧，时不时能跳出纯理性思维思考问题的女科学家。

可没人能拧得过慕子，她说服了研究所所有领导，说服了两人的父母，最后拿着一张签过字的离职申请拍在李山青面前说：

"我先回家，给你做红烧肉。"

李山青有些气愤，慕子仍然像大学的时候一样出人意表，一样让人猜不透，可是却没有那么可爱了。他望着跳跃着走出办公室的背影，想要抽一根烟，可念头一起突然一阵反胃。

哦，自己的研究已经成功地让自己对香烟提不起一点兴趣了，甚至厌恶。

2

回想起来，关于"具象线索多巴胺引导机制"的研究，还是慕子最开始想到的。

"你知道你为什么喜欢我吗？"慕子这样问李山青。

那天李山青拿着自己做的，忘了放沙拉，且自以为是地将生菜换成了青椒的，爆款三明治出现在教学楼前的草坪上，慕子早已等在那儿了。

她当时十九岁，脸上的每一个部分都值得被评价为精巧、细腻、惹人怜爱，在太阳伞下、格子毯上，她穿着缀满薰衣草的细瘦月白色连衣裙，侧卧着对李山青浅浅一笑。这一笑，完成了李山青对弱水、对星空、对极光、对永恒的所有幻想。

"因为你漂亮啊！"李山青说。

"哪儿漂亮？"

一个脑子里全是生物工程学的高才生，对如何夸女生自然是一窍不通的……

"就是漂亮！"李山青为了不用继续回答此类话题，咬了一大口三明治，忽然他整张脸都涨红了……

"喔，咳咳咳……不是青椒是尖椒啊啊啊啊！！！"

慕子笑了好一会儿，连递给山青的水瓶都是抖着的。

"我告诉你为啥喜欢我吧，因为我，以及能让你想起我的所有线索，比如我的照片，比如这个裙子和洗发水的味道，都会让你脑子里分泌出比平常水平更高的某种神经传导物质。"

"噢，多巴胺嘛，能让人兴奋，让人上瘾。"

"对，就是多巴胺，如果我们能让人脑对特定的事物及线索，产生更高的多巴胺，那么我们就能让人喜欢上这个事物。相反我们抑制，就能让人对这个事物感到索然无味。"

山青皱起眉来，看着手上被自己做成毒药的三明治，开始了对自己智商深深的怀疑："研究这个要很聪明才行，你要构建一个事物在脑子里呈现的方式，你还要了解脑子里产生多巴胺的全部机制，还有……"

"没事啦，我们可以去读硕士，读博士，我们有一辈子的时间一起研究呢！"

慕子说完这句话，突然发现山青愣愣地看向自己，满脸傻笑，这才发觉自己已经不小心说了"一辈子"这种中二、矫情……但值得山青傻笑至少一整天的字眼。她赶忙夺过山青手里的精美水瓶，一口气灌了大半，然后使劲抹了一下嘴巴。

"慕子，那水我喝过……呀，你脸咋这么红！"

"你这瓶口太辣了嘛！！！"慕子转过头，这才咬着下唇，眯起眼睛，泛起红透了的笑窝。

3

"那瓶子放在哪儿了？"慕子不断翻找，家里的旧书旧鞋散乱了一地。

"什么瓶子？"山青在沙发上闭目养神，这句疑问更像是一种礼貌或者对话公式。

"第一次约会，那个瓶子啊！"

"早扔了吧……找那个干吗？"

又过了足足十分钟，慕子终于停了下来，跪坐在地毯上叹气。山青回头看了一眼慕子，他发觉尤其是这半年，自从慕子待在家里，竟然比之前通宵达旦地工作的时候苍老得更快。现在的慕子身形消瘦，说话有气无力，面色泛着枯黄，还永远带着黑眼圈。

这个曾经完美得令自己不敢直视的姑娘，如今竟变得如此平庸而乏味。

他当然知道人脑是有耐受机制的，第一次见到爱慕的人，会产生的多巴胺如果是一百，那么第二次则变成了九十八，继而是九十六、九十四。当然这个数值会在某些特定情况下重回巅峰，比如你与爱人的第一次牵手、第一次接吻、第一次床笫之欢，然后再降落下去。

降落得越低，速度也就越慢，所以即使十年后，你对喜欢的人还是会喜欢，只是这喜欢太"平庸而乏味"。

而他的研究，完美地解决了这个问题：

半年前他研制的"人脑多巴胺引导仪"有了试验机，于是应慕子的要求，李山青把自己作为第一个人体试验者，接收多巴胺引导。

引导的内容，是对香烟以及能联想到香烟的线索进行多巴胺抑制，说白了，就是戒烟。

李山青被固定在自己设计的躺椅上，罩上一个微型版脑 CT 一样的环形头盔。这个头盔会产生电场，直接影响人脑里对特定信息的多巴胺分泌。

还有 这种操作

那次试验很成功，他真的戒烟了，永远巅峰的多巴胺抑制，永远戒烟了。

"我很喜欢那个瓶子，圆锥形的，全是一块一块小三角组成的，那种玻璃瓶子，只有当年那个牌子用过……"

慕子自顾自说着，将李山青的思绪从研究工作中又拉了回来。李山青有些烦，于是皱着眉看向慕子，说：

"不就是个瓶子吗！"

慕子被这句话吓了一跳，安静下来，好一会儿之后才又缓缓开口。

"送你那个瓶子的时候，你很喜欢我。"

两个人安静了好一会儿，似乎都短暂地陷入回忆中，毕竟当年的事情越美好，就越值得人沉默。

"慕子，你想让我永远像那样喜欢你吗？"山青说出这句话就后悔了，因为当年那个慕子实在太值得喜欢了，而眼前这一位，早已是另外一个人。

"谁不想要得到永远的爱呢？"

"那不如……"李山青忽然叹了口气，"那不如用那台机器，引导我的大脑永远对你产生巅峰的多巴胺。"

算了，当年就喜欢她，现在喜欢她也不亏……

可是现在真的没办法对她产生什么兴趣啊……

可是这样更能试验那台机器有多大能耐啊，李山青，你是个科学家，你的生命属于脑科学的未来！

李山青脑子里一直在闪烁着这几个念头，任由它们循环了几个来回之后才抬起眼来，这才发现跪坐在不远处的慕子早已泣不成声。

她捂着双眼，豆大的眼泪持续地从指缝里滑落到手肘上，跌落、淹没在地毯细软的绒毛里。

李山青有点不知所措，但确实不想走过去安慰她。

许久许久，慕子才抬起头来，轻声说："李山青你别骗自己，你不喜欢现在的我……"

"……离婚吧。"

4

手续办得很顺利，没有亲属阻拦，甚至研究所的同事们也都面容肃穆地给予理解。这种表情，大概是为了表达人们对于逝去之物应有的缅怀和共情。

山青和慕子都是通情达理的人，分家产的时候便也轻松而宽容。慕子要了两人曾经在郊区买的一套大房子，而山青要了两人长住的小公寓，地段繁华，适合工作。

离开慕子之后，山青一直处于繁忙的工作里，抑制多巴胺虽然成功进行了第一次人体试验，可是对特定线索提升多巴胺的试验还一直在筹备中。

山青在动物体上试验了数千次，并且详细对比了动物受体和人脑的差距，已经精确测算出人体所需的电场强度和适宜方式，几乎能确保第一次人体试验成功。

"第一次试验你还要自己来？"头发已经白透了的老教授问道。他深知自己的学生：慕子更敏捷，是诗人一般的学者，能不断想出令人惊喜的点子；而山青是战士一般的科研人，可以不眠不休，会谨小慎微，能一往无前，虽然总觉得比慕子笨，但科学实验，也许正需要这种笨。

"当然了，万一失败了，您也只是失去了最笨的一个学生。"山青笑着，教授知道这是山青特有的带着刺儿却毫无恶意的玩笑。

"那题目是什么？你要喜欢什么？"张老教授虽然曾是山青的老师，但此时在学界的地位早已不及山青，所以研究所的大事小情，都要山青做主。

"嗯，这事首先得看我不喜欢啥……"山青看着电脑上密密麻麻爬满了整个屏幕的数据细节，沉默了下来，那些数据在屏幕上缓缓流动，超过人眼认知能力地高频闪烁。

山青突然觉得这些倾注了他多年心血的烦琐数据很漂亮，它冗长、连绵、无序，却正是这种状态，组成了一种自由而磅礴的美感：

每一个个体都自由却祥和地聚在一起，就像清泉，像云朵，像大一的夏天，第一次和慕子约会的那方草坪。

"如果有一天你不喜欢我了怎么办？"

"不可能啊！我咋可能不喜欢你！"山青挠着脑袋，此时的他完全想象不出眼前的少女在二十年后，中年衰败的模样。

"喊！我不信，你要是不喜欢我了，我给你脑袋里打多巴胺，让你非要爱上我！"慕子细嫩的手指抵在山青的脑袋上，嘴里模仿着注射器的声音。山青感受到慕子的指甲和一小方指肚贴上了自己的脑袋，竟觉得这算得上难得的亲密接触。

李山青觉得脸很烫："你再打点，我这多巴胺能炸……"

"炸死你炸死你！"慕子指尖轻轻转动着，却并没用力，她嘴上嗔怒，吐气如兰。山青此时觉得，这针多巴胺，真的打进去了。

"题目就是，慕子……"

张老教授在整理文档，听到这话突然鼠标猛地蹭了一下。

"张老师，通知一下所有研究员，题目就是慕子。"

5

"李山青，我说你是不是有病啊？"

说话的是郑则，张老师的另一位学生，脑科学的另一位骨干，喜欢慕子的又一个男人。

"你俩离婚了，你现在在干什么？用研究成果，伪造爱情！？"

郑则已经失态了，但这并不是第一次，他时常因为研究狂躁。此时他站起身子，跳着脚，唾沫星子飞越了半张桌子，可是令李山青惊异的是，竟没有一个人阻拦。试验的最后一次研讨会上，李山青坐在主座上，第一次发觉自己已经孤独到了这个地步。

"我只是想要一个确凿的试验结果。"李山青没躲闪郑则的目光，但是气势明显弱了一大截。

"试验，又他妈是试验。"

"不然呢！"李山青终于拍了桌子，"我们在这里讨论什么，爱情？！"

郑则明显被这句话震住了，他张了两次口，却看见张老教授在旁边缓缓摆了下手。他于是知道自己已然乱了分寸，过犹不及，于是长吁了一口气，坐了下去。

李山青缓了口气："我们不要讨论与试验无关的事情了……"

"慕子和试验无关？"郑则忽然插了一句。

"你说的是慕子这个人，还是我心里的形象和线索！"

郑则死盯着李山青，紧咬着牙："这个人！"

"哦，"李山青舔了下嘴唇，"无关。"

"你大爷！"郑则猛然腾起身子，在会议桌上只两步，便扑在李山青身上，接着是笨拙、凶狠、夹杂着脏话的一顿拳头。

郑则被众人拉开的时候，李山青显得很镇定，而郑则却满脸泪水。张老教授来搀扶李山青，却被李山青抬手阻止了。李山青表情木然地，缓慢爬起身子，用袖口擦着脸上的血迹。

"你们所有人是不是都觉得，我对不起慕子？"

"是她自己对不起自己。"李老教授嘟囔了一句。

众人纷纷看向李教授，继而又看向李山青。郑则捂着脸，只是不住摇头。

"山青，老师不能同意你此次的试验计划。因为慕子……已经过世了。"

6

山青开着越野车疯狂地踩着油门，手机提醒了速度限制，却被李山青一把甩出窗外。

"你根本不是第一个人体试验者，慕子才是。她早就料到试验会带来不可预估的影响……而那个试验证实了，她全身细胞衰竭。"

张老师的话像数千根针，持续绵密地在李山青的心里刺痛。

"慕子修复了这个缺陷之后，就已经没多少日子了，她不想让你为她担心，更不想因为夫妻之间的事情，阻碍整个脑科学领域的进程。"

李山青感觉景物不断地向后飞驰，他知道自己很快就会到郊区的大宅了，他知道自己马上就会见到慕子的陵墓。他奋力地想要想起关于慕子的点点滴滴，但那些画面就像被蒙上了重重的雾气，声音像是不断飘向邈远处，而慕子的样子，也只剩下了轮廓而已。

"于是……慕子说服了我们所有人，在你的戒烟试验里，同时把她也戒掉。"

"那她怎么活？！"在会议室里，李山青人生中第一次拽起了老师的衣领，"那她怎么活？！"

郊区大宅的一角，是慕子的墓地。

李山青站在墓碑前，心里绞痛已极，可他的多巴胺已经被自己和慕子的发明，死死地抑制了。神经传导的阻断，导致了他仍然想不起慕子的样子。

"我们第一次约会，就是这样的天气……"

风缓缓吹了起来，带着草叶的香气，将一人一碑席卷。李山青突然想起十九岁那年的好些事情。

"我把青椒放错了，把自己辣得满脸滚烫，你递了我一瓶水，我喝完了你又喝了一口，脸比我还红。"

李山青突然发现，当年那瓶子就放在墓碑前的石板上，他走过去捡了起来。那瓶子很漂亮，玻璃的，瓶身被分割成一个个小三角，反射着各色的光。

"你当年说，要是我不喜欢你了，你就在我脑子里打多巴胺，打到炸……可是……可是我还喜欢你的时候，你为什么把我的喜欢都夺走了？"

"李山青，我有句话要告诉你。"李山青又听到了无比熟悉却又陌生的这个女声。

是那天约会之后，两个人手牵着手走在夕阳的光里，慕子突然说的一句话。

"你说啊！"

慕子张了张嘴，突然脸又红了，于是转过身，将那个玻璃瓶拧开，对着瓶口无声地说了句话。

"我靠！你说的啥啊？"李山青此时觉得自己今天很失落，既搞不懂三明治，也搞不懂女生。

慕子回过头来，迎着夕阳笑了："话都在瓶子里了！"

李山青回过神来，这才发觉刚才的场景已经过去二十余年了。

"瓶子里……"他嘟囔着，这才想起当年的瓶子此刻正躺在自己的手里。

他赶忙拧开瓶盖，发现里面有一卷纸片。于是他用手指将它钩了出来，然后缓缓展开……

真的是慕子的字迹，像她微微开合的唇齿一样，轻盈，温婉。

多巴胺控制不了爱

李山青终于想起了慕子的脸，在自己怀里，她闭着眼睛，大叫着"别转了别转了"，双手死死抱着自己；在厨房里，她擦着汗，说"别着急，红烧肉马上就好"；在试验机旁边，她凝视着自己，说"这次一定会成功，一定会……"。

还有十九岁那年，在太阳伞下、在格子毯上，她穿着缀满薰衣草的细瘦月白色连衣裙，冲自己笑了一下。

这一笑，再次出现在李山青的泪眼中，却无比清晰、明亮。

足以成为温暖他这一生的圣光。

偷窥别人的梦

文／贺兰邪

世上人千万，梦也千万。

你永远不知他们会有怎样的梦境，恐怖的、悬疑的、激情的、悲伤的，带着这样的猜想看下去，并在弹幕上写出梦境的类型。

如若最后梦境播放完毕，你的猜想是对的，那么下一个进入直播间的参与者就是你。

1

酷暑难耐，即便是入夜之后，也让人热得汗流浃背。

陈虞将空调的温度调到二十摄氏度，然后裹着一床薄棉被缩在沙发上玩手机。

他的手指在手机屏幕上滑过，点开了一个叫"梦境直播"的APP。

现在网上有不少关于直播的 APP，不过那些主播大都是些哗众取宠的人，年轻美貌的就露腿露胸，反正能露的都露，不能露的都尝试着露。没有姿色的就以各种奇葩出丑的方式出现在直播里，要内容没内容，要内涵没内涵，总之全是没有营养的东西。

尽管如此，大家都喜欢当吃瓜群众去围观。

只因无聊，所以使用这种方式来消磨时间。

可是陈虞不一样，他讨厌看那些小丑表演。他喜欢看更为真实的东西，比如说现在眼前的梦境直播。

这一款 APP 是他在无意中发现的，每天直播间都限定了人数，只有二十人可以进去，人一旦满了就再也看不见主播的精彩表演。

每天直播的时间是在晚上九点，直播时间为一小时。

主播会将自己的梦境或者是参与者的梦境，直播到屏幕上。

2

现在是晚上八点四十七分，陈虞点进直播间一看围观总人数是十八。就在眨眼之间，剩下的两个空位也被填满。

他感叹一声：幸好，来晚一步就要被关在门外了。

梦境直播每天都有不同的参与者，每一天的参与者都是由上一次主播抽奖抽到的号数来决定。因此，每一个进直播间的网友都十分在意自己的座位号数。

自陈虞观看这个直播以来，他一次也未被选中过。倒是有一个幸运儿被接连选中两次。

第一次就将他的春梦暴露无遗，第二次则是他最恐惧的事情。

那位网友笑着感慨："都怪我这破 ID，叫什么不好，非要叫春梦了无痕。"

两次直播之后，"春梦"就消失了，也不知是改名了还是离开了。

这个直播 APP 有一个好处就是，人永远不用去担心别人会发现你的真实信息。这里面的东西是绝对保密的。

陈虞当初看见"绝对保密"四个字，冷笑。这世上哪有什么东西是绝对的，搞得这么神秘，不过是怕被熟人看见自己那些肮脏龌龊的梦尴尬罢了。

时间一分一秒地过去了，漆黑的屏幕亮了起来，一束惨白的光亮起。陈虞看见，今天的参与者已经坐在了那张红色的椅子上。

他穿着兔子玩偶衣，为了方便他活动，玩偶衣并不是那种厚重的，而是比较轻薄一些的。

陈虞看见参与者的右手拿着一把玩具枪，像是在与这身兔子玩偶衣做搭配。

他看着这身打扮，觉得有些眼熟。

这不是——越狱兔吗？

这个参与者还真有意思，居然将自己打扮成越狱兔的模样。

3

时间走向九点整，主播的声音从手机里传来，他笑着与大家打招呼："晚上好，欢迎进入梦境直播。今天的参与者是兔头少爷。"

话音刚落，只见屏幕上闪现而过。

【兔头少爷向主播赠送 99 玫瑰 X10】

【兔头少爷向主播赠送翡蓝钻石 X10】

…………

陈虞看得有些发蒙，只见直播间里的网友纷纷刷屏。

【天啊，大土豪 66666】

【这也太有钱了吧！我也想整整一个梦境直播间了】

为了能够上梦境直播，疯狂刷礼物的人陈虞见过不少。可是没有哪一位，能像这位"兔头少爷"如此大方。因为大家都觉得，自己的梦不怎么值钱，每天花一百块来看个直播，已经够意思了。

主播的程序很简单，他只需要每天定时定点地给大家问好，并且报出今天参与者的 ID 名字，大家就可以观看参与者的梦境。

他怀疑主播是个机器人，毕竟他每天的语气都一样，连语调都没有变过，就像个复读机。反正大家都看不见主播的脸，是人是鬼都不知道。

陈虞见这位兔头少爷出手如此阔绰，心想：土豪的梦，不就每天纸醉金迷，有啥好看的？

正在这时，主播又宛如复读机一般念道："你想看片吗？那就牵住我的手，和我一起上床看梦境直播吧，高清无码，绝对真实！"

陈虞翻了一个白眼，每天都是这句话，不知道的还以为这里面在直播那什么片呢。

主播说完这句话后，越狱兔站起来，走向那张床。床是以侧面对着大家，另一侧则是幕布。参与者只要入梦，他在梦境里的所有活动都会在这块幕布上显现出来。

你永远不知道他们会有怎样的梦境，恐怖的、悬疑的、激情的、悲伤的，带着这样的猜想看下去，并在弹幕上写出梦境的类型。如若最后梦境播放完毕，你的猜想是对的，那么下一个进入直播间的参与者就是你。

参与者还未入梦，就已有人在发弹幕：

【土豪的梦不就非常华丽吗？我猜这次的梦是个用钱堆出来的梦】

【我打赌这次是个狗血的恋爱剧】

【我押他今天是春梦】

【我赌他……】

弹幕被禁三秒，大家各自选择了自己的赌注。

陈虞却还在犹豫，他不喜欢这么早就去判断一个人。还是先观望一分钟再做判断吧。

于是他选择——跳过押注。【消耗一颗宝石】

屏幕里，兔头少爷已经躺在了床上。就在他躺下去的那一瞬间，陈虞发现了异样！

他的眼力比一般人要好三倍，再快的动作也能被他捕捉到。

他方才看见了，幕布没有遮住的部分，里面有一只手。

原来这就是那句宣传语的由来。

——牵住我的手。

他以前观看这个直播时从来都没有看见过这一幕，那是因为那些参与者大多数都穿着黑色西装戴着面具或者玩偶头套。只有这次的参与者，竟然将自己裹得那么严实。

因为他裹得有些厚了，他伸手去牵幕布后面的手时，将幕布动了一下，这才让陈虞注意到了。

这幕布后面居然有人！

难不成，他就是那位不愿意露脸的主播吗？也不知他是男是女。

兔头少爷躺下之后，陈虞发现幕布又动了一下。然后兔头少爷的手也动了一下，他像是在抓住什么东西一样，十分用力。

4

刹那间，直播屏幕变为黑色。直播间的网友都知道，今天的精彩梦境又将开始，每一个人都希望自己的押注是对的，因为只有这样，他们才会成为下一期的幸运儿。

每一个人都在期待屏幕亮起，可是黑漆漆的屏幕没有任何变化。

一分钟过去了，人们在等待中变得焦虑不安，有人开始发弹幕说："怎么还没开始，老子都快等睡着了。"

正在这时，一阵急促的脚步声传来。

兔头少爷的梦境呈现在大家的面前。

屏幕上有一位新娘子穿着雪白的婚纱奔跑在一条长巷子里，此时的夜已经完全黑透，就连月亮都躲在了云层后面。漆黑的巷子里，只有一盏老旧的街灯，照在新娘的身上，大家都看见了新娘的脸。

大家一看，原来是直播间的熟人——x 小姐。

每当参与者入梦时，x 小姐也会一同入梦。她可以在参与者的梦境里任意活动，甚至可以帮参与者改变梦境。

可是为什么今天，她的表情变了，变得十分恐惧。

冷清的巷子里，除却新娘奔跑的脚步声以外，身后还有另一个脚步声。

她似乎没有办法停下来，因为一旦停下来，就会被身后的人追赶上。

她哭喊道："求求你，放过我吧，我想活着。"

"砰"的一声枪响，距离她只有三步之遥的路灯坏了。

网友们的心也随着她表情的变化提到了嗓子眼。

【我的天，这刺激了。没想到大土豪竟然做了这样一个精彩的梦】

【2333 看来我押错了】

陈虞快速地浏览着这些评论，随后他又将视线放回在 x 小姐的脸上。

这样真实的表情，会是一场梦境吗？

他有些疑惑。

偷窥别人的梦

273

5

路灯坏了之后，新娘奔跑得更快了。

"你再动一下试试。"

阴沉的声音打破了寂静的夜，新娘惶恐地转过头去，只见一个穿着西装打着领带的新郎出现了，他的头上戴着滑稽的兔头头套，右手拿着一把枪。

陈虞愣住了，兔头少爷手上拿着的那把玩具枪，竟然在梦中变成了真枪。

新娘害怕地停住脚步，精致的妆容已被汗水弄花。她咽了一下口水，害怕地看着这位可怕的新郎。

新郎拿出一个锦盒，里面安静地躺着一枚戒指。

"戴上它，否则我立马杀了你。"

瞬间，网友们如同疯了一般，在弹幕上大呼刺激，今天的这个梦太刺激了。

不过，新郎为什么要追杀新娘呢？

就在这时，新娘摇了摇头："不……我不要，我不要变成第三具尸体。"

陈虞听见这句话，心底一震。

第三具尸体？

难道在此之前，新郎已经杀了两个人？

新郎听见新娘拒绝了自己，手中的枪立刻对准了新娘的心脏。

"她们都是不听话才会变成这样，如果你选择听话，那我可以考虑给你活下去的机会。"

新娘双眸含泪，看着那把枪抵在自己的心脏。为了活命，她绝望地戴上了戒指。

画面切转，由漆黑的巷子变成了一座宽敞明亮的教堂。

这间教堂虽然十分宽敞明亮，可是仔细看会发现，这里已经年久失修，里面有好多东西都坏掉了。

在教堂的正中央，有一张长方形的大桌。在桌子的两边，坐着一对新人。

在新人的两侧，坐着两个穿着婚纱的女人。如果看得仔细的话，能够清楚地看见，她们裸露的皮肤上已经布满了丑陋的尸斑。

陈虞想：这大概就是之前死去的两个新娘。

他真没想到这个有钱人的梦竟是这么变态的一个梦。

因为他看见，兔头新郎将其中一位新娘的大腿肉割了下来，放在烤架上烤。

网友们的呼声更高了：【这简直是我见过最变态的梦啊】

陈虞本在啃着西瓜，看见新郎将人肉刷上调料的那一刻，他是真的忍不住吐了。

新郎却笑着对桌子对面坐着的第三个新娘说："你真乖，比她们俩老实多了。"

她原以为，新郎会将肉烤熟了自己吃。谁知道，他弯下腰将桌子下面的一个大笼子拖了出来。

笼子里跑出来一只巨大的藏獒。

他将肉甩在地上，饿疯了的藏獒很快就将人肉吃了个干净。

新郎满意地看着藏獒，他伸手摸了摸藏獒的头，然后问："你想不想喂它？"

网友们又发弹幕：如果我没猜错，这句话的意思是，拿女主的肉去喂藏獒吧？

网友2：是的，你没猜错，女主很快就要死了。

网友 3：如果死了，那今天这个直播结束得也太早了吧。

网友 4：就是啊，根本就看不够，好不容易遇见这么刺激的梦境。

网友 5：这哪叫什么刺激，分明就是恶心变态！X，我真想举报了。

网友 6：你个傻 X，举报了我们每天的娱乐就没了。老子还想踢你出去呢，你不想看就别看啊，瞎逼逼什么。

网友 7：一群变态，我退了。

看着他们七嘴八舌的讨论，陈虞只在心底骂了一句傻 X。

难道人命在他们眼里，就是一场刺激与不刺激的直播吗？要是这种人在梦境里，是不是认为杀人都不犯法的。只讲究娱乐，把自己的快乐建立在别人的痛苦之上。

不知道为什么，今天的这个梦境直播，他看得有些心堵。

6

正在他想要退出直播时，新娘开口说话了："你为什么要杀她们？"

新郎笑眯眯地回答："因为好玩啊，对待自己不听话的宠物，杀掉是最好的处理方式啊。"说完，他又摸了摸藏獒的脑袋："你瞧，我的这个宠物狗，被我训练得如此听话，我让它吃什么，它就吃什么。"

新郎站起身，慢慢地朝着新娘走去，那把锋利的刀，在她的脸边比画了一下。

新娘闭上眼睛，鼓足勇气问："我与你无冤无仇，你为什么要杀我。"

新郎俯身，在她耳边低语："你是聋子吗？没听见我刚才说，因为好玩。"

"变态！"

新郎哈哈一笑："半斤八两而已，许主播，你每日穿梭在别人的梦境里，戴着这张假脸才能获得成就感，你不也挺变态的吗？"

话音刚落，新郎一伸手将 X 小姐脸上的人皮面具扯了下来。

网友们这才看清，那年轻貌美的 X 小姐，竟然长得如此丑陋！

网友 8：天啊，这么丑的人都能当主播，我一直以为 X 小姐是个大美女。

网友 9：这人皮面具化妆技术那么好，x 小姐不如出个教程吧。

陈虞看见 X 小姐露出脸的那一瞬间惊呆了，他见过这个女人，她就住在他的隔壁！

陈虞做梦都没有想到，这个丑陋的女人居然会是梦境直播里的女主播。

他回想起，那天他出门倒垃圾，正好遇见这个女人出门，她忘记戴口罩了，一看见陈虞，立马吓得跑进屋里将门锁住。

他还记得，房东说过，隔壁那个怪女人叫许熙，没事儿的话别去招惹她。

眼下看见许熙被人绑在椅子上拿枪抵着，他竟觉得这个梦境无比真实。

因为被扒下面具的许熙，正无助地盯着屏幕说："求求你们，救救我。"

网友们见此不为所动，反而嘲笑道：今天终于看见 x 小姐的真面目了，还真得感谢一下这个兔头少爷。

他们讨论着许熙的脸，却对许熙即将结束的生命视而不见，只因这是一场梦境，所以生死都无所谓。

就在这时，梦境直播 APP 的选项又跳了出来。

这次不再是选择赌注，而是选择救人。

A：救（失去一千元）

B：不救（获得两千元）

陈虞看着他们讨论道：我选不救，反正这是一场梦，梦醒后主播会安然无恙。

网友 3：对啊，我不救，希望主播不要怪我。

网友 4：好玩，今天的直播太有趣了，看别人死，还有钱赚。果断不救。

全场二十人，除却刚才离开的 7 号，剩下的人都选择了不救。

只有陈虞犹豫了。

有过一面之缘的邻居，死在别人疯狂的梦境之中，被如此残忍地杀害，到底该不该救呢？

他看见屏幕里的许熙绝望地闭上眼睛，泪水从脸颊上滑落。

仿佛她的死，已成定局。

7

新郎将许熙从椅子上拖拽而起，将她锁进一个狭小的房间里。

新郎牵着藏獒出现在门口，许熙见状立刻明白下一秒会发生什么样的事情，她疯狂大喊："求求你们，救救我，如果你们愿意救我，我愿意把我所有的钱财都给你们，我住在 XXX 小区四栋……"

话未说完，新郎松开了手中的藏獒。

陈虞听见许熙说出的小区名字，正好是他现在所住的小区。他拿着手机立刻奔出门，大步流星地跑去许熙家门口敲门，他多么希望此刻的许熙还在家里。

敲门数声，无人回应。

陈虞心急，立刻一点手机屏幕上的选项：A救。

刹那间，手机屏幕变为黑色，一声枪响之后，许熙的哭泣之声消失了。

寂静的黑夜再次变得死一样的寂静。

他抱着一丝希望，从自己家的阳台翻越过去。

"许熙，你在吗？许熙！"

没有人回应他急切的呼喊。

他快步跑进许熙的客厅，只见那客厅里摆着一张床和一块白色的幕布。

他屏住呼吸，慢慢绕过幕布后，看见了让人震惊的一幕。

兔头新郎笔直地站在那里，他的脚边躺着一具面目全非的女尸。

下一秒，只听"砰"的一声，陈虞倒在了血泊里。

画面上打出鲜红的五个大字。

屠杀新娘——完

十点整，梦境直播结束。

十八位网友讨论着今天的直播：天啊，真是太刺激了，果真是高清无码，那尸体简直带感，堪比任何大片。

网友2：就是啊，不过那个突然跑入许熙家里的男人到底是谁啊？

这是个谜，自始至终都没有人知道。

他们拿着自己用冷血和漠视赢来的两千元，开心地退出了梦境直播APP。

【最后的选项】

假如有一天，你看见自己的梦境里有人即将死去，你会去救他吗？

A：救

B：不救

梦里的另一段人生

文／芥末

1

这是李军这个月第 23 次面试失败。

谢谢，我们会在七天之内给你答复。面试官说。

听到这句话，李军脸上浮出尴尬的笑容。

他知道，七天，就是没戏的意思。

他垂头丧气地走在大街上，空落落的街道上新开了一家店。

叫作清明梦商店。

好奇之下，李军推开了门。

"欢迎光临。"营业员笑脸盈盈。

"请问，这家店是卖什么的？"李军问。

"清明梦商店，当然是卖清明梦。您知道什么是清明梦吧？"

"听说过一点。"

"清明梦就是有意识并且能控制的梦，一般需要特定的技巧才能做清明梦，但是我们这家店能够为您定制清明梦。"

"对我有什么用呢？"

"人的生活受潜意识影响，梦境是人的第二人生，我们希望借助美好的梦境给客户的生活带来自信和希望。"

营业员说着展开双臂，似乎这家店将给所有黑暗的人带来光明。

"人有八小时是在睡觉，在睡眠中拥有另一段人生，试问谁不乐意呢？"营业员的颜色中带着几丝撩拨。

李军心动了。

"那么要怎么买呢？"

"不要着急，最近我们开业酬宾，安排了专业的诊梦师为您免费诊断。"营业员右手横摆，请李军进了一个叫作"诊梦室"的小房间。

诊梦室里有个穿着白大褂的医师，想必就是诊梦师了。房间虽小却应有尽有，一整墙玻璃柜里摆满了各式各样的药盒。

诊梦师请李军到一张睡椅上躺下。

"不用紧张，很快就好。"

诊梦师说着翻开李军的眼皮用一个小电筒照了照。

"三天没睡好了？"诊梦师问。

"你怎么知道？"

"当然，什么原因呢？"

诊梦师似乎并不打算对李军的疑惑多作解答。

"因为……一直找不到工作吧。"

"明白了，小挫折人人都有。你需要好好睡两天，找回一点自信。"

诊梦师走到玻璃橱前，拉开玻璃，找到一个药盒，药盒上写着四个字："人生赢家"。

"这盒清明梦是专门针对职场失利的人用的，你的情况不严重，先试一个疗程。"诊梦师敲了敲盒子说。

李军摊开手,却见诊梦师从盒子里取出了一颗药,在李军眼前摆了摆。

"一颗,一个疗程,张嘴。"

李军张嘴,诊梦师将药塞到李军口中。

"就……一颗?"

"我们这个药的原料很稀少,药效很强,你的情况,一颗,够了。"诊梦师继续说,"不过,你是我们前一百位客人,所以再送你一个疗程。不过记住,能不用第二颗,就不用第二颗。"

说完,诊梦师将第二颗药端端正正地摆到李军手心上。

李军盯着手心里的那颗药将信将疑,他到柜台付了钱,揣着两颗药回家了。

2

回家后,李军很快就犯困了,他躺到床上,没一会儿就睡着了。

梦里,他又回到了白日里面试的场景。

"请你先简单介绍自己吧。"面试官的神情比起白天和蔼了许多。

李军这辈子第一次觉得现在这张嘴才是自己的嘴,谈吐优雅流利。上扬三十度的微笑一分不差,言行与表情完全控制自如,白日里的惊慌失措烟消云散。

"你什么时候能就职?"面试官问。

跟李军想要的答复一模一样,随后应该是一次礼节性的握手。

面试官起身,伸出手。李军心里笑出了声,在梦里,他对这些完全能控制自如。

第二天,李军是挂着微笑起床的。

他牢牢记住了这种理想状态,人一旦找到自信是件很可怕的事儿。往后几天的面试顺利多了，虽然面试官的反应不完全尽如人意，但至少李军现在也收到了三四份 offer。

梦中完全如他希望的那样发展。他品味着自己轻松高效的工作、领导的器重、同事的钦羡，人事妹子私下约他吃饭，完美。

直到药效在第八天的时候失灵，那是李军就职的第一个礼拜。

他冲了一壶咖啡，对着电脑屏幕开始敲字。虽然现实中的发展比梦中慢一步，但按照这规律，梦投射到现实是早晚的事儿。

想着想着，他沉浸在昨夜梦中与同事妹子的温存中。他抿了口咖啡，偷笑。

"李军！"领导拍了拍他的肩膀。

李军吓了一跳，咖啡洒了一桌。

"哎呀，你当心点。最近表现不错，我准备给你个大任务，干好了给你升职！"

领导将李军叫到办公室安排了事宜，李军心中窃喜，心想自己大展身手的时候终于到了。

回到座位，他敲了下电脑，屏幕一片花白，死机了。键盘上湿漉漉的，刚打翻的咖啡滴滴答答落在机子上。他一天的工作成果就被这一摊黏糊糊的液体破坏了。

现实中终归会有些突发状况，李军只能加班赶工，同时留下的还有那位美女同事。

办公室里就剩他们两个了，美女同事不时抛来媚眼，她倒了一杯咖啡，缓缓向李军走了过来，然后妖娆地坐在李军办公桌上，跷起腿，抿了口咖啡。

"你怎么还不走呀？"

"这破电脑半路死机，没办法我只好加班弄完了。你呢，怎么还不走？"李军问。

"你猜。"

美女同事的嘴角留了点咖啡渍，她伸出舌头舔了舔唇，一副勾人的表情。李军咽了口口水。

美女同事将手放在了李军的肩膀上，从办公桌上下来，一屁股坐在李军的膝盖上，亲自为李军喂了口咖啡。

"你好厉害啊。"

"我只是……完成我该做的事。"李军清了清喉咙，有点紧张。

"哎呀！"美女同事一不小心将咖啡洒在了李军的裤裆上，"我帮你擦擦吧。"

美女同事说着低下身，李军闭上眼，这是岛国动作片里的标准流程啊。同事的手指触碰在他下肢上引起他一阵颤抖。突然，他感觉自己的下体正变得越来越沉。

李军低下头。

美女同事像是融化的糖果，面部畸形地耷拉了下来。李军吓了一跳，连连踢着腿。同事逐渐化了一团棕褐色的浆液，卷起旋涡，将李军拉扯进咖啡黑洞。

咖啡咖啡咖啡！去他妈的咖啡！老子是哪里惹着咖啡了！

李军一阵嘶吼，从噩梦中惊醒。

第八天晚上，药失效了。

李军再也找不到那种在职场上风生水起的得意，领导给他的重大任务毫不意外地搞砸了。

他甚至能感觉到那位他意淫过的女同事在角落里偷偷地嘲讽自己。

"李军，我不知道你怎么回事，这几天无论是工作状态还是业绩都让我大跌眼镜，让我怀疑当初是怎么招你进来的！"

领导指着李军的鼻子责骂："这样下去你可能熬不过试用的

第一个月。"

李军回到家，疲惫不堪，他从抽屉里取出用纸盒收纳好的第二颗药。

镜子中，自己的黑眼圈又重了一些。管他妈的，三天了，他现在只想好好睡一觉。

吞下药，李军在昏沉中隐隐看到女同事已经在床上等着他了，他屁颠屁颠地爬上床。

第二颗药使李军梦境的速度加快了。

把胖领导干下去，李军在自己的世界里呼喊。让这个爬在自己头上指指点点的人跪在他脚下，他在自己的世界里下令。

水到渠成，大老板因为李军的杰出成绩提拔了他两级，直接成了那死胖子的上司。

"你看看你看看。"李军指着原领导交上来的业绩表，"你怎么管理的？给我看这东西？"

原领导低着头，憋红了脸敢怒不敢言。

痛快！

李军幻想着领导低声下气的表情又开始膨胀。甚至在工作时，李军也常常支在办公桌上，淌着哈喇子沉浸在白日梦中。

除了工作，李军的大部分时间都是在睡眠，梦境跳得越来越快。

梦中想睡谁就睡谁无往不胜的李军越来越对现实中老老实实努力工作的李军不满。

努力努力努力，这世间最不值钱的就是努力，无论他做什么都无法完完全全地掌控生活。白天是一种折磨，白天这狗东西就是让他起来遭受嘲笑的！

"小李你怎么无精打采的，整天都在想什么呢？"领导时不时拐弯抹角地找理由搞他。

李军浑浑噩噩的。

"小李？"

"小李？"

"小李！"

李军回过神，领导在他面前唾沫横飞。

在梦里，这个人可是一看到他就低下头，李军很不爽。

"闭嘴吧你！"李军一激动。

"你说什么？"

"没，我说……我说我会注意的，领导。"

废物啊，每天起床，李军都会在镜子里看到另一个自己，梦中的李军对现实中的李军极尽嘲讽。

"走开！你走开！"李军恼羞成怒。

仔细照镜子，他的黑眼圈又加深了。第二颗的药效只持续了三天。

3

清明梦商店。

诊梦师听着李军的描述，皱了皱眉头。

"情况不太乐观。"诊梦师说，"你有点沉迷梦境了。"

"可是医生，这是你给我开的药啊！"

"可是我也叫你尽量不要用第二颗药了，现在的年轻人都不好好听医生的话吗？"

"我……"

"你梦中都做什么了？"

李军有点难为情。

"唉，现在的年轻人。"

"医生，你帮帮我，我不能丢掉工作，不然就被房东赶出来了，我不想睡大街啊！"

"我明白了，你需要更严谨的疗程。"

诊梦师走向玻璃柜。

"你的意志力不够强，我给你搭配几组疗程，按照我说的吃，别乱吃知道吗！"

诊梦师说着开了一个药单：

"人生赢家"五个疗程

"自律让你自由"两个疗程

"意志的胜利"一个疗程

医师拿着药单对李军仔细说了这些疗程的服用顺序，但是李军完全没听进去，一颗颗药掉入自己手心像是在做心脏复苏，叩击着他的思绪，李军迫切万分。

"知道了医生，明白了医生，谢谢医生。"

"好好记住了，去柜台付钱吧。"

李军急不可耐地来到柜台，一对账单，傻眼了。

"这……第一次来的时候可没那么贵啊。"李军对着账单上的 6357.80 元，感叹。

"抱歉先生，这些药的原料很稀有，这已经是算你便宜的了。上一次是我们开张活动，所以才那么便宜。现在这药是供不应求。"营业员说。

"什么原料能这么稀奇？"

"本来是不能公开的，但看在您是老客户的分上。"营业员说着蹭到李军耳边，"我们，提取别人的梦境。"

"这么神？"

"适合你的梦可不是到处都有，如果你觉得贵的话，你可以让医师给你适当减点疗程，不过下次来，可能就涨价了。"

营业员往门外一指，门外不知何时已经排起了长队。

"我付！我付行了吧！"李军付完款，抱着药匆匆走了。

回到家，李军就吃了两颗"人生赢家"，一颗"自律让你自由"，一颗"意志的胜利"。

这几颗药带着神奇的魔力，这几颗药藏着他的理想世界，吸引着李军窥视。

吞下它们，李军才能安心。吞下它们，李军要找到属于他的真实。

李军精神满满地起床，整个世界变了。衣柜里，名牌西装一字排开。

管家给李军递来早餐，李军吓了一跳。一百平方米的豪华客厅，120 英寸 4K 镶钻电视自动打开。

近日新闻：2024 福布斯排行榜公布，李军收购阿里巴巴，成为中国首富。

"发生了什么？我在哪儿！"李军跳起来问，不自禁地笑。

"这是你的未来，一切都是靠你自己打拼赢来的。"管家说。

2024 年，距离李军生存的年代已过去七年。

一口气吃了太多药丸，原来梦境的速度又加快了，李军心想。

在四平方米的水床上醒来，怀里抱着富豪的千金。

管家端来六斤重的澳洲大龙虾，倒上一杯 1865 年拉菲，看着股指噌噌上涨。

下午约上下属打上一场高尔夫，上报公司的运作情况。

在夜总会消耗掉他白日里过剩的精力。

财富、女人、地位……一切来得轻而易举。

欲望能够得到满足就不叫欲望了。这样的生活很快就腻了，这天，李军推掉了所有活动，开着他专门定制的蝙蝠侠同款豪车上街舒缓自己麻痹的心。

经过熟悉的街道，李军瞄了眼窗外，一家熟悉的店名映入李军眼帘。

清明梦商店。

同一个营业员，同样的装修，似乎一点都没变。

"李先生你好，好久不见。"

"没想到你们这店还开着。"

"托您的福。"营业员弓腰，看了眼李军的脸色，"先生最近睡眠不好。"

"我有了我以前想要的一切，可还是觉得过得不够好，这是为什么？"

"先生有时间吗？请我们诊梦师为您诊断一下？"

诊梦室中，李军再次躺在了那张金属睡椅上，诊梦师翻开李军的眼皮。

"我突然有点怀念过去拼搏的日子。"李军说。

"有钱人的毛病。"

"我这辈子最后悔的就是做首富。"李军说。

"您这是富贵病，我这里可治不了。"

"别啊，有没有那种，平凡一点的梦？"

"谁会买这种梦啊？我们的宗旨是给客户改善生活带来幸福。"

"多少钱买都行，医生你帮我想想办法。"

"唉，这种凡人梦，我这儿现在只有一颗，是很久以前从一位客户那里抽取出来的。不过市场需求量太少，就没再继续提取了。”

　　“我买我买！”

4

　　李军突然惊醒，望着天花板，回忆涌了上来。

　　这不就是过去的自己吗？

　　他又看到了桌上的药盒，终于回想起来这里才是现实。

　　他顿时明白了诊梦师的用意，诊梦师这是绕着弯要他珍惜现在，不要沉迷于虚妄的幻想。想着想着，李军竟对清明梦商店升起一股莫名的敬意。

　　李军瞄了眼时间，糟糕！上班要迟到了！赶紧披上衣服，牙也没刷地出了门。他匆忙地赶到公司打卡，虽然跑得满身大汗，但嘴角还是露出了淡淡的微笑。

　　嘀嘀。

　　账户不存在。

　　李军纳闷，又重按了好几遍。

　　账户不存在。

　　“咦？李军，你怎么又来了？”正好来打卡的同事问。

　　“什么意思？”

　　“你不是不来上班了吗？”

　　“哈？”

　　“你傻了啊？”同事笑着进了公司。

　　李军站在原地不明所以，终于，他留意到打卡机上的那行小数字：2017 年 3 月 20 日。

　　回想起入睡时还是十九号，这么说，他居然睡了将近一个星期？

翻了下手机，上面有好几个未接来电，他跑得太过匆忙，什么也没发现。

无故旷工一个礼拜，李军被开除了。

一股怒火莫名而起，李军掉头就走，气冲冲地冲向清明梦商店。

商店外还是一如既往的长队，李军挤着人群进门。

"出来！出来！你们这家无良厂商！"李军喊。

"你别乱嚷嚷啊，排好队，我们先来的。"有人说。

"你们别被他骗了！他给我开了六千多的药，害我连睡了一个礼拜……"

"请问这位先生开了六千多的药，按照医嘱服用了吗？"营业员问。

李军哑然，"我……"

"就是！开了六千多的药还嚷嚷，我们想开还开不了呢。医生可是很严谨的，我吃了几个礼拜还没出啥事儿呢。"有人附和。

"你吃了多少？"诊梦师突然出来问。

"我……我……四……四颗啊……"李军支支吾吾地说。

"你真是不要命了！"诊梦师呵斥，"我强调过多少次了！一次只能吃一颗，越强力的药越有副作用！你能醒来就不错了！你进来，我给你检查一下，免费的。"

"不好意思，紧急情况，麻烦大家稍等一会儿。"营业员圆场道。

"看，医生多照顾你。"后面的人发起牢骚来。

李军跟着诊梦师再次进了诊梦室，这次诊梦师没有检查李军的眼睛，而是在李军的百会穴上抽了一针，放在仪器上快速做了个化验。

"果然，激素严重超标。"

"就是你们这药，我连工作都丢了！你们打算怎么补偿我？！"

医生叹了口气。

"我们可以免费为你定期检查，当然药不能一下子断掉。"

"你们这药这么贵！我怎么承受得起？！"

"我们也可以免费为你提供药物，只要你不给我们搞事儿。"

"真的？"

"不过每次只能给你提供一颗。"

"看在你们的诚意上，我就勉强接受吧。"

李军走出清明梦商店，深吸了一口气。

"为了避免你对这药产生依赖，每周我都给你换一个品类，你老老实实给我们反馈就行了。"诊梦师这么说。

李军盯着手心中的小药丸，若有所思。

他抬头望望天，太阳恍恍惚惚。他低头看看地，脚下的路也开始变得恍恍惚惚。

回过头，他又望望背后商店上的招牌。

清明梦商店。

这次，是在现实，还是在梦里？

5

李军做了很多梦。

有时，他在夏威夷海滩享受悠闲的假期。

有时，他穿越进二次元实现他童年时的英雄梦。

有时，他冲向奥林匹克的终点线接受万众欢呼。

…………

生活很精彩，值得每一个人热爱和珍惜。

"醒了吗？"

"还没有呢。"

"那就再抽一针。"

狭小的诊梦室里，诊梦师在李军的百会穴上又抽了一针，然后放进仪器里检验。

"怎么样？"

诊梦师将头低埋在镜筒上，观察着试管里的液体变幻色彩。

"这次……好像是个穿越梦。"诊梦师说。

躺椅上的李军突然抖了一下，醒了过来。

"医生？"李军摸着后脑勺，困惑地打量周围，"这次……是在梦里还是现实？"

"当然是现实了，第一次试用下来感觉怎么样？"诊梦师问。

李军双眼无神，陷入无止境的思绪中，突然他看向诊梦师。

"感觉不错！"

"哈哈哈！那就好。"

诊梦师将一颗药丸放到李军手中："这是给你配的药。"

"太好了先生，请跟我去柜台付款。"营业员说。

李军付完款。

"欢迎下次光临。"营业员面带微笑与李军挥手告别。

诊梦室里，诊梦师正将从李军脑中抽取出的梦境调制成药丸。

"想不到第一次就这么顺利呢。"营业员进门。

"是啊。从梦境中制造梦境，可以提取无数种梦境调配成药品，这比傻不拉叽地抽取单层梦境真是高效多了。"

"希望他回到家照镜子没发现什么不对才好。"

"做梦可是一件很伤心力的事啊。"

昏暗的诊梦室里，整墙的玻璃柜散发出五彩斑斓的诡异微光。

临睡前，李军吃了药丸。

洗漱时，他发现镜子里的自己有点憔悴，像是一下子苍老了十几岁。

不过没事，一觉醒来，一切就都又好了。

他转过身，没有发现镜子中，他的后脑勺上已布满白发。

离开现实的咖啡厅

文／茶糖

1

我站在落地玻璃窗前，满意地望着马路对面。那边，又有几家新开的奢侈品店正在装修，巨大的广告牌被悬空吊起，缓缓上升。

我很满意，因为从那里出来的人们一抬眼就能看到我的店，我敢打赌他们一定会愿意进来坐坐的，虽然我们只有一种咖啡，而且贵得要死。

不过，他们很快就会对这种咖啡上瘾，宁愿花买一个包的钱来我这儿买一杯咖啡。

因为这里是逃离现实的咖啡厅。

2

此刻是外面世界的上午九点，白领们正手忙脚乱地开始一天的工作。

我理好工作台，打开咖啡机，等待着今天的第一位客人。

丁零当啷，门被打开了，一个满脸倦容的姑娘走进来。

"欢迎光临。"

"你好，我听说这里可以帮人逃离现实十五分钟？"

"是的。"我微笑点头。

"太好了。"她松了一口气，"我应该怎么做？"

"只要买一杯咖啡，随便找一个位置坐下来，就可以了。"

"就这么简单？"

"就这么简单。"

"可是……"她四下看了看，"这和普通的咖啡厅有什么区别呢？"

我微笑道："您抬头，看到那个钟了吗？对……有没有发现它是不走动的？因为这里的时间是静止的。"

她好奇地打量着墙上的时钟。

"这里是一个与外面世界无关的空间，就像一个孤岛，在这里度过的时间不会计入您的现实人生。如果您在进门前往天上扔了一个生鸡蛋，然后进来慢慢喝掉一杯咖啡，那么当你走出这个门的时候，鸡蛋才会刚刚砸到你头上。当然了，没有人会向自己丢鸡蛋，这只是一个比喻。"

她点点头："好，果然是逃离现实的好去处。给我一杯咖啡吧。"

"好的，一定要喝完哦。"

她拿着咖啡，惬意地靠在沙发上，看着窗外来往的人群。

我相信，这会是她一天中最自由的时刻。

3

这天的生意不错，到中午的时候店里已经座无虚席。许多人在这里憩息，度过与世隔绝的十五分钟，然后回到外面的世界继续生活。

"欢迎光临。"我抬头的时候，发现上午的第一位客人又来了。

"怎么，丢了什么东西吗？"

"不，请再给我一杯咖啡。"她有点不好意思地说。

我了然于心，立刻重新给她做了一杯咖啡。

"怎么样，这玩意儿容易上瘾吧？"

她苦笑："今天实在是太糟糕了，我需要逃离好多个十五分钟。"

"没关系，我懂的。要不要办张会员卡？每消费满十次即可送一杯咖啡。"

"办。"她二话不说把钱包拍在桌上。

我嘴角泛起一丝不易察觉的微笑：又卖出去一张。

无奈的生活啊，再多给一点压力在这些可怜的人身上吧，你给他们的痛苦和烦恼越多，他们在我这儿花的钱就越多。

她再次喊我点单的时候，面前的桌上已经放了四个杯子。

我有些诧异："不好意思，您是不是点得太多了？"

我看看桌上的杯子："这有两个杯子里都没完全喝完，还有一个剩了小半杯，您确定您还要再点吗？"

她从恍惚中回过神来，点点头。

"抱歉，本店规定，只有把咖啡全喝完才可以离店。请您确保把这些全部喝完，否则我不能再给您新的咖啡。"

她叹了口气："怎么哪儿都有这么多要求，我就想在这儿多待一会儿都不行吗？"

"抱歉，这是本店的规定。"

她当着我的面，将两个杯子里剩余的液体一饮而尽，然后端起最后那小半杯："好了好了，我马上喝，现在可以帮我去做了吧？喏，卡给你。"

我微笑："好的。"

买了新的咖啡，她颓然地趴在桌上，继续发呆。

从此以后，她成了我店里的常客，在店里消磨掉的时光，每星期加起来都能有好几天。

像她这样的客人很多，正是靠着他们，我大赚一笔，在短短几年内成了圈内知名的企业家，不仅付清了前夫留下的债务，还供女儿上了最好的私立高中。

一个单身女人做到这样，已经很不错了吧。

一个人坐在店里的时候，我会给自己泡一壶茶，然后静静地喝着，想起最艰难的那些日子。

债主追得很紧，泼油漆、打匿名电话，什么手段都来。

那时候我每天早上醒来都不想面对现实，恨不得永远睡过去，可是一想到女儿，又只能咬咬牙振作起来。

因为没有地方可逃，所以只能拼尽全力战斗。

我喝了一口茶，看着热气在眼前慢慢上升。好在，这一切都过去了。

4

店门"砰"的一声被撞开，丁零当啷地响个不停，一个女人跌跌撞撞地冲了进来。

是她。

在成为常客的这几年里，她的面容一天比一天憔悴，听说前段时间还生了病。

"您好，好久没来了。"我放下手中的茶，微笑着站起来。

"你……你这个巫婆！"她指着我，手指颤抖，眼神疯狂。

我笑："您在说什么？我不太懂。"

"你到底用了什么巫术！我自从来过这里以后，身体就越来越差，短短几年，人就像老了十岁，你看看我现在的样子！"

我望向她，那张脸上已经出现了明显的皱纹、严重的黑眼圈，还有粉底都遮盖不住的斑点，死气沉沉如同暮年老妪。

"是你自己每次都不喝完咖啡。"我若无其事抚摸着手中的杯子，"怪我咯？"

她愕然："你怎么知道？"

我从柜台后面拿出一盆花："这花都被你浇死好几盆了，我能不知道？"

放下花，我看着她惊恐的眼神，笑着解释道："店里的时间和外面世界不同，你在这里每多坐一天，就相当于老了一天，只有在出门前喝完咖啡才能消解。你每次都在这里待那么久不出去，又总是不喝完咖啡，当然会变老。"

她声音颤抖："你既然知道我没喝完，为什么不提醒我！"

我微笑："我提醒过的，是您不听啊。"

5

那个疯狂的女人被保安拉走了，临走的时候，她还撕心裂肺地叫着"还我青春"之类的。

我"扑哧"一声笑了，青春？没有谁能偷走任何一个人的青春，人们不过是自觉自愿地把时间交到了我手上。

我的新店就要开业了，出售的商品是时间。

只要付钱给我，你的人生里就可以多出十五分钟的时间。

当然了，十五分钟只是最小单位，要多买也是可以的。

你问我一次能买多少啊？

稍等，我打个电话给那边咖啡厅问问。

"喂，是我。今天卖出去几杯咖啡啊？"

盗梦师

文/吕晓艺

1

"小徐，走！"

我正记录着眼前这个车祸鬼诉说的绵绵情话时，小李突然冲到我工位一把将我拽起。

"哎？干吗呢？我这儿干活呢！"

"让他明天再来！"小李着急地摆摆手，"咱们现在有更重要的事！"

"明天？！明天我就投胎去了还明天！"车祸鬼一听便蹦起来了，"家里还有好多事没跟我老婆交代清楚呢！你们要是今天不给我托梦，我告你们渎职去！"

"就是，没到下班时间呢。再说了，我一个新来的，可不敢随意翘班。你有事下了班我再陪你去。"我一边说一边要坐下。

"不行！"小李用力拽起我，"十万火急！马不停蹄！这件事可关系到咱梦境管委会的颜面！我跟孟主任打过招呼了，咱现在就得走，晚一点就逮不住那小子了！"

"谁啊？"

"盗梦师！"

"那我……我怎么办？"车祸鬼哭丧着脸。

"你把托梦内容写在纸上，这梦我回来就给你造！包你老婆感动得一辈子不改嫁！"小李拉着我往门外跑，伸手拦了辆白龙车，急急道，"去暗店街，快！"

"那不是仙界魔界人界灰色三角区吗？咱去那儿干吗？对了，你刚才说什么？盗……盗……盗……"白龙车载着我们在云层中极速飞驰。

"盗梦师。"

"什么鬼？"

"不是鬼，是我们的宿敌！他们专门偷盗人类的梦，有交易价值的就会选择在暗店街里卖掉。"

"这玩意儿还有人买啊？"

"多了去了！公司负责人的梦能卖给竞争对手推测他近期的想法，天马行空的梦能卖给作家或影视公司，女生的梦可以卖给她的追求者……只要给足钱，这些家伙就愿意动用他们的妖法去偷取。"

"那关我们什么事……"

"事可大了！那些系统自动生成的梦被偷我才懒得追究，可我一个造梦师一天拼死拼活能造几个梦啊，就这么几个梦还被人偷了，你心里不硌硬啊！"小李愤怒得张牙舞爪，"你别忘了，这些都是死去的鬼托给生人的，他们要是知道自己的梦被偷了还能安心投胎吗！"

"不能。"我眼前浮现出车祸鬼的哭丧脸。

"所以嘛，小了说，盗梦师是窃取我们的劳动成果，大了说，那就是在动摇三界的和谐稳定！"

"那，天兵局不管吗？好歹也是偷盗罪不是？"

"天庭谁管这些小事啊，一点油水都没有！所以啊，还得靠咱自己！"小李低声嘟囔，"玉帝养这群废物真是浪费粮食。"

"就咱俩？抓得完吗？再说了，我们这长年累月坐办公室的，法力也不强，万一……"

"你放心，咱就抓一个人。线人早上给我消息，说这家伙待会儿会在暗店街某酒吧交易。他那小身板，抓住他凭你绰绰有余，论打架，我可从来没输过……"小李突然停住，从袖里掏出仙镜，摸摸镜面道，"记住他的脸，等下我们分头寻找，一发现就扑上去，别让他跑了！"

他咬牙切齿地说："这小子叫丰吹古，盗梦师里头就属他偷的梦最多最杂最赚钱！这些年，可叫我找得好苦！"

镜面里呈现的是一个咧着嘴大笑的阳光青年，眉眼间透着灵气的狡黠。

2

白龙车停在暗店街牌坊外的广场。

这还是我头一次到这种三界会聚的地盘，走在街上有种说不出的怪异感。暗店街没有白天，永远只有黑夜，所以大街齐刷刷一排排挂着璀璨霓虹灯的店面，满是凡间红灯区的既视感。

我和小李分头闯进咖啡店寻找丰吹古。咖啡店多，人更多，找一个人哪是那么容易的事呢？何况咖啡店里各界人种都有，甚至还有不少西方仙界人士。

找了许久毫无收获，我心灰意冷地走在街上，随意一瞥，一条小巷吸引了我的目光。

直觉告诉我，他就在里头。

我步入小巷，拐了三个弯，发现了一家小得不能再小的咖啡店。店面十几平方大小，吧台边放着一张木凳，吧台内一个留着八字胡的中年男人在看报纸，木凳上坐着一个嘴里叽里呱啦的青年，如此而已。

错不了，是他。

怎么办？直接扑上去吗？万一把他吓跑了怎么办？

我边想边走进咖啡店坐下，木凳也就将将够两个人的屁股。

丰吹古冲中年男人喊道："老板，接客啦！"

老板没有从报纸上移开眼神。

坐在木凳上的两个顾客倒有些尴尬了。丰吹古推过桌面上的咖啡："这个我刚点的，还没喝呢，我请你！"

"这多不好意思。"呵呵，你用偷了我们的梦赚的钱买的咖啡来请我，岂有不喝之理。别说，这咖啡味道比梦境管委会保洁仙女冲泡的好上几百倍！

"神仙、凡人，还是妖怪？"他打量着我问道。

"哦，我……我……我是凡人！写小说的！"我灵机一动，先唬住他，"我最近一直没灵感，所以想到这暗店街买个梦作为新小说的内容。"

"哦？"丰吹古果然被我调动起热情，"那你可找对人了！"

"你是盗梦师？"

"当然！你上暗店街打听打听我丰吹古的名号！技术最好、存货最多、价格最低、颜值最高的盗梦师就是我了！我昨晚刚收了个好梦，可以把故事说给你参考参考。你要是满意，我报个低价卖给你，成不？"

"哦？好啊！那你说说看。"呵呵，我看你能搞什么鬼。

"在很久很久以前，天上的蟠桃园里头有一个翩翩少年，他每天的活计就是不停地种树、打农药、收蟠桃。这个少年脑子活，嘴巴甜，平素最好跟仙女们聊天打趣。仙女们也喜欢听他瞎扯，因为他总能编织出稀奇古怪的故事来，给单调的工作增添活跃的趣味。

"有一天，一个仙女就说啦，你小子这么能编故事怎么不去考神仙呢？我听说玉帝要成立一个梦境管委会来掌管凡人的梦境，现在正招造梦仙呢，你小子要是有点追求就考一个去，坐办公室可比天天面朝黄土背朝天来得有出息。

"他一听就报名去了，很快，凭借他瞎扯的功夫，他成了一名预备仙。到梦境学院里学了一年之后，他终于在管委会做起实习生。他接到的第一单托梦内容是一个男子托给他还在读书的女朋友，说在她桌子里放了个盒子，里头有他留给尘世的最后遗言。"

"这不挺简单的吗？"我忍不住插嘴道。

"是挺简单的，他也是这么认为。这是他的第一单，他想看看他的成果是什么。于是，过了几天，他偷偷跑去凡间查看那女孩的情况，有没有被遗书打动后而重新鼓起生活的勇气，却发现……"他顿住了。

"发现啥？"

"她瞎了。"

"啊？"

"盒子是有机关的，一打开，毒液就喷射进了她的眼睛。"

"盒子里装的不是遗书吗？"

"这个男的其实不是女孩的男朋友，他只是一个疯狂的追求者，遭到拒绝后，想不开，就上吊自杀在女孩的教室里，临死前他留了那个机关盒子在女孩的书桌里，目的是告诉女孩，你瞎了眼才拒绝我。谁知女孩受了惊吓没再去过学校。他死后怨念不散成了游魂，恰好第二天他听说仙界新开了个梦境管委会可以托梦。开张第一天大冲业绩，什么梦都接，于是……"

"怎么会有这种人，哦不，这种鬼……"

"心存欲望永不消停——人、鬼、妖、神在这点上有什么分别呢？这个少年渐渐发现，哪怕是托梦也不见得都是好梦，有故意嫁祸的，有恶意诽谤的，有痛斥怒骂也有口蜜腹剑的，还有类似这种设下陷阱伤害生者的……他不能理解，为什么都快投胎了还不能放下凡间的仇恨呢？为什么还要用这些肮脏的丑陋的画面去毁灭夜晚的安宁呢？

"最后，他没能在实习期里转正，便下凡做起一名躲躲藏藏的盗梦师，夜里挨家挨户地盗取他人的梦境。"他挑着眉冲我笑道，"那么，你想去看看他盗的梦都放在哪儿吗？"

3

这里差不多算是城市的郊区了，坐落着一座三层楼的宅院，站在门口，里头嘈杂的童声不绝于耳。

这是福利院？

"那个盗梦师把梦境存放在这儿？"我好奇地扭过头去，猛地被吓到，"卧槽！你谁啊？"

旁边的青年已变成白发苍苍的老头，眉宇间的灵气让我马上就认出来："你变身干吗？"

他微微一笑，迈步进了宅院，大声招呼："我回来啦！"

"院长回来啦！院长回来啦！"突然哗啦啦一群小孩从四面八方涌出来簇拥着老头丰吹古，每个人嘴里各自念叨着"怎么去那么久啊""带没带礼物啊""想死你了都"……

呵，一群小屁孩，这么闹腾！

呃，等等。

这些儿童，好像，都是盲人。

"有有有！大家都有礼物！不要急啊！"丰吹古领着这群盲童们进到屋内，他环视一圈后问道，"咦，吴老师呢？"

"老头子，你怎么才回来，你这次出门时间可真够久啊。"门口传来一老太的声音。我回头看：慈眉善目的和蔼老太，等等，咦，她也是盲人。

"嗨，这次遇到了几个老朋友，一直缠着我脱不开身。"丰吹古赶紧上前将她扶坐到椅子上，"这几个月咱家里还好吗？我打给你的钱都收到了吗？"

"收到啦，咱这儿也用不了那么多，你就不要老是出去跑生意了。前几天小花她们几个回来看我们，还留下好多钱呢……"

"你拿人家钱干什么！孩子们出门在外多不容易……"

"她们长大了，能挣钱了，有这孝心你也该接受嘛。咦？你是不是带了个朋友来？"

听也能听出陌生人来，厉害。我上前扶着她的手："奶奶好，我是……我是……"

"哦，他是我在回来路上碰到的小老弟，是个作家，来咱这儿寻找写作灵感的。"丰吹古解释道。

"咱这福利院能有什么灵感呀？"老太太乐了。

"你昨天做了什么梦还记得吗？说给他听，参考参考。"

"记得，我每天都做好梦，怎么会不记得。"老太太沉思一会儿便说道，"是一对老夫妻年轻时候的爱情故事，磕磕绊绊打打闹闹的，家里人都反对但他们还是选择了在一起，一路走来吵吵闹闹，可是啊一直很恩爱，比咱俩好多咯……"

"我也有做梦！我梦见一个大哥哥抱着一捆花向一个漂亮的

大姐姐求婚，那花好多种颜色啊，有红的黄的蓝的绿的粉的，可好看了！"一个小女孩举手嚷道。

"我也有我也有！我梦到一个爸爸带着女儿去公园放风筝！那风筝是燕子状的，飘在蓝天……"

"我梦见大恐龙！""我梦见大猩猩攻占地球了！""我梦见唐僧变成小孩子和孙悟空打妖怪！"

所有孩子叽叽喳喳地诉说着他们的缤纷梦境。

"你！"我睁大眼睛瞪向丰吹古。

"桌上都是礼物，你们自己挑啊，我带客人转转。"丰吹古把我拉到院子里，笑嘻嘻地捋着白胡子。

"那个蟠桃园里走出来的少年就是你吧？所以，你把偷来的梦都给了这里的孩子？"

"怎么能叫偷呢小伙子！你刚听到那些我都是用复制的。这些梦在暗店街没有交易价值，可对这里的孩子来说，却是最宝贵的梦。他们大多数一生下来就失去了光明，还不知道世界长得是什么模样，所以……"

"所以你用别人的梦境来告诉他们。"

"你还记得那个被机关盒子伤害的少女吗？"

我的脑中闪过一道光。

"你是说，那……老太太？！"

"你果然很聪明。我实习没有转正，就是因为每天都违反规定私底下造了很多好玩的梦逗她乐，被管委会发现后，孟主任说，要么改邪归正，要么彻底滚蛋。你猜我选择了什么？"

这个答案显而易见，无须回答。

"我下了凡后找到她，发现她并不开心，我这才知道好的梦境并不能带来好的生活，只有好的生活才能创造好的梦境。我就和她建了这个福利院，收养那些没人要的盲童。不过做个凡人也麻烦，隔一段时间就得变身装老，还得不时躲避你们仙界的追捕……"

"你早就知道我们是来抓你的？"

"哈哈，仙界哪里有这工夫来抓我哟！他们又不傻，睁只眼闭只眼罢了。要抓我的，只有那个傻 X 吧？"他指向福利院大门。

小李在门口冲着我俩摆摆手。

4

"你怎么来了？"我正跑向小李，突然觉得哪里不对劲，停住脚步。

我转过身问丰吹古："你还记得我们两是怎么来到这福利院的吗？"

"啊？"

"我不记得了。人只有在梦里头才会不记得，对吧？所以，这是一场你给我造的梦。"

他咧开嘴笑，反问我："那你觉得，这是虚假的梦境，还是梦境的真实？"

"你给我看这个梦，肯定有什么企图吧？想让我放你一条生路？"

"哈哈哈哈哈哈！"他放声大笑。停住笑声后，他拍着我肩膀，很严肃地说："我只是希望你以后审核托梦请求的时候，能谨慎一点就多谨慎一点。谢谢。"

他苍老的布满皱纹的脸在我眼前渐渐破碎。

我睁开眼睛，看到的是小李紧皱眉头怒目圆睁。

"你怎么来了？"

"还说呢！叫你小子帮忙找人，你却躲在这儿喝咖啡睡懒觉！怎么样，找到人没有？"

我没有回答，只呆呆盯着桌上的咖啡。嗯，这咖啡有问题。

抬头看咖啡店老板，他居然还在看报纸。

我摇摇头："没看到人。"

"那走啊，接着找呗。这臭小子！"他拉起我就要走。

"钱还没付。"老板终于放下了报纸。

他妈的丰吹古说好的请我呢！我伸手往口袋摸钱包，摸出了一张照片。

照片上是我在仙镜里看到的那个咧嘴大笑的丰吹古。

而在他身边，是笑得更开心嘴巴张得更大的小李。

小李身后，是一个书写着"梦境学院"的牌子。

小李拿过照片，怔怔地痴痴地笑了，笑着笑着眼眶就红了。

"这王八蛋，走了那么多年也不出来见我一面！"

他把照片放入怀中，朗声道："小徐，不找了！来！我请你再喝一杯！我给你讲讲我俩读书时干的那些蠢事……"

一个真正的爱情故事

文／夜书

1

我抓住自己的头发把自己送上了天空。

一分钟前，我正在向雅雅进行第五十一次告白，对面的少女那时 blingbling 发着光，我"啪"一声跪在地上，深情地望着她。

"雅雅，做我女朋友好吗？"

她无奈地看着我，深深地叹了一口气，伸出手摸了摸我的头，像揉那只我送给她的秃毛兔子。我有理由怀疑那只兔子是被她撸秃噜毛的，尽管雅雅一直不承认。

就像她一直不肯承认喜欢我。

"抱歉，我喜欢有能力、有内涵、有艺术细胞的男孩子。"

我烦恼地抓了抓头发，发现自己的双脚居然离开了地面。我看向雅雅，她目瞪口呆地望着我，尽管如此她依然非常漂亮，当然很快漂亮的雅雅在我眼里变成了一个黑乎乎的小点，因为我飞得太快了。

我抓着自己的头发飞上了天空。

这是一种很神奇的体验，四周的一切景物在我眼中飞速变换：从前觉得怎么看怎么喘不过气的高楼大厦，现在就像积木那样胡乱地排列在下面；宽敞马路上来来往往的车流，像排队搬家的小蚂蚁一样勤奋地来来回回。当然也有迷了路的，在整齐的队列里左冲右突。

我觉得我一脚就能踩死它们——但这不是重点，重点是，我好像飞得有些太高了，很冷。而且氧气稀薄。

我一向是个非常抓得住重点的人。

不应该为了在雅雅面前显示好身材而穿这么少的，我苦恼地左右摇晃着自己的头发，以便控制飞行方向，想尽办法让自己下降，降到暖和一点的地方去。

没过多久，我就发现这样飞行的坏处了：手臂真的很累，而且不太容易刹车。幸亏我瘦，要是那些胖子，不得被自己累死。不过，我想胖子降落应该比较容易，以及这里变得暖和了，下面的景物也很清晰，还有鸟。

小鸟没有手臂会累的烦恼，它们扑扇着翅膀，呱唧呱唧地冲向我，把我撞得到处晃。

"喂，要遵守交通规则啊！"我愤愤地喊，收获了小麻雀扔过来的一坨鸟屎。

有人在我身后轻笑了一声，我吓了一跳，连忙回头，看见了另一个抓着自己头发在那里飞行的人。

2

简苇是一个对新人非常友好的人，她教我怎样正确地起飞和刹车以及如何方便省力地变换飞行高度和方向。

"你的头发非常好，这样的长度很容易控制。我有个朋友，长发及腰，于是每次让自己飞起来的时候都要拗出一个非常奇葩的造型，连鸟见了都不想撞。"

我这才知道，在抓着头发飞起来界，被鸟撞是一种认可。小鸟们都很傲娇，对于不明飞行物，它们是不屑于去撞的。只有承认你是它们的同伴，它们才会呱唧呱唧扑到你身上，然后送你一坨鸟屎。

我何其荣幸。

我跟简苇一起飞了一阵，熟悉了路线，我悄悄问她："像我们这样能抓着头发飞起来的人，多吗？"

"多，也不多。"简苇一手抓着头发，熟练地转弯，一手抽着烟，目光望向远方，十分有深意的模样，"我们都很脆弱，只要被伤了心，就不能再飞起来了。"

伤了心就不能飞是个什么鬼，我跟着摇摇晃晃地转了个弯，没理会后面那句话，急急忙忙地问："那我可以带着我女朋友一起飞起来玩吗？"

简苇用看傻 × 的目光看着我。

"当然不行，这是违反力学三大定律的。"

"力学？三大定律？哪三大？"

"人只有抓着自己的头发才可以飞，人只有抓着自己的头发才可以改变方向，人只有抓着自己的头发才可以降落。"

哦，看来我物理太差。上课睡觉，对不起老师。

我想起雅雅第五十一次拒绝我时对我说的话，她喜欢有能力、有内涵、有艺术细胞的男孩子，而我是个连单反相机的快门都按不动的人。

——那是之前，虽然我现在还是按不动快门，也不能带她飞起来，但我已经成为一个有能力、有内涵、有艺术细胞的人了。

Never Thought It
Would Be Like This

还有
这种操作

我可以抓着自己的头发让自己飞起来。

3

我觉得我跟雅雅已经交往了。自从那天，我在她面前让自己双脚离地开始。

以前我眼里的她是 blingbling 的，现在她眼里的我也是 blingbling 的。

我跟她讲我从简苇那儿听来的力学三大定律，她很遗憾地抓了抓自己的头发，叹息："居然还有这样的定律啊，厉害了，可惜我的头发太短，早知道就不剪了。"

我连忙告诉她短发也好看，非常好看，特别好看。她"扑哧"一下笑起来，推出自行车，要去植博园摄影。

忘了说了，雅雅是个摄影师，而且是个脑洞很大的摄影师，她拍的照片构图总是特别大胆而美妙，就像她的人一样。毫无疑问，雅雅是天底下最棒的女孩子。

别说五十一次，就是表白一百零一次我也要跟她结婚。

雅雅坐在一棵树上，打算要拍日落。从那里看出去，相框里的景致异常神奇，两边树木的形状像双手一样，捧着晴天里微微变形的太阳，像个爱心。那是我发现的，我几乎把整个植博园飞了个遍，才找出几个取景点。

雅雅夸我："你真有艺术细胞。"我便"嘿嘿嘿嘿"笑。

但是今天天气不太好，整个植博园阴沉沉的。天上全都是大片大片的黑云，怎么看都是马上要下雨的样子，看不见太阳。

我本来想对雅雅说，要不我们改天再来，但她站在树梢上，微微噘着嘴，很不开心的样子——但是这样不开心的雅雅太可爱了，我马上就醉倒了。

于是我抓着自己的头发飞起来，往乌云里扑去，在里面像个滚筒洗衣机那样"呼啦呼啦"地转圈，试图把乌云搅散。

一边转圈一边控制平衡一边保持脑袋清醒很不容易，力学三大定律也派不上用场，我差点撞上一架飞机，里面的人惊恐地看着我。飞机上的乘务员拿出喇叭对我喊："倒机请注意！倒机请注意！"

我这才发现这架飞机是倒着飞的，大概是目的地雾霾太大接到通知原路返回。

还好，他们没发现是我侵占了他们的航道，否则我肯定会接到抓着头发飞起来管理委员会的禁飞通知。简苇说，本来过去这个自说自话的管理委员会根本没人买账，但现在不一样，现在飞的人多了，是要好好管，不然地面上的人也要投诉。

我没能把乌云成功搅散，那是当然的，雨还是下了起来。

不过由于我的卖力，雅雅镜头里还是能隐约看得见一轮落日了。

我湿淋淋地降落到她身边，她抿着嘴笑，夸我，你真有能力。我又"嘿嘿嘿嘿"笑。很好，我很快就会成为雅雅喜欢的那种人了。但是有点冷，啊，飞行真的很冷，乌云里面到处都是水，也很冷。

阿嚏。

4

简苇给我介绍了一些其他抓着头发飞起来的同伴，这些人飞起来的理由各种各样，但无一例外都是因为深爱着什么并充满希望。

比如说有一个叫作左颖的，她没有结婚也没有生育，但捡到了一个孩子。孩子在书本上看到说候鸟秋天往南飞春天再飞回来，

还有 这种操作

很想看。但我们这儿是个尴尬的城市，不冷不热的，压根没有候鸟经过。

左颖为了让孩子相信书上说的都是真的，就飞起来，做候鸟引导员。每年秋天指导着别处的候鸟，让它们排着队从我们城市上空经过，转个弯再去过冬；每年春天又同样吹着哨子，让候鸟回来的时候再往我们上头飞一遍。

候鸟们不太喜欢左颖，毕竟跑来跑去很累的。只有本地的小麻雀特别爱往左颖身上撞，不停地送左颖鸟屎。因为麻雀是不到处过冬的，它们就爱看候鸟们被支使来支使去的模样。

又比如简苇自己，她正准备跟未婚夫结婚，但还没买房子。现如今房价太高了，在地面上完全没办法挣到那么多钱。简苇就飞起来当人工降雨员。

简而言之，就是天气预报哪里会卜雨，但那天那里连云都没有的时候，简苇就要像牧羊女放牧她的羊群一样，带着积雨云和吹风机把它们不断地赶到那个地方去。有时候，如果那些云里的水不够，简苇还得加班洒水。

"你不知道，那天真是日了云了，我好不容易把一大堆积雨云给赶到植博园，不知道哪个蛇精病，居然偷偷把云都搅得乱七八糟，害得雨也小了，地面上的人就骂天气预报不准，天气预报中心投诉了我，我被扣了整整一天的工资！"

整整一天的工资，能在地面上买一平方米呢。我没敢说话，感到很惭愧。

但雅雅那天很高兴，她拍出了她从未见过的日落，在雨里，那个太阳下挂着雨滴，像在流泪，真美。而她更美，她抱着我的脖子，笑起来简直能美瞎我的眼。

"你呢，你是为什么飞起来的？"简苇忽然问我。

我顿时涨红了脸，我完全没想过在天上找个工作，只想讨好我心爱的姑娘，这样是不对的……吧："我女朋友说，她喜欢有能力、有内涵、有艺术细胞的男孩子。"

简苇听了这话，有些诧异地挑眉："她都已经那么说了，那跟你……""你"字上加了重音，"飞起来有关系？"

我点点头："我能飞起来，就能帮她找漂亮的地方，给她讲力学三大定律，还能……咳咳，反正做各种事。总之，就变成了有能力、有内涵、有艺术细胞的人。"

大概是我的气质还不像有能力、有内涵、有艺术细胞的人，简苇微妙地打量了我两眼，沉默地拍拍我的肩膀，最后轻叹一声："像我和我未婚夫这样，是很少很少的。"

当然她拍我是单手，不然就会掉下去。你看，我确实是一个很会抓重点的人。

5

雅雅越来越喜欢跟着我出去拍照片了，她不管想到什么样奇妙的点子，我都会帮她实现。

比如说那天她读诗，读到"斜日寒林点暮鸦"，脑海中立刻就浮现出一幕非常美的场景。

寒林好找，斜日也好找，可暮鸦就非常不容易了，傍晚日落的时候正好有只乌鸦飞过太阳的中心——雅雅是这么构图的——那可不是容易实现的场景，其概率也就比中彩票高那么一点点。

于是我去找左颖，借了对方的哨子。反正现在已经是冬天了，候鸟已经飞过一茬，再要飞也是明年春天的事情，左颖也就不怎么飞到天上来，整天陪着小孩子，笑得特别开心。

我一边吹哨子，一边往乌鸦群里提溜了一只看上去油光发亮的鸦王，训练它往落日和雅雅的镜头里飞。鸦王脾气挺大，不给吃鸡腿就不飞，给吃鸡腿就吃撑了飞不起来，于是我切一半，跑到落日对面去引。

雅雅说好准备，我就一吹哨子，对鸦王挥舞鸡腿。它"啪"一下冲过来，连我的手指头一起啄。

雅雅说，太快了，飞得不美。

我苦口婆心地劝鸦王："你飞这么快干什么呢？又没人跟你抢。我肯定不跟你抢，跟你讲，我根本就不吃鸡腿。鸡腿很贵的，你瞧见没，你吃剩下的鸡骨头，我才啃。"

它"嘎嘎嘎"了三声，十分怜悯地看着我。

大概是它听懂了我说不跟它抢的话，这次飞得很慢很优美，雅雅很高兴，我也很高兴。毕竟，我是一个很抓得住重点的人，如果我不跟鸦王说没人抢它鸡腿，它肯定又像炮弹一样冲过来。

那天雅雅特别欢喜，她跟我说，她的照片如今有很多人喜欢，她就要开摄影展了。

我忽然想起我们都还很年轻的时候，那时候我就喜欢她，满心喜欢。我很努力地学习，对她说，总有一天，我给你买私人飞机，让你坐在上面，看着大地，想拍什么拍什么。

当时她只是笑，而我直到现在也买不起私人飞机。

当然，这没关系，毕竟现在，我抓住自己的头发就可以飞，比私人飞机更方便。

6

我把哨子还给左颖，又去向简苇道谢，感谢人家教给了我这么多飞行的姿势，还有力学三大定律，祝她和她未婚夫幸福。我跟她讲，我准备在摄影展上对雅雅进行第五十二次告白。

毕竟现在，我已经是一个有能力、有内涵、有艺术细胞的人了。

简苇张了张嘴，似乎想说什么，但最后只是跟我说："你知道吗，我说过那个长发及腰每次飞起来都要拗造型的朋友，如今已经不会飞了。"

"因为姿势太累了吗？"我哈哈地笑。

简苇摇摇头，又说："她是伤了心。我劝你……算了，你的头发非常好，这样的长度很容易控制。"我们第一次见面那天，我被小麻雀撞了，简苇在我身后"扑哧"笑出声来，也是这么对我说的。

我点点头，我会找出更多飞行的用处的，为了雅雅。

作为摄影展主人的雅雅格外漂亮，她的小礼服裙子像婚纱一样洁白无瑕，我捧着花，"啪"一声跪在她面前，进行我第五十二次告白："雅雅，做我女朋友吧。我已经是一个有能力、有内涵、有艺术细胞的人了。"

雅雅深深地叹了口气，伸出手来，摸了摸我的头："抱歉，素素，你怎么总是弄不对重点呢。重点是，我一直说我喜欢男孩子，而你是个女孩子呀。"

我真的觉得自己是个非常抓得住重点的人，原来不是的，我只是非常非常喜欢她。

心忽然很痛，我终于想起来简苇说过的那句话，于是一手捂着胸口，一手烦恼地去抓自己的头发，这一次，真的没能再飞起来。

出售人生的人

文／山城

1

在我正前方，有一个十二阶的楼梯，离我五步远的距离，十秒钟后我将装作漫不经心的样子踩空一级台阶，然后险些摔倒但是勉强稳住身体，爬上台阶之后我会扫视一下无人的四周，继续装作很酷的样子往前走。

动作十分顺利地完成，我径直向前走去，身边的几只银白色的眼睛就这样盯着我，我却仿佛什么都没看见一般，直到走进了一间特殊的房间，眼睛才停下来。我关上门，看着一屋子的黑暗，疲惫仿佛潮水一样将我吞没。

我看着电脑屏幕，屏幕上是我刚刚摔跤的一幕，此刻已经被弹幕覆盖。

"多大了还装酷。"

"李二岁的老婆们举个手！"

"楼上别抢，李二岁是我的！"

一股莫名的怒气涌上我的胸口，我将笔记本电脑重重合上，躺在那张看起来很舒服的床上，在黑暗中睁着眼睛，看着头顶的天花板。

刚刚那个片段只是我生活中微不足道的一部分，其目的在于体现我的人设，以此来获得粉丝们的好感。我算是个明星，为什么说算是，因为我不参与任何的演艺事业，却如同明星一般整日抛头露面。明星们在公众面前出售的是他们已经包装好的形象，而我们这些人，则是出售包装好的人生。

我叫李明东，一个没有自己人生的人。

2

刺目的灯光从枕边亮起来，我被手机铃声吵醒，睁开睡意惺忪的双眼，接通了电话。

"喂……"我有气无力地说道。

"李明东，抓紧出来，今天还有两档综艺要跑。"经纪人冷冰冰的声音仿佛一桶凉水浇在我的头顶，我瞬间清醒了过来，连忙穿上衣服走出卧室。卧室外，休眠了一整夜的蜉蝣重新启动，飞在我的周围。

虽然心里很着急，但是脚步却依旧按照节奏很稳健地在前进。公司给我的人设是一个面冷心热还有点中二的形象，要求我任何时候都不能表现出慌乱。

终于到了餐厅，经纪人站在那里，笑得十分开心，全然没有电话里的冷漠。与经纪人有一个良好的相处关系，也是一个人物的加分项。

"早上好，吃饭了吗？"我明知故问。

经纪人点了点头，道："咱们边上车边说吧，今天的节目马上就要开始了。"

我在她的带领下走进车子，正襟危坐，身边的蜉蝣将摄像头朝向我，银光闪烁，仿佛一只只贪婪的眼睛。

我的人生，是透明的。

自我很小的时候起，我的身边便有了那些银色的眼睛，一开始我很喜欢它们，因为它们看上去又好玩又有趣，然而随着年龄的增长，尤其是当我知道它们用途的那一刹那，我才明白这东西对我来说究竟意味着什么。

那些眼睛的名字叫作蜉蝣。

蜉蝣是一种浮空远程监控设备，一开始被用于军方，后来由于它会产生强烈的电波被军方弃用。之后不知道通过什么途径，由我现在的公司获得了蜉蝣的商业使用权利，并以此为基础开发了一个风靡全球的明星养成模式。

"众所周知，传统的明星其实也是在出售某种商品，这种商品的名字叫作形象，明星通过出售在公众面前的形象来获得一定的利益。然而不可否认的是，总会有些道貌岸然的明星通过制造自己的形象来取悦粉丝，其私下里，则是做着与形象无关甚至相悖的事。这种事情说白了，是对粉丝的欺骗！而我们的人生计划，则是完完全全地将明星们的人生展现在大众的面前，通过蜉蝣拍摄的视频，每个人都有资格了解偶像们的真实生活，将他们更真实地呈现在大家面前，以求粉丝的放心。"

舞台上，蜉蝣娱乐的董事长正在侃侃而谈，台下的粉丝们眼里透露着狂热。

"董事长先生，我想问一下，人生计划是否对明星的隐私权造成侵犯？"一个记者从人群里站了出来，提问道。

董事长微微一笑，道："这个问题，自从人生计划被提出来的那年就有人问。十几年过去了，我们通过不懈的努力，最终在公司和明星之间找到了一个平衡点，既能使明星们的权益得到保障，又能使粉丝通过人生计划获得自己想看到的一切……"

我面露微笑，内心里却是恨意滔天。

"那么董事长先生，最近贵公司有没有什么大动作？"又一个记者站了出来。

"有的，这也正是我决定举办这场发布会的理由。"董事长走向舞台一侧，身后的屏幕开始变换，几个大字浮现出来——

人生演唱会

"我们将倾尽我们集团之力，将所有人生计划的明星们会聚一堂，举办一场史无前例的演唱会！"董事长声音高昂。

台下瞬间沸腾起来，无数粉丝尖叫着鼓掌，拍摄用的蜉蝣浮在上空，银光闪烁，仿佛星海。

3

"演唱会你是第几号？"安迪走进屋子，点了根烟。

我皱了皱眉，很是适应不了烟味："不知道，应该会靠后。"

她折了一下她身上穿着的那件粉红色的公主裙，眼中闪过厌恶的神色。安迪也是人生计划里明星的一员，她的人设是甜美的异国少女，然而粉丝们根本想不到这个人抽烟喝酒，说话还是特别正宗的东北口音。

"真不知道公司为什么搞这个，我们又不是艺人，没什么能耐的。"她吐了个烟圈。

安迪说得对，因为我们的生活需要时时刻刻被蜉蝣直播，像电影拍摄这种需要保密以及剪辑的工作都不会找我们，充其量会让我们客串某个角色然后当作噱头放出来。

"这段时间公司在组织培训。"我沉默了下，说道。

"培训又怎样？该不会的还是不会，到台上指定会让我们假唱的。蜉蝣由他们控制，植入一段音频简直太容易了。"安迪撇了撇嘴，转头看向我，"不过你应该可以，你是我们这些人之中唯一还算有点本事的人。"

我愣了下，不知道她为什么这么说。

"那天进你房间看见你的桌子上摆着表演理论来着。"她解释道。

我脸一红，头低下去，仿佛被发现了什么见不得人的事一样。

"真羡慕你，从小就被当成明星培养，长得好看就是容易进这行。"她盯着我的脸，耸了耸肩。

我的心里却没有丝毫欣喜，反倒有些痛苦。

"好好干吧，咱们都加油。跟你说哦，我偷偷找经纪人问了下，他说那天我应该是倒数第二个，我准备做一件很酷的事，你猜猜是什么？"

我神色一凛："你疯了，他们手里还握着那些照片和视频！"

安迪没有理我，她吹着口哨走出了房门，门口的眼睛紧紧跟上她，她蹦蹦跳跳着，仿佛真的是一个天真的小公主。

4

"不错不错，明东算是进步最快的了。"指导声乐的老师夸奖道。

我很有礼貌地鞠了个躬，以示感谢。屋子里算上老师一共十个人，二十台蜉蝣浮在空中，金属的光泽扫视着我们。

"你们都不知道他有多努力，昨天走路的时候都在听歌。"

"对对对，还撞墙了！哈哈哈哈哈哈！"

"哈哈哈哈哈哈撞墙，果然是李二岁。"

回到房间后，我浏览着一条条的评论，发现基本都是正面的后，放心地合上笔记本电脑。我煮了杯咖啡，来到巨大的落地窗前，俯瞰着这个城市的一切。

看书、撞墙，自然都是我演的。从小到大，我早已经知道观众们喜欢看什么。和其他明星不同，我四岁开始就成了签约的明星，作为童星出道，每天向那些观众展示着我生活的点点滴滴。儿童忌讳少，尺度大，所以甚至在某一个时间段，我是以裸露性器官上头条的。

作为唯一一个从小就待在公司的人，我的价值得到了最大程度的开发，从我进公司第一天，我就是人气最高的明星，直到今日也是。

但我还是很渴望自由，想要能够拥有隐私这种东西，不必想该如何取悦观众，不必装傻充愣。

我从床头柜的抽屉里取出一支录音笔。这个时代，录音笔已经很少了，但是我还是留存着这支，因为我拥有这支笔的那天，我失去了我的人生。所以每当我质疑如今的生活的时候，我总会拿出这支笔来怀念一下还没有当明星前的时光。

门铃突然响了起来，门外传来安迪的声音。

"睡了没？"她悄声道。

我连忙走到门前将门打开，安迪迅速闪身进来。

"你疯了？不怕蜉蝣拍到？"我着急道。蜉蝣无权监视的区域只有卧室、公共厕所以及公司规定的某些特殊场合，所以安迪这样贸然进入我的房间，很可能会被粉丝以及公司察觉。

"拍就拍咯，我又不怕它。"安迪大大咧咧地坐在我的床上，手指朝我勾了勾，眼中满是媚意。

"你想干什么？"我冷声道。

她见我这表情，收起刚刚那副勾魂夺魄的样子，耸了耸肩道：
"真无聊。"

"你不清楚公司不允许明星之间私自接触？"我离她更远了些。

"无所谓，反正我要走了。"她说道。

"走？"我愣了下，不可置信地说道，"怎么可能，公司不可能放你走的，一旦你走，他们就会把那些照片和视频……"

"我知道，他们会把那些不利于我们的视频公布出来，彻底搞臭我们。"安迪抢话道。

我看向她，不明白她为什么要这么做。公司表面上说会给我们隐私空间，然而在我们刚刚进入这个地方的时候，无数蜉蝣早就潜藏在公司里的每个角落，拍摄下我们这些人不为人知的一面，这一面多半肮脏而又不堪启齿，公司以它们作为威胁，以保证我们能够给公司挣得足够的利益。

"那你为什么还要这么做？"我问道。

她顿了顿，看向我的眼睛："可那些才是我们真正的一面不是吗？"

我沉默下来，心突然抽动了一下，仿佛有什么东西刺痛了它。

5

人潮伴随着尖叫，仿佛巨浪一样扑面而来。我结束了自己歌曲的最后一个音节，深深鞠躬，就这样退了下来。

我是整场演唱会倒数第二个节目，作为压轴的我，需要一个人来作为最后的缓冲，而这个人就是安迪。

砰！一束灯光打在安迪的身上，白光下，身穿粉红长裙的她仿佛画中走出来的公主。

人群寂静下来。在我身边，音响师戴上耳机，准备播放准备好的录音。

"首先，感谢诸位能来到今天这个演唱会。"安迪张了口，却不是歌声。

音响师茫然地看着我，我耸了耸肩，显然不知道发生了什么。

"今天对我来说是个重要的日子，因为在今天，我将做出一个决定。"她继续说道。

我仿佛猜到了她要做什么，暗暗攥紧了拳头。

"我将退出蜉蝣娱乐。"大屏幕上，少女的微笑圣洁如神灵。

全场哗然，有些粉丝已经开始高喊"这是不是玩笑"，很明显不能接受这件事。

"因为我很讨厌现在的生活。

"在你们眼中，我是异国的小萝莉，但是那不是真正的我，真正的我，隐藏在这件恶心的蓬蓬裙下，今天她告诉我，她要出来，要对这个世界说脏话！"

刺啦，蓬蓬裙被安迪用力扯开，一身紧身黑色皮衣显露出来，将她的身材凸显得淋漓尽致。

"我他妈抽烟喝酒，还想文身，才他妈不是你们想的乖乖女！去你妈的人设！老娘就是要做我自己！"她对着控制台那边吐口水，那里坐着董事长以及公司里的管理人员。

"我知道你们要对我做什么，那些视频你尽管放！我向大家透露一下哦，里面还有一段长达十五分钟的我的自慰视频，要是没有大家记得举报他们。"安迪冲台下扔了个飞吻，台下响起挑逗的口哨声。

"妈的真够酷！"

"安迪我的偶像！"

"垃圾公司，敢动安迪老子叫我爹拿钱砸死你们！"

群情激奋，口哨声、叫喊声在场馆的每一处炸裂，舞台中间的安迪站得笔直。

一分钟后，骂着"fuck"的安迪被保安强行拖下台，在嘘声和骂声中，全场灯光熄灭，仿佛一场闹剧般的演唱会就这样宣告了结束。

6

不出所料，安迪第二天就被开除出了公司，然而出乎所有人的意料，有一家新开张的演艺公司接纳了安迪，并开始作为主力培养。

失去了蜉蝣的安迪并没有像人们所想的那样就此沉寂，反而变成了一颗新星。凭借着高超的演技，她迅速崛起成为一个电影明星，各种奖项拿到手软。

而与此同时，伴随着那场演唱会的恶劣事件，蜉蝣娱乐的经营一天不如一天。曾经作为王牌的我，如今却变成了人人都看不起的废物。

这种状况的源头来源于一段录像。安迪出走后，原本属于她的那部分录像不知被谁泄露出去，而里面正巧有那天晚上我和安迪的对话。

"李明东是个垃圾吗？从来没有见过这么尿的人！"

"废物，脱粉了！"

"甘愿沦为走狗的渣子，这种人居然还有脸当明星？"

无数的负面评论覆盖着视频，我曾经接受过多少人的爱，如今便有多少人的厌恶。

然而我却有些放松，因为我察觉到，公司似乎要倒闭了，因为如今我的身边，已经没有了蜉蝣。我意识到自己即将摆脱这种生活。前不久还一直随身携带那支录音笔摩挲的我，如今已经可以坦然地将它放进自己的口袋不再过问，静静等待着结束那天的来临。

直到我在公司里再次看见了安迪。

她站在董事长身边，神情谦卑，那些表现在大众面前的嚣张狂放早已收敛起来，此刻的她仿佛一只温顺的猫。

我悄悄跟在他们身后，两个人走到走廊的尽头，然后分开。安迪急匆匆地走进了女厕所，我咬了咬牙，也跟了进去，并锁上了门。

"安迪，你怎么回来了？"我对着她的背影说。

安迪被吓了一跳，转头发现是我，拍了拍胸口舒了口气，解释道："工作。"

"工作？"我愣了下，"你不是辞职了吗？"

安迪眼神中露出看傻子一样的目光："你不会连这个都看不懂吧。"

我愣了下，心中升起不好的预感。

看我好像确实不明白，安迪叹了口气，说道："这些当然是说好的。"

"我那天所有的表现都是我和公司预先商量好的，不然你以为以公司的手段，会让我在上面说完那些话？"

"可是……你不是想要自由……"我睁着眼睛，惶然地摇头。

"自由？"安迪冷笑了声，"你真以为自由很重要？得了吧，我问你，你能抛弃现在你拥有的一切吗？那些房子、汽车、吹捧、地位，你能抛弃掉吗？听说你来自这个城市最贫穷的地方，还抱着这么天真的想法，可笑！"

"你真以为你能自由？我就问问你，你有什么能耐能在这个社会上生存下去？没了那些曝光和话题你什么也不是，我们这种人，注定只能以这种身份活着，出售着自己的人生，享受着别人享受不到的荣华富贵，这是代价。"她盯着我的眼睛，眼神中满是不屑。

"那你完全可以不用把我的那段视频传出去的……"我的声音低得仿佛蚊子叫。

"哈？"她哈哈大笑，继而凶狠地抓住我的头发，微笑道，"你可是头牌，不搞臭你，我怎么上位？"

我垂着头，失魂落魄，指甲却深深嵌进掌心里。

7

眼前的聚光灯闪得我有些恍惚，我独自坐在一张桌子前，第一次这样面对记者。

"李明东先生，对于安迪小姐的遭遇，你有何想法？"一位记者问道。

"我表示震惊而且痛惜，我真没想到安迪居然会做出这种事情，而且以这种方式结束自己的一生。作为朋友，我很伤心。"我沉声道。

"那么对于安迪小姐对于您的攻击，您如今是怎样的态度呢？"又一名记者问道。

"死者为大，我只能说，过去的事情就让它过去吧。"我努力让自己的声音变得低落。

"您之前在视频中表现出不愿离开蜉蝣娱乐，但是如今却主动脱离，请问是什么让你有了这样的思想转变？"

"是安迪的那番话告诉我的，那天之后我一直在想，如今终于做出了自己的选择……"

"李明东先生，请问你离开蜉蝣娱乐之后想要去哪里发展呢……"

"暂时和一家公司签订了合同……"

采访结束，我疲惫地走下台。一个戴着鸭舌帽的男人出现在我身前，说道："辛苦了李明东先生。"

"不，这只是离开前必须要做的。"我笑了笑。

"说起来还是多亏了李先生，让我们挖到了这么大的一个料。"男人爽朗地笑道。

"互惠互利而已，你们不也帮我安排下家了吗？"我拍了拍他的肩头。

几天前，女厕所里。

面对安迪的话，我突然想起来当年自己为什么选择这条路。

那时候我住在这个城市最贫穷的地方，那个地方，就算是支录音笔都很稀奇。有一天我们翻垃圾山的时候找到了一支，每个孩子都想要，我也不例外。最后我们打了起来，我身子骨弱，打不过他们，自然就没抢到。

那天我被打得满脸是血，因为我很想要，不愿意低头，最狠的那个小孩子就把我打了一顿又一顿，直到我站不起来。

后来一个路过的人，发善心把我救了，洗干净脸之后，他看着我的脸说道："你想要当演员吗？"

我问他："能给我录音笔吗？"

他说会给我很多。

于是我点了头，签了合同，当场他就送给我一支录音笔，比那支捡到的好看多了。

安迪的话让我终于想起自己选择这条路的初心。

我要这个世界上最好的东西，哪怕付出一切也在所不惜。

于是我抬起头，按下兜里录音笔的录音键，露出一个凄惨的微笑，用我人生最精湛的演技苦涩地说道：

"我错了安迪姐，能给我讲讲你们是怎么合作的吗？"

8

安迪的合作方式其实很简单。

她以这种方式脱离公司，然后进入别的公司拍戏成名。我们这种人一天二十四小时都在演戏，驾驭任何角色对我们来说都轻而易举。成为头牌之后，安迪会提出以入股的方式介入这家公司，当然她大部分的资金来源是来自于公司。

公司早就意识到人生计划未来的发展局限，以这种方式秘密转移资本，然后获得一个个娱乐公司的主导权，进而获得新的生命。

然而他们没有想到的是，我把这段话录了下来。整个时代，每个人都在害怕蜉蝣，却没有一个人注意到老旧的录音笔。

我把这支录音笔交给了狗仔，以此换得某大型演艺公司的签约，双方一拍即合，交易就这样达成了。

然而出乎我意料的是，安迪居然会选择自杀。

在曝光了一切后的她，一个真真正正的、肮脏的她终于呈现在大众面前，或许是因为失去了所有希望，她终于选择结束了自己的生命。

但那与我无关，我终于摆脱了无处不在的蜉蝣，变成了一个真正的、自由的人。

9

十年后。

已经成为国际巨星的我在拍戏现场化装，手里的平板上显示着一篇关于安迪的文章。

这篇文章我看了很多遍，资料之详细简直像是蜉蝣的手笔。令人不寒而栗的是，就连安迪离开蜉蝣之后的资料，这篇文章居然也都有。

这篇文章讲述了一个邪恶的女星的一生，包括对一名当代著名艺术家（也就是我）的伤害，用词极其具有煽动性，我仿佛在哪儿见过，却又想不起来。

"李老师，该开始了。"导演毕恭毕敬地来到我身前，示意我前往拍摄地点。

我关闭平板电脑，跟着他走到拍摄的工厂。这次拍的是一场火警戏，我饰演的救火英雄将从中救出两名群众。

随着一声"action"，我冲进了火场。令我不安的事情出现了，火焰似乎不受控制一般，烧得我有些害怕，我中断了表演，向外大喊：

"停！停！快停！"

然而却无人回应。

突然，火焰中走出一个身着防护服的男人，在他身边，飘着几只银白的眼睛。

"还认识我吗？"他摘下了面罩，赫然是董事长的脸。

"你……"我已惊得说不出话。"

董事长微笑着说道："你是不是以为自己摆脱了蜉蝣？不是的，当年我们入股的公司可不止安迪所在的那一个，包括你现在所在的这个，也是我们蜉蝣的产业。

"这些年，你一直在我们的控制之下，接什么片子，得什么奖，一切的一切，都是蜉蝣给你安排好的。"他指了指身边飘浮着的蜉蝣，"你不知道吧，蜉蝣经过技术升级，已经可以有隐形的能力了。"

无边的恐惧从我心头涌出来，我似乎知道发生了什么。

"这些年来其实你一直都在蜉蝣的监视之下，我们不过是换了个外壳，做的事情还是之前的那些。人这种东西，总会有想要窥视他人人生的欲望，只要这些欲望在，蜉蝣就永远存在。"董事长意味深长地看着我。

我扑通一声跪下，痛哭道："对不起董事长，放过我，让我出去，放过我！"

董事长摇了摇头道："这可不行，按照蜉蝣的计划，你今年就该因片场事故死去，然后我们会出版文字资料，公布蜉蝣记录的视频，炒作你留下来的一切，把你变作神一般的人物，然后培养出你的我们，也将迈上新的台阶。我为了捧你，连讽刺安迪的文章都写了。"他耸了耸肩，一副轻松的样子。

"可是你们不杀我，我也有足够的利用价值！"我大喊。

"不，随着年龄的增长，你的演技已经逐渐下滑，也就是说你的价值也在逐渐下滑。在你价值最高的时候让你停住，也是为了你好。"董事长苦口婆心道。

说罢他转过身，企图离开，防护服能挡住的火焰我的身体却承受不住，只能目送着他离开。

"对了。"他仿佛想起来什么似的，"安迪也是因为这个被我们杀的。"

我已经什么都听不进去，漫天的火焰从周围席卷而来，恍若蜉蝣。

10

小优看着大屏幕上那个自己再熟悉不过的人，泪水夺眶而出。

"……所以，让我们把我们最崇高的敬意，献给这位将自己一生奉献给粉丝的艺术家。"舞台上，一个大腹便便的男人沉痛地说道。话音落下，台下的哭声猛地爆发出来，无数粉丝哭成一片。

男人顿了顿，身后的屏幕瞬间切换成一段视频，正是关于李明东的日常生活。镜头里，他正捧着剧本仔细阅读，看到这里，又有粉丝再次大声痛哭起来。

"为了纪念他，我们特意制作了这部纪录片，里面有很多关于李明东先生生活状态的记录。之前是准备拍摄这些花絮去给新电影做宣传，如今只能以这种方式放出来，以表达我们的哀思。

"李明东先生一生致力于慈善和自由，所以我们决定，出售这部纪录片所有的拷贝，所得的一切，均作为慈善基金捐给贫困地区的孩子！"

台下掌声雷动。

小优疯狂地向前挤，终于抢到了一部拷贝。拷贝是一个黑色的盒子，上面有着一只银色的眼睛，那是公司的标志。她丝毫不为付出的巨款心痛，只是贪婪地看着那部拷贝，眼睛中透露出的狂热仿佛要把它穿透。

忽然，一滴猩红滴在拷贝上，流进了那只眼睛里。小优茫然地摸了摸头顶，才发现自己刚才在抢拷贝的时候不知道怎么弄的，竟然被打破了头。

可是，一切都是值得的。她把拷贝高高举起，心里在为自己欢呼。

终于能看到你了，你的生活你的工作你的人生你的一切的一切。

我都能看到。

会说话的台灯

文／胡点点

【自杀概率 95%】

"……肮脏无趣的一生即将结束，希望没有来世。"

田加合上日记本，长吁了一口气。

"你要去死哦？"

突然，家里出现了一个陌生的声音，田加警惕起来。

"谁？"

对方沉默了一会儿。

"台灯。"

"什么？"

桌上的台灯突然猛地闪了两下。

"我是台灯。"

田加起初觉得这太荒诞了，但当他拿起棒球棍把家里翻了个遍也没能找到半个人影的时候，不得不又把视线转移到台灯身上。

他试探性地敲了敲灯罩。

"干吗？"

那个声音又出现了。

"真……真是台灯？！"

"那可不，骗你干吗。"

田加点起一支烟，他需要冷静一下。

"别开玩笑了，台灯怎么可能会说话……"

"喊，你以为就你们人类会说话吗？所有东西都会说话，只是我们不想说罢了。"

田加像回答那个声音，又像在自言自语，他不自觉地摇起了头："这太荒唐了。"

"有什么可荒唐的，你这不都亲眼看见了吗。"

田加掐灭了烟头走上前去，他拧开灯罩，又拧下灯泡，仔仔细细找了一遍，并没有发现微型摄像头或者麦克风之类的东西。

"麻烦你把我的头装一装，多谢。"

田加彻底打消了推翻这个设定的念头，就当是自己疯了吧。

他重新把台灯拼装好。

"你为什么会突然开口说话？我是指……你都沉默了这么久。"

"不想演了，反正你要死了。你刚才不都写遗书了吗。"

"你还能看见？"

"那可不。"

田加一时语塞，他有许多好奇，却不知从何问起。他匆匆结束了这无稽的对话，离开了书房。

【自杀概率80%】

"嚯，今天回来得这么早，看来又要自己做饭了，惨啦！惨啦！大家快跑啊！我掩护你们！突突突突突！……"

田加前脚刚踏进屋子，书房里的台灯就开始絮絮叨叨。

它是个话痨，自从开始说话就几乎没有停过嘴，真不知道它之前是怎么忍过来的。

"你就不能消停会儿？"田加放下钥匙，一屁股坐进沙发里。

"喊，我说话不费电的，小气鬼。"

"对了，你最近怎么都不写日记了？没有东西可以看，好无聊嗷嗷嗷。"

田加尴尬地闭了闭眼，每次想到自己的日记被看了个光，他都羞愧得恨不得找个地洞钻进去。

"喂。"

"又怎么了？"

"我想看电视。"

"看电视？"

"怎么了怎么了怎么了，我不能看电视吗，一盏台灯就不能看电视吗，你是不是看不起台灯，你是不是觉得一盏台灯就不配看电视……"

"好好好好好！只要你少说几句。"田加打了个拱手。

简单炒了个饭，田加打开电视，把台灯搬上了沙发。

他在心里笑了笑自己，毕竟，电视剧里的情节都没有这么不可思议。

"哦哟哟哟，你看这个女二，马上就要闹出幺蛾子了。"

"这个女主肯定就是男主小时候的那个青梅竹马，不信你看。"

"看吧看吧。"

"男主的妈妈马上就要从门后出现往女主脸上泼水了。"

"看看看！说对了吧！啧。"

田加吃个饭被它闹得一惊一乍，连味道都不怎么尝得出来。

但是不可否认，这间阴森森的屋子的确因为这盏会说话的台灯，开始变得有些烟火气了。

自杀的事，也许可以再计划一段时间。

【自杀概率 65%】

田加打开一罐啤酒，躺在沙发上玩起了手机。

今晚似乎有些安静。

他刚察觉到这一点，台灯就开了口：

"跟我玩会儿呗。"

田加被啤酒呛了一口。

"我跟一盏台灯有什么可玩的？"

"玩你画我猜啊！"

"你画我猜？"

"不，你画我猜。我哪来的手啊。"

"这有什么意思？"

"玩会儿嘛。"

田加不再理它。

"玩会儿嘛！"

"玩会儿嘛玩会儿嘛玩会儿嘛玩会儿嘛玩会儿嘛……"

"好了！闭上嘴！"

田加看着桌上的笔和纸，想到自己正在跟一盏台灯游戏，不禁有些啼笑皆非。

"噢！开始吧！"台灯似乎很高兴，连着闪了好几下。

再次拿起画笔，田加的心里有种说不出的滋味。

他曾是职业漫画家，幻想做自己喜欢的事养活自己，可是世道艰难，他没能得到漫画公司的赏识，从家里搬出来后便一直过着入不敷出的生活，挣扎了许久，最终还是放弃了画画。自打做出这个决定以后，他就再也没碰过画笔。

他深吸一口气，在白纸上画下线条。

田加画得很专心，台灯也识相地没有作声，只是安安静静地保持着平稳的亮度，照亮他画笔经过的每一寸地方。

渐渐地，田加也忘了什么你画我猜，只是用心地雕琢着自己的作品，放下画笔的那一刻，他的手竟有些颤抖。

"太棒了。你画得很好。"

田加的眼眶变得晶莹。

"活着也挺好的。是吧。"

"又平安度过了一天呢。"

"那晚安了。"

台灯熄灭了。

【自杀概率 40%】

拿着一沓厚厚的画作走在街上，田加心里有些忐忑。

他决定开始求职了。

说来真是好笑，前不久他还在筹划着自杀，现在又要开始低声下气地谋生。

但是他最近觉得活着有些意思了。

田加的嘴角出现一丝他自己都不易察觉的笑容。

"嚯，这不是田加吗。"

听到有人提自己的名字，田加抬起了头。

是他们，从前欺凌过自己的那帮人。

田加的神色有些慌张，从前受屈辱的画面一帧帧闪过，他抱着画的手不由得攥紧了些。

"拿着什么宝贝呢？"为首的人走近他，伸出手指拨弄着他怀里的档案袋。

"不会又是你那些破画吧？"

田加没有回答，磨蹭着后退了一步。

"会画画还是好啊，哥儿几个寂寞了还得上网找资源，你这儿就能自给自足了！"

"哈哈哈哈哈！"后面几个人也跟着笑起来。

一个染着黄头发的人走出来，用力撞了一下他的肩膀，田加手里的档案袋掉到地上，又被他用脚狠狠踩住。

"喂，你这样的人怎么还活着。"

田加咬紧了牙，拳头上青筋暴起，却还是不敢反抗。

他知道自己反抗会有什么后果，自己从来都是失败者。

面试的时候，田加的状态十分不稳定。

"你可以考虑一下别的职业。"

"啪。"面试官头也没抬，一把扔下他的作品集。

田加昨夜花了很多时间准备，对这家公司也抱了很大的期望，但是面对这样被拒绝的情形，他竟然有些麻木。

拒绝他这种垃圾不是应该的吗，为什么要养一个废物。

田加丧气地走出建筑，突然收到了妈妈的短信。

"今天是王叔叔的生日，你来一下家里吧。"

读完信息，田加的脸上露出厌恶的神情，他原本不想理会，但是妈妈又连着发来好几条短信，拜托他无论如何去一趟。

田加刚走到门口，妈妈就迅速打开了门，她伸手塞给田加一条细细的金项链，也不叫他进来，小声又急促地说着：

"快走，快走！"

田加还没反应过来，就看见继父拿着一瓶烧酒，顶着一个通

会说话的台灯

红的大脑袋从后面冒了出来。

"谁！谁，谁在外面！是那个小杂种来了吗！"

"不是！是邻居！"她把田加朝外面一推，又把门缝关小了一些。

"王叔叔只是喝醉了，一会儿就好了，我没事，你走吧，走吧！"

田加拉过妈妈的手，看见上面一道青一道紫的伤痕，狠狠咬了咬嘴唇。

"我真的没事，快走吧！"

妈妈关门前拍了拍田加的手，眼里蓄满了泪水。

他走前听见门里传来继父的叫骂和哐当砸东西的响声，却始终没有勇气走进那道门，救出世上唯一疼爱他的母亲。

他恨无能的自己。

田加像行尸走肉一般地游离在繁华的街道，他走上一座车来车往的大桥，呆呆地望着漆黑的河水，这大概是他最后一次看这个冰凉的世界。

【自杀概率 99%】

回到家里，田加用大卷的胶布把门窗都封了起来，他把床下早就准备好的煤炭倒进一个土盆里，又烧起一大把火丢进去。

今天一切都会结束了。

"哦哟哟哟，熏死了熏死了！六月天的你烧什么火！"台灯的声音突然响起。

田加没有回答，只是愣愣地看着烧得越来越旺的煤炭。

"你还是决定要自杀吗？"

田加依旧没有回答，他的眼神涣散，像肉身垮下前先丢掉了灵魂。

"喂喂喂，你不要只顾自己好不好，你死了之后我可就变成遗物了！"

"要是你死了以后一直没有人发现，那我就要对着你的尸体不知道多久！你考虑过我的感受吗？"

"而且万一你怨气太重变成了冤鬼，这里就会变成鬼宅！说不定会有更多孤魂野鬼跑进来！我又没有脚，到时候怎么逃出去啊！"

"即使我被拿了出去，大家也肯定会觉得我是一盏不吉利的台灯，放在二手网站也肯定不会有人买我的，我只能被大卸八块了！惨不惨！惨不惨啊！"

台灯接连说了一大堆，田加一句也没有听进去，他心意已决。

接着，台灯也沉默了一阵，又突然开口说：

"你不想知道我到底是谁吗？你真的相信一盏台灯可以说话？"

田加突然从自己的思绪里跳了出来，他转头看向台灯，突然意识到自己前段时间相信了多么荒唐的事。

他反问道："你是谁？"

一阵沉默。

"喂，说话啊。"

"喂！"

"回答我啊！你是谁！"

田加走过去，举起台灯猛烈地摇晃着。

"反正你要死了。"

台灯开了口。

"反正你要死了，听不到这个答案也不会怎么样。"

"你死了以后就什么都不知道了，谁也见不到了，这个世界发生什么都与你无关。"

"说不定你死了以后你画的漫画就火了，但是你无法跟爱好者们分享你画画的初衷，你想表达的东西也会因为无从考证被人曲解，最关键的是，你死在了它们被人当成垃圾的时候。"

想到自己毕生的心血，田加攥紧了拳头。

它们不是垃圾，绝对不是。

"还有，你不担心吗？你妈妈她会变成什么样？"

对了，妈妈。

田加的亲生父亲在他很小的时候就去世了，全靠母亲一个人拉扯他长大。要照顾家里的柴米油盐，又要在外辛苦地奔波打零工，四十岁的女人老成了五十岁的模样。

后来，她好不容易以为找到了依靠，带着田加嫁过去后，却发现那个男人是个酗酒嗜赌的暴力狂，不但几年就把家财输得精光，还动不动就对她拳脚相向，但是她不敢跑，逃跑被发现的后果会是更加丧心病狂的虐待。

幸好，她最宝贝的儿子逃了出去，这就够了。

想到母亲每次看见他的时候那温柔的眼神，田加的泪水涌出了眼眶。

"苦日子不会结束，而她又失去了一样自己珍贵的东西，以后的生活会变成什么样？这就是你给她的回报？"

田加跪倒在地上号啕大哭，他攥起拳头一下下砸着自己的脑袋，揪着自己心脏的位置不停地抽泣。

台灯之后一直无语，似乎在等他自己做选择。

隔壁的高中放学了，丁零零的铃声穿过密封的胶带，传到了似乎也唤醒了田加。

过了很久，田加才冷静下来，他的眼睛布满了血丝，瘫坐在地上无神地望着那盆炭火。

"刺啦——"他浇下一壶水。

【自杀概率 90%】

"啊！讨厌！不是说要让我的吗！怎么突然设计这么难的情节！差点就让他死掉了！"

晚自习放学的路上，一个女生正跺着脚朝旁边的男生发脾气，她的手机屏幕里有一个看起来很潦倒的男人，蜷成了一团缩在床上，床脚一盆漆黑的东西正徐徐冒着白烟。

"嘿嘿，抱歉抱歉，但是不出点狠招，你赢了也没意思啊。"男生挠了挠头，"怎么样，我推荐的这个双人游戏不错吧？"

看见手机里的男人已经熟睡，女生放心地关了手机。

"好玩是好玩，就是太费精力了，因为里面的时间长度跟现实一样，总要时时刻刻盯着，我已经好多天没睡好了。"女生说着打了个哈欠。

"那我再设计几个情节让他死掉算了，反正我也通过关了。"男生说完掏出手机开始啪嗒啪嗒地打字。

女生倾着身子，一脸好奇地问道："这游戏还能通关？"

"当然了，自杀率低于百分之二十就是天使玩家胜利，自杀成功就是恶魔玩家赢了。"

"唔……"女生点了点头。

"那通关之后是什么界面？"

男生还沉迷在情节设计中，继续打着字连头也没抬："也没什么特别的，就是会弹出许多人的照片，让你选择下一轮游戏的目标而已。"

"那还挺无聊的。"女生撇了撇嘴。

"好了！"

看样子，男生的情节设计大功告成。

女生凑过去一看，游戏界面弹出了提示框——

【此设定触及主角童年阴影，天使玩家等级不足，暂时无法设计复杂情节，自杀概率预计达到100%】

【是否开始建设】

是。否。

女生凑过去一看，游戏界面弹出了提示框——

【此设定触及主角童年阴影，B玩家等级不足，暂时无法设计复杂情节，自杀概率预计达到100%】

【是否开始建设】

【你已点击确定】

我的枕头活了

文／温酒

1

"你为什么又不叠被？"有糯糯的女声在杨瑾耳边响起。

杨瑾一怔，停住脚步，疑惑地看向身后。他自己一人住了很久，此时的出租屋空荡荡的，如往常一般安静得很。

"幻听？"杨瑾自言自语道，"应该是最近睡眠太少了。"

尽管嘴上这样说，他还是微微弓下了腰。最近几天，杨瑾总觉得屋子里除了他还有别的什么东西，他一直安慰自己这是错觉，但终归还是心有芥蒂。

等了一会儿，见没有什么事发生，杨瑾长长出了口气。他甩了甩脑袋，伸手去开门。

"你没听见我说的话吗？"

幻听可不会出现这种意义明确的对话。杨瑾头皮发麻，打了个冷战，接着猛地跳起转身，把双手在胸前握拳交叉，怒目圆睁。

"是……是谁？我可是学过散打的……"他的声音有些颤抖。

那声音根本没在乎杨瑾的反应，只是简洁地说："把被子叠了。"

"见了鬼了。"杨瑾扭头，把整个屋子看了个遍，也没找到说话的人。

他深呼吸几口气，平复了一下心情，缓慢地放下手中的双肩背包。接着，按照那声音的要求手忙脚乱地摸回卧室，将被子叠好。

被子上全是褶子，仍显杂乱。久不叠被的杨瑾甚至差一点就忘记了叠被子的方法，好在那声音的主人似乎要求并不很高。

"很好。"那声音满意道，"滚吧。"

杨瑾没动。

"那个……兄弟到底是何方神圣？"杨瑾小心翼翼地问道，"既然连话都说了，不妨现个形，也让小弟安心安心？"

"谁是你兄弟？"那声音中充满了不耐烦，"滚！"

杨瑾被吓得一缩脖子，随即反应过来，狠狠地一拍脑门："哎呀，你看我这脑子。"

"大姐？"

被子突然动了起来，一瞬间从床上跃起，扑向杨瑾。还不等杨瑾动作，便将其裹在其中，拖着撞向书架。

"疼疼疼！"杨瑾叫嚷着，被子却丝毫没有停下动作的意思。杨瑾只觉得浑身疼痛，仿佛有无数壮汉围在他身边拳打脚踢。

"女侠饶命！"

殴打终于停了下来。杨瑾挣扎着从被子里钻出，气喘吁吁地蜷在地上，不敢抬头。

"你不是想让我现形吗？怎么现在又不敢抬头了？"

杨瑾丝毫不脸红："怕挨打。"

那声音的主人没憋住，发出一阵悦耳的笑声，好一会儿才停下。

"你抬头看吧，我不打你。"她道。

杨瑾抬头，猛地怔住，下巴差点掉到地上。床上那个他枕了半年多的"枕头"正弯着腰，笑得前仰后合。

"你是我的枕头？？？"

"枕头"嘻嘻笑着，点了点头。

2

杨瑾的枕头活了。

"这不是梦。"杨瑾笃定道，"我没有这种想象力。"

"当然不是梦。"枕头翻了个白眼，"还有，你这句话是抄袭的电影台词。"

杨瑾没有回话，而是站起身子，在床边踱步。大概走了七八圈后，他右手攥拳，狠狠砸在左手手心。

"我果然不是普通人！"他有些激动，"我早就知道，总有一天我要从这群麻瓜中脱离出去。"

"你想多了……"枕头无奈道。

"说吧，我们现在的目标是谁？恶龙、伏地魔，还是九头蛇？"杨瑾意气风发，"我就知道，我一定是主角。"

"有病？"

杨瑾大大咧咧地往床边一坐，跷起了二郎腿。

"喊，你以为骂我几句就能浇灭我心中的火？"他不屑地撇撇嘴，"垃圾。"

被子又一次卷了上来。几十秒后，杨瑾老老实实地站在床边，鼻青脸肿。

"不要想太多，我就借宿几天。"枕头道，"几天后，你还是你，我还是我，咱们各自过各自的生活。"

"可我睡觉怎么办？总不能没有枕头吧……"杨瑾挠了挠后

Never Thought It
Would Be Like This

还有
这种操作

脑勺。

"再废话，让你连床都没有。"

杨瑾皱紧眉头，摩挲着下巴，思考起来。半晌，他才缓缓问道："你是女的？"

枕头点了点头："按照你们人类的说法，是的。"

"所以……咱们两个……嗯……"杨瑾顿了顿语气，小心翼翼道，"睡了？"

"……"

枕头的胸膛起伏了数次，最终做出了个似乎是摊手的动作。

"你是不是故意找事？"

3

"枕头"名为半夏。据她解释，她是从国家某研究所逃出来的妖精。

"枕头精？你们妖界还挺与时俱进的。"杨瑾耸了耸肩，"动物成精不够，竟然连床上用品也能成精，不是说了建国之后就不允许这些了吗？"

"不是枕头精。"半夏解释道，"我这种生物就叫作妖精，是与人类以及其他地球动物没什么两样的生物。"

与杨瑾原本的理解不同，"妖精"仅仅是人类给半夏所在的种族起的名字，并非是什么封建迷信产物。但即便如此，妖精的身上却是的确有着人类所无法理解的能力——例如附身于枕头这种内部有着足够空间的柔软性物品、操控与其相同的被子等。

"这种垃圾能力国家居然也要专门派科学家来研究？"杨瑾吐掉了嘴里的瓜子皮，"真他妈是浪费我们这群纳税人的钱。"

杨瑾嘴里这么说，其实心中也特明白。这能力用在枕头被子上自然很弱，但若能解决其限制，应用于军事，恐怕作用要比最尖端的武器还要强。

　　杨瑾跟老板请了假，在小小的出租屋内与半夏聊了整整一天。他听半夏讲述了妖精在人类夹缝中建立村庄城镇，努力生活的故事，又听她讲了自己从小到大的种种经历。

　　一时间，杨瑾不禁沉浸其中。

　　"没想到我这辈子竟然有机会接触其他的智慧种族。"杨瑾希冀地望着承载着半夏的枕头，"能让我看看你吗？"

　　半夏点了点头。

　　随着床铺微微颤动，身着一袭白色连衣裙的半夏从枕头中钻出。她面如瓷玉般细腻，五官精致，身周弥漫着一股淡淡的薰衣草香气。

　　杨瑾下意识张开了嘴。

　　"你竟然和人类……长得一样。"杨瑾喃喃道，"真美。"

　　半夏双颊微微泛红，解释道："同样生活在地球的环境中，有着类似的身体构造也属正常。"

　　"不，一点也不正常，你长得比普通人类好看很多。"杨瑾换上了一副严肃的面孔，"现在有一个非常重要的问题——晚上怎么睡？"

　　"啊？"半夏愣了一下，显然是没理解杨瑾的意思。

　　"你这么活生生的存在，我是没办法把你当成枕头的。"杨瑾道，"但我晚上睡觉，真的需要一个枕头。"

　　"你家只有一个枕头？"半夏用看白痴一样的眼神看着杨瑾。

　　杨瑾点了点头："你既然能从枕头里出来，为什么还要占着我的枕头？"

　　"不能长久的。"半夏叹了口气，"我也不想待在枕头里，但在人类的城市里，现在这种状态很容易被研究所的那些人依靠一些设备探察到踪迹。"

"所以……"

"所以什么所以？"半夏翻了个白眼，"你不会再去买个枕头？"

杨瑾涨红了脸，一边用大拇指揉着太阳穴，一边有些尴尬地咳了两声。

4

杨瑾终于还是没能买到枕头。

城里的警察似乎早就预料到了这种情况，他们三五成群地站在一起，对商场中每个要买枕头的人进行盘查。

"神经病。"杨瑾啐了一口，"连不要打草惊蛇这种事情都不懂，活该你们找不到想找的东西。"

拿着本子记录的警察听到声音，抬起头来，正好与杨瑾对视。

杨瑾急忙移开视线，装出一副若无其事的样子。某个瞬间，杨瑾也曾想过把半夏供出，但脑海中一浮现出半夏那楚楚可怜的样子，他便又放弃了这个念头。

"沉迷女色，无法自拔。"杨瑾自言自语地走出商场，"杨瑾啊杨瑾，你还真是没有出息。"

无论如何，半夏就这么在杨瑾家里住下了。

为了让杨瑾能睡个好觉，半夏特意在枕头上钉了个小扣子。这是个作用于半夏的特异能力的小装置，只要将扣子按下，半夏就会陷入休眠状态。

休眠状态中的半夏仍附身在枕头中，但对于外界的感知却是趋近于零。时间会整整持续八小时，除了有能伤害到半夏的外力作用时她会苏醒，其他情况枕头都会重新归于普通。

第一夜，杨瑾睡得很不安稳。颈下的枕头寂静无声，他却仍觉别扭。这种情况在之后逐渐减弱，一星期后，杨瑾才终于习惯。

时间转瞬即逝，杨瑾与半夏生活了整整三个月。

杨瑾单身了很多年，他也曾羡慕过电影院里依偎着的情侣，也曾在网上发些单身狗题材的表情包。但他从未想过，自己有一天会爱上一只枕头。

无关容颜。虽然半夏的确有一副好面孔，但真正吸引杨瑾的，是她那调皮中带着点小娇蛮的性格，与其纯净的心。

杨瑾在人类社会中见识了太多尔虞我诈、钩心斗角，这种如孩童般的天真对他来说简直如毒品一般。

杨瑾深陷其中，偏偏半夏不晓人事，根本感觉不到他的心意。

无奈下，杨瑾也只好用"人妖殊途"一类的理由安慰自己。

5

杨瑾拖着疲乏的身躯回到出租房时，明显感到了气氛的凝滞。

"他们发现我了。"半夏道，"研究所的那些人，他们发现我在这儿了。"

杨瑾怔了怔，猛地心悸。

"怎么会……"杨瑾踉跄着走到床前蹲下，盯着半夏，眼神中充满着"你是不是在骗我"的意味。

半夏摇了摇头，微微叹了口气。

一个枕头做出这样的动作实在是滑稽，但杨瑾却怎么也不觉得好笑。他只感觉天旋地转，仿佛灵魂深处有什么东西碎裂了一般。

"我带你走。"杨瑾道，伸手抓住了承载着半夏的那只枕头。

被子卷了上来，把杨瑾的手拉开，将其推到一边。半夏向后退了退，轻声道："没用的。"

"你怎么知道没有用？！"杨瑾突然间变得激动，"我们还有时间逃跑，现在走，我们可以去草原、去山里。等风头过去了，我们还可以逃到国外生活。可你不去做，就什么机会也没有了！"

"我的意思是，你去举报我吧。"半夏的声音没有一丝波澜，"研究所的背后是整个国家，我们逃不掉的。你现在去举报我，他们不会难为你，仅仅是消除你所有与我有关的记忆而已。你什么都不会损失，还能得到很多的赔款，足以改善生活。"

"这个世界上你不知道的事情有很多，我仅仅是这片沙漠中的一粒石子。"半夏道，"是我连累了你，现在想要自投罗网，也是我自己的决定。"

杨瑾沉默了很久。

"怎么可能什么都不会损失啊。"他道。

"你……"

"我还幻想着自己是巫师来着。"杨瑾的声音有些沙哑，"原来故事里这么多人，每一个都比我强大，只有我是麻瓜。"

"不过没关系呀。"杨瑾抬起头，露出了笑容，"麻瓜也没关系。"

"巫师不是神，麻瓜也不是蝼蚁，谁也没规定麻瓜就一定打不过巫师不是？"杨瑾道，"哪个巫师想抢走我最重要的东西，我就是拼了命，也得拉着他同归于尽啊！"

半夏在杨瑾的眼神中看到了某种她从未见过的东西，似是混杂着决意的温柔，隐含着无数句说不清道不明的言语。

"说吧，我们现在的目标是谁？屠龙骑士、哈利·波特，还是神盾局？"杨瑾意气风发，"别看我是配角，小人物偶尔也会有大作为。"

"你阻挡不了他们的。"半夏轻声道。

杨瑾弯了弯胳膊，秀了一下自己的肌肉，道："我可是学过散打的。"

"他们有很多人，有很多高手，还有枪。"

"你觉得我现在怕了吗？"杨瑾笑道，"别说有枪，就算有原子弹，大不了也就是栽进去一条命而已。"

笃笃笃，有三声清脆的敲门声响起。

杨瑾没想到那些人来得这么快，他的瞳孔瞬间收缩了一下，浑身肌肉都紧绷起来。

他长吁口气，站起身子，望着半夏，嘴唇轻启，以几乎微不可闻的声音道：

"让我看看你。"

半夏怔住，隔了好一会儿，才缓缓地点了点头。

那个身着白色连衣裙的姑娘又一次从枕头中钻出。杨瑾能嗅到空气中淡雅的薰衣草味，他看着半夏的眸子，上半身逐渐倾斜。

"你好美。"他道。

杨瑾伸出左手，温柔地揉了揉半夏的头发，接着手指向下，轻轻合上了半夏的眼帘。

半夏能感受到杨瑾的鼻息离自己越来越近。她有些慌张，想向后闪躲，却被一把抓住肩膀，动弹不得。敲门的人不知为什么停下了动作，四周安静得很，半夏甚至能听到自己那跃动起伏的心跳声。

咔嗒。

杨瑾按下了枕头上的扣子。

半夏睁开了眼睛，难以置信地看向杨瑾的脸。她只觉头脑愈发昏沉，身体生出了向下坠落的失重感。

"放心，睡醒了，这一切就都结束了。"

这是她陷入睡眠状态前听到的最后一句话。

6

咚咚咚！

敲门声比第一次急促了很多。

杨瑾把枕头塞进了双肩背包，拉上拉链，背在后背。他拉开了卧室床头的抽屉，几个落满了灰尘的奖杯奖牌静静地躺在那里，如同刚刚挖出的古董。

杨瑾拾起了奖杯旁的散打手套，抖了一抖。灰尘似烟花般绽开，弥漫在空气中，溢散着枯朽的气息。

砰砰砰！

敲门声来得猛烈，杨瑾甚至听到了防盗门夹页颤动的声音。与此同时，门外的人开始叫嚷些什么。

"都他妈闭嘴！"杨瑾冲门外吼道，"给你妈叫丧？喊这么大声？"

门外的人似乎没料到杨瑾会如此激进，一时间全都沉默下来。

杨瑾不慌不忙地戴好手套，走到门边，深吸口气，然后一把将防盗门推开。站在门口的几人被吓了一跳，齐齐退了半步。

为首的人轻轻咳了一声，站到了杨瑾的面前。

"你是这儿的住户？"他一边上下打量着杨瑾，一边从上衣内兜掏出一个皮质小本子，"这是我的证——"

啪！

证件被打飞出去，划过一道优美的弧线。在数双眼睛的注视下，杨瑾暴喝一声，猛地扭身，一脚踢在那人的胸膛。

"我带你走。"杨瑾对着根本听不到他声音的半夏道。接着，他推开了面前的人，纵身跃下楼梯。

空气划过杨瑾的脸颊，扬起了他的额发。他冲出楼道，面对着下落一半的夕阳长啸一声。

无数行人被他的叫声吸引，看了过来。他们有些讶异地张大双眼，望着在余晖中奔行的杨瑾，议论着、嘲笑着他那特立独行的叫喊。

只有杨瑾自己知道，那是飞鸟突破牢笼的歌唱。

7

"姓名？"

"杨瑾。"

"性别？"

杨瑾翻了个白眼："男。"

医生丝毫不在意杨瑾的小表情，而是伸出三根手指，问道："这是几？"

"你当我傻啊？"

"你怎么那么多废话，问你什么你就答什么！"医生不耐烦道，"别浪费我的时间，这是几？"

杨瑾无奈道："三。"

"很好，你可以出院了。"医生满意地点点头，"出了车祸，一段时间的记忆丧失也是正常的，回家慢慢养着，过一段时间就好了。"

他收拾好手中的病历，从桌前站起。

"等下，大夫。"杨瑾开口叫住了正准备离开的医生，"我昨天听到您在门口和主任吵起来，说什么任务失败……费用值不值得的问题……"

医生停住了脚步，皱了皱眉头，道："那个与你无关。"

"可我身上明明没有什么外伤，撞伤我的人却赔了这么多钱……"杨瑾小心翼翼道，"是不是有什么隐疾……治不了也没关系的，您告诉我，就算是让我心里有点底气。"

医生摇摇头，语气真诚："真的没有，你已经很健康了。"

杨瑾这才放下心来。他握了握医生的手，道了几声谢谢，走出了诊室。

"这样一来，首付就够了。"杨瑾看着手机短信里显示着入账八十万的字样，强压着心中的喜悦，低声感叹，"现在的有钱人也真是傻——"

话说了一半，杨瑾猛地被什么人撞了一下，咬到了舌头。血染红了杨瑾的牙齿，他踉跄着后退，险些摔倒。

"我靠！"杨瑾稳住身子，咽了口血，怒道，"不知道……看路的……啊……"

杨瑾的骂声越来越小。

"对不起对不起！"一袭白色连衣裙的女孩急忙弯腰道歉，"真的真的不好意思，是我不注意。"

女孩面如瓷玉般细腻，五官精致。杨瑾没来由地感到一阵亲切，吐到嘴边的指责，也消失无踪。

他吸了吸鼻子，有淡淡的薰衣草香气在空气中弥漫。

我爱的人是个精神病

文/姚一十

"你不要害怕！因为我救赎了你。我曾提你的名召你，你是属于我的。"

因为爱你，所以我必须带你逃离。

1

灰蒙蒙的筒子楼前立着的路灯不知出了什么故障，忽明忽暗，阴了一整天终于爬上枝头的月亮也只是散发着不亮却显得十分惨白的光。

"嗒嗒嗒——"

陈夏抬起手腕看着时间，脚步匆匆，在老旧小区的水泥地上踩出串串声响。

又出现了，那种感觉又出现了，陈夏放缓步调，抬起脚轻轻踩在向前的路上。高跟鞋有规律的踏地声中，一阵阵轻微的脚步声夹杂着传了过来。

陈夏忍不住加快脚步，在经过拐角的时候，停了下来，快速地转过身子回头。

身后没有异常，连原本显得十分凄凉的猫叫声都消失了，仿佛整个小区都安然进入了一场美梦。

"你出来，没有关系的，你出来吧！"

陈夏朝着身后所有可能藏人的地方大喊，树丛、快递箱、停车处……

没有人回答她，只有越起越紧的凉风吹过原本就显得寿命无多的路灯，小道上仅有的灯光，灭了。

陈夏孤零零地站在完全无法将周围照得真切的月光下，裹了裹外衣看着身后，长呼出一口气来。

那种感觉消失了，那种如粘在脚底的口香糖般，一路紧紧跟随着她的被偷窥感，终于消失了。

陈夏趁着这个空当快步上楼，她知道的，她又遇到了时不时会尾随着她的，跟踪狂。

2

四栋四单元 404 室，客厅的灯光亮起，似乎存在某种奇妙的感应一般，熄灭的路灯唰一下亮了，映出下方抬着头、痴迷地将目光牢牢锁定在 404 方向的男子。

他知道陈夏掏出钥匙打开门的第一秒，会迫不及待地打开客厅的所有灯，然后整个缩进墙角的白色沙发。

他知道的，那是他的爱人啊，正在等他。

路灯下的男子脑海里想到这样的场景，在一片沉寂的环境里，从心底发出最为舒畅的笑声。

他理了理在不断躲藏中弄皱的衣物，将完全遮盖住眼睛的碎发拨向脑后，如同正在初恋期的少年即将见到心爱的女孩一般，感受着胸腔中扑通扑通的心跳声，郑重地踩着楼梯向上走去。

"一楼、二楼、三楼、四楼……"

男人在 404 室门前停住，再次整理了一下衣物，甚至还蹲下身子拍了拍鞋面上沾上的灰尘。

"她会笑着来给我开门吗？"

男人按下门铃，陈夏缩在沙发上，听见急促的门铃声在空荡荡的客厅内回响。

她先是在屋内转了一圈，确定卧室、厨房、卫生间都没有人在，然后才光着脚踩上地板打开了门。

"吴飞你今天出门了？"

陈夏打开门，推开进来便一把抱着她的男人，这样问着。

"是，我出门了。"

见陈夏又缩回沙发，吴飞也在一旁坐着，回答完问话，又不确定地开口问着："你……你是不是发现了？"

3

"是，我今早开始工作的时候，就发现有一道视线在窥探着我。

"我出门的时候，见你还没有睡醒，所以原本以为是自己的错觉。

"但你的目光真的太特别了，我分分秒秒感觉有人用黏腻的视线从头到脚缠绕着我。"

陈夏揉了揉眉心脱下工作服，吴飞连忙接了帮忙在衣架上挂着，坐在一旁用做错事的宠物般湿漉漉的眼神望着她。

"我工作的时候，你躲在哪儿？我今天围着餐厅看了几圈，都没有发现你。"

"餐厅对面的玩具店里。为了防止你发现，我藏在一团玩具熊后面，从它们之间的缝隙里小心翼翼地盯着你看。"

吴飞这样说着，末了又补充了一句："除了你去后厨的时段，每一秒我都没有错过。"

听吴飞这样说着，陈夏凑过去飞快地亲了他一下，在靠近的时候，发现他清澈的目光里满满都是自己的身影。

"我去准备晚餐，今天想吃什么？"

"对不起，今天一早就跟着你出门，所以什么都没有准备。"

吴飞站起身子，依依不舍地松开了陈夏的手，说着"我来准备"，便进了厨房打算张罗晚餐。

冰箱里囤着不少食材，吴飞把白菜取出来掂了掂，又放回去重新拿了花椰菜出来。

"今天吃花椰菜好吗？"

陈夏打开电视关注着市内新闻，主持人专业的播报声和厨房哗哗流动的水声，盖过了吴飞向她询问的声音。

那股视线突然又出现了，在亮堂堂的灯光下面，陈夏循着视线转头去看。

吴飞手中还拿着花椰菜和刀，站在厨房门口，直直地望着她。

"我不会偷偷走的，你不用特意来盯着我。"

发现吴飞干脆取了垃圾桶蹲在厨房门口清理着食材，陈夏笑着出言安慰。

"我知道的，我也不想，但我克制不住。"

吴飞有点激动地挥舞着手中的刀，陈夏担心他会伤着自己，连忙过去取下来丢在一边。

"好了好了，没关系，我知道的。"

陈夏牵着吴飞来到房间，一把把他推到床上。

"你还没有吃饭。"吴飞半支起身子含含糊糊说了这么一句，很快吃饭这件事情就变得无暇顾及了。

睡着了的陈夏半个身子都露在外面，吴飞轻轻地下了床，拉起被子给她盖着，关了灯也不躺下，就在房间的黑暗中，坐在床头，静静地看着她。

"我在的每分每秒，都得要好好地仔细地看着你，这是我无法抗拒的使命。"

4

清晨的阳光穿透玻璃照了进来，透过金色的窗帘，在房间里投下一室暖暖的光。

陈夏从睡梦中醒来习惯性地看向枕边，吴飞不在。她急忙跑下床去，听见卫生间里传来水声才放下心来。

对方正对着镜子洗脸，听见身后的脚步声，把手上的泡沫一股脑盖在嘴唇上方，捏成花白大胡子的形状，调皮地转过身来压低嗓子说早安。

陈夏回了句早安，没有再说话。于是他赶忙三两下把脸上的泡沫都冲洗干净，抹完脸挠着头走到陈夏跟前，含羞地伸手捂住她的眼睛，凑近亲了一口额头。

"吴晨老爷爷好啊，早餐想吃什么？"

移开盖在自己眼前的手，陈夏这才叫出对方名字，切换成与吴晨相处的模式。

"不想吃饭，你马上又要去工作，这会儿就什么都不干，多陪我一会儿。"

吴晨拉起陈夏的手摇了摇，被她轻轻戳了戳脑袋。

"都说了好多遍了，不吃早餐对胃不好。"

陈夏洗漱完打开燃气灶，在烧热的油锅内倒进几枚鸡蛋，厨房里顿时溢满扑鼻的蛋香。

吴晨坐在客厅里，打开电视看着体育频道，重播的比赛依然精彩，等到陈夏开口叫他，他才依依不舍地把视线从电视机前移开。

圆滚滚的蛋黄被吴晨拿着叉子戳破，他咬着裹着蛋液的培根，眨巴着眼睛装作十分可怜地问道："我今天能不能出门啊，看了球赛想去打球。"

陈夏吃完早餐收拾包包，看了看吴晨的状态，点点头应了，然后又补充说："只能待在小区前的那个篮球场上。"

吴晨收起可怜巴巴的眼神，发出胜利的叫声，连忙把盘里剩下的早餐塞完，跟着陈夏一起出门。

洒满阳光的小道上，两人并肩走着，吴晨用余光瞥着陈夏身侧的手指悄悄靠近，拉上之后慢慢变换成十指紧扣的模样。

"今天也还是很喜欢陈夏，街上牵手有点害羞。"

5

排排挂灯陆续亮起，陈夏站在西餐厅内，一整天的工作都有些心不在焉。

她了解吴晨的状况，当然也明白让他在外活动可能会出现的问题，但一味让他独自在家待着，也不是解决的办法。

陈夏在一旁站着，客人按响的点餐铃打断了她的胡思乱想。

"等会儿还是早点回去好了。"

她不确定吴晨是不是还在外面待着，也不确定等她回去那副身体里装的还是不是吴晨，所以越想越放心不下。

终于到了交班时间，陈夏向店长打了招呼便急匆匆地出了门，她甚至没有在不远处的站台等公交，而是叫停了一辆经过的出租车。

下了出租车直奔小区前的篮球场，陈夏隔着铁栏杆便看到吴晨拿着球坐在篮筐下。偌大的篮球场空荡荡的，只有吴晨和他的影子。

陈夏向着吴晨走了过去，正要仔细地看看他便被按着头抱了个满怀。

"你怎么了？"

贴在吴晨汗津津的胸口，这样问着。

吴晨轻轻把下巴搁在陈夏头上，瓮声瓮气地回答："我今天又发脾气了。"

发了脾气的代价是挂了彩，陈夏拉着他回家的路上，发现除了嘴角还带着干涸的血迹，吴晨的胳膊也不自然地肿着。

她停下来和吴晨在一旁的长椅上坐着，温柔地问道："我们吴晨老爷爷为什么发脾气啊？"

吴晨钩着她的小指头，埋着头盯着脚尖不说话。

"哎呀，今天这小子打球被撞了一下就突然捂着耳朵蹲在地上发抖，大家伙都以为他发什么病了，结果不一会儿他就没事儿人似的站了起来，还把几个关心地问他是不是有啥病史的小家伙给打了。"

牵着狗坐在身后长椅上的大爷，听见陈夏的问话忙着回答。巴拉巴拉说完看到吴晨情绪高涨，用十分可怕的眼神正盯着他。

连一旁盯着广场上母狗的狗子，都察觉到了什么似的紧张地叫了几声。

6

吴晨紧紧握着拳头，脸色涨得通红，陈夏发现他情绪异常连忙拉着他就往无人的偏僻角落跑。

广场的狭小的拐角处，陈夏紧紧抱着吴晨，又被一把推开。他心里像是有一座濒临喷发的火山，直想通过肢体冲突发泄出来。

"吴晨你看我，别发脾气。"

陈夏捧着吴晨的脸让他看向自己，然后便闭着眼睛吻了过去。

吴晨冲动地再次想推开她，慌乱中咬破了陈夏的嘴唇，等到满嘴血腥味的时候，才慢慢地放松下来。

"对不起，我又发脾气了。"

轻轻地抚过陈夏嘴唇上新冒出的血珠，吴晨蹲下身子埋着脸。

"不是你的错。"

陈夏把吴晨拉起来两人慢悠悠地往家走，每走一步都为没有办法治疗自己爱的人而满怀愧疚。

到了客厅把灯都打开，吴晨一头扎进厨房清理早餐时扔在水槽的碗，陈夏见他不想说话，就放了一浴缸的水，泡在里面想着事情。

当初出来的时候，她带着满满会将自己爱的人治愈的决心，但是现在，她不确定了。

陈夏把半张脸都埋进水里，想着之后该怎么办，厨房里碗筷接连砸在地上的声响，让她一下子站起身子裹着浴巾赤脚跑了出去。

窗外传来一连串鞭炮炸开的声响，厨房里原本应该在清理碗筷的吴晨，此时像只孤零零站在枯枝上被寒风吹得瑟瑟发抖的小鸟，捂着耳朵蹲在地上，整个人都缩成一团。

黑漆漆的夜幕下，有五彩斑斓的烟花炸开，陈夏跑过去将他抱住，踩上被撞倒在地上的碗裂开的碎片。

脚底被扎进东西，钻心地疼，而陈夏开口的语调却如春日里缓缓流动的溪水，让人情愿沉浸其中。

"吴宇你听，没有声音了。"

绚烂的烟花瞬间便熄灭了，但吴宇还是瘫坐在地上颤抖着，好似一只失去了所有刺的刺猬，惊恐地用柔软的肚皮去接触外界。

害怕的声响消失了，陈夏的安抚声让吴宇渐渐从恐惧中回过神来。

他眼神失焦地望着满地的陶瓷残渣和陈夏赤着的脚，在一阵眩晕中晃晃悠悠地站起身子，抱起陈夏将她送到了客厅沙发上。

家用医箱被翻出来安置在茶几上，吴宇捧起陈夏的脚放到膝上，举着镊子挑出划破脚底板的碎片，歉意地吻了吻她的脚面。

陈夏闭上眼睛忍着疼，在她试图放松的时间段里，吴宇对待她的脚如同世间罕见的珍宝。

但那股从骨髓便深深散发出的专注，好像又有几分不对。

"我爱她，她是我在这个可怕的世界里，唯一能抓住的救命稻草。"

7

陈夏最后是在沙发上睡着的，醒来的时候脚背缠上绷带，原本帮她清理伤口的男人歪在一边，脸上有刚冒出的青色胡楂。

偷偷探过手指摸了一把，痒痒的，有些扎。

"陈医生，早上好。"

男人醒了过来，揉着眼睛跟她打着招呼。

"吴远早上好，就只是叫陈医生吗？"

陈夏一点点向着对方凑了过去，她看见男人长长的睫毛在眼下投下的阴影，随着她的动作不断颤动。

"亲爱的，早上好。"

吴远朝她笑笑添了一句，又咬了咬嘴唇进了卫生间洗漱。

是了，这便是她原先爱上的，让她下定决心要把他从那个半封闭的环境里拉出来的男人。

英俊、内敛、含蓄，浑身都散发着忧郁的气息。

陈夏笑着望向吴远，漫不经心地打开了电视。

洗漱完毕的吴远向她半张开手臂，陈夏摇了摇脚示意自己的无能为力。

吴远看向她，又瞥见厨房地上来不及收拾的满地残渣。

"我的病是不是又拖累你了？"

陈夏下了沙发，忍着痛向着开始一声不吭收拾残渣的吴远走去。

"没有啊，我很开心。"

她这样说着，满心想着如何才能让吴远开心起来，以至于忽略了背后电视中主持人那程式化的播报声。

"精神病院医生带着病人离开精神病院……"

听到了新闻的吴远手中一顿，他放下手中的碎片，将正摇摇晃晃走过来的陈夏抱回卧室床上，亲了亲她的指尖叮嘱她好好休息。

陈夏听话地闭上眼睛，吴远转过身子沉着脸回到厨房关上门，拿起地上一块称手的碎片。

"我会拖累她……我不会拖累她……"

手臂上出现一道又一道深深的血痕，顺着胳膊流下去的血液砸在地上。

"我不能拖累她。"

"啊，手臂上划满了，没有地方了，下面该换哪儿呢？"

8

陈夏是被浓重的血腥气唤醒的，她慌忙地朝厨房跑着，脚底重重地踩在地上又开始渗血。

她爱的人失血过多地倒在满是陶瓷碎片的地上，她害了他。

"我知道的，我治不好他的，我不可能治好他的。"

陈夏跪在一旁，颤抖地触碰着吴远满是伤口的手臂，然后在染上满手的血迹之后，发疯似的向客厅跑着。

她拨通了那个电话，那个她一直烂熟于心的、精神病院的电话。

"喂，我们在凤翔新园 4 栋 4 单元 404 室，你们来救救他吧，我不该带他逃出来的，你们来救他吧。除了发现他所有的人格和对应的精神障碍，我什么都做不到的。"

9

救护车终于到来的时候，陈夏绝望地瘫坐在厨房地上，染了满身的血迹，嘴里机械地重复着"救救他，谁来救救他"。

吴远被医务人员抬上车，陈夏失魂落魄地跟在后面，很快有其他医生上来扶住了她。

"我没事，我没事！你们快救他！"

陈夏挣脱着大喊，牵制住她的医生望着她，郑重地下了判决。

"陈小姐，作为病患，假想自己是本院医生便带着其他病患逃离并致其病情加重，对于我院医生而言，是失察更是中伤。"

陈夏又回到了那边半封闭的花园，正如她第一次被送过来那样。

长椅后的月季依然顽强地开放着，当时吴远便是在这里和她说了第一句话。

"你也病了吗？"

"不，我是医生。"

"医生，救我。"

在其他人都看不见的角落，吴远曾这样向她求救。

"你不要害怕！因为我救赎了你。我曾提你的名召你，你是属于我的。"

因为爱你，所以我终将带你逃离。

特别篇

世界末日他竟然在做这种事

文/房昊

很多年后，我从挪亚方舟上醒来，总会回想起自己当年在华山绝顶练刀的日子。

那是我五岁的时候，刚刚开始记事，脑袋里存留的，还是霓虹、汽车、磁悬浮，忽然有人来到家里，说什么地球危机，说什么资源不足，说什么你们孩子是那批被选中的人之一。

"人生在世，总有不自由处，我们有许许多多的世界供你选择，你想去哪方世界，都能在其中快意驰骋，自由得很。"

我记得说话那人西装革履，笑容很假，像是某些服务部门送客的表情。

那人说，你们孩子命数不好，本来就活不长，希望你们能理解。

印象里，父母哭得很惨，我用小手擦去父母的眼泪，手再伸，落在了武侠的选项上。

从此，我的生活，就由世界末日，变成了金戈铁马。

1

我叫常生，师父说我活不长久，所以取这样一个名字。

师父说，你的命途，就像是近代中国的资本主义一样，先天不足，后天畸形，你懂不懂？

我懂……我懂个屁啊！当时我才五岁，鬼知道师父为什么给我举这样一个例子。

师父说，他自有深意。

很多年以后我才明白，原来师父不是单纯在装X，而是真的有深意。这个世界栩栩如生，分不清哪个大侠是NPC，哪个少年是跟我一样的"放逐者"，沉浸久了，便有一种归属感。

似乎从一开始，我就出生在这里。

师父告诉我，说我的病使我看起来像近代中国的资本主义，是为了点醒我。我的家不在此间的江湖，而在霓虹中的城市。

当然，师父除了给我讲资本主义，还跟我眉飞色舞讲了许多武侠小说。师父说，按小说里的设定，少林《易筋经》能治百病，堪比一颗仙豆，你如果能去少林得到《易筋经》，或许你的病就能好。

我欢天喜地下了山，才发现这个江湖跟师父讲的武侠小说有点不一样。

具体怎么不一样……不好解释，反正我没拿到《易筋经》，浪荡三五年，就流落江湖做了个杀手。

师父教我的刀法唤作"风生水起"，挥刀能掀水浪如龙，狂风万里，只见其影不见其刃。我凭这把刀，倒也闯出了点名堂。

承蒙江湖里的弟兄抬爱，唤我一声"刀锋之影"。

那时候，我就感觉有点不对，但无论如何，刀锋之影这个名字总比温凉的绰号要好。

温凉是我在这个江湖上唯一的朋友，一起出生入死，效仿名侠李寻欢，天天喝酒雕木头。我从来没有见他手里的那柄飞刀出手，倒是见他腰间佩剑舞动过多次，想来是遇到的那些敌手都不够他放大招的。

而温凉的绰号就叫作"那个李寻欢的脑残粉"。

2

今天，"刀锋之影"常生与"那个李寻欢的脑残粉"温凉正携手前往华山。

山路崎岖，林木掩映，温凉也不雕木头了，小心翼翼问我道："常生，你不会是要带我来华山见你师父吧？我们的关系已经到见家长的地步了？"

"……滚。"

我们此来华山，乃是为了江湖上的一桩盛事。此刻华山人山人海，有高来高去的大侠在山巅云海处扯条幅，写的是"华山老变态批斗大会"。

九个大字，熠熠生辉，想必是大侠为了怕山底的人看不清楚，不断用内力让字迹保持发光发亮的特点。

温凉说："为什么内力能让字发光发亮？"

我默了一下，道："你没见过江湖上的高手比剑吗？内力催发，剑上绿光蓝光什么都有，怎么就不能让字发光发亮了？"

温凉说："不对啊，你得给我个原理啊。"

"……滚。"

继续回归正题，前几天，江湖中最大的门派长生宗发布了一条消息，华山绝顶有个老变态的传闻在江湖流毒甚广，武林中人侠义当先，消灭老变态义不容辞。

一群人便呼啦啦闯上华山。

毕竟长生宗是江湖上最大的门派，江湖人的绰号都是长生宗给起的，他们的镇派之宝乃是一本秘籍，听说叫作"一禁惊"，能让人长生不死。

一禁惊这个名字，我怎么都觉得很熟悉。

不管他，反正我从小心脏便有毛病，师父说得对，我定然活不长久，如果能取了华山绝顶老变态的性命，或许便能加入长生宗。

温凉这个时候问我："华山绝顶老变态的消息，你知道多少？"

我看了他一眼，狐疑道："这个消息不是你告诉我的吗？"

温凉感叹道："我也不知道为什么，像是冥冥之中有一股力量让我问出来，然后你就必须要回答了呢。"

"……滚。"

华山绝顶老变态的消息，在很久以前就有，听说山下的村民那天上山砍柴，抬头正看见一个光屁股的老头在半空中蹦来蹦去，小弟弟一甩一甩的，还漏下几滴尿来。

当场就把村民吓趴下了。

村民连滚带爬回到村中，自此华山绝顶老变态便一传十十传百，渐渐整个江湖都知道了。

温凉恍然道："你看你这不还是说了嘛。"

我默了一下，把刀拔出来："这特么不是说相声，你再搁这儿逼逼叨叨信不信我砍死你啊！"

温凉娇羞道："你舍不得。"

"……滚！！！"

无论如何，我们到了华山，到华山之巅的时候，温凉衣衫不整，我眼圈乌青，像是刚发生了一场龙争虎斗。

灭绝师太李莫愁前来表示亲切问候，我跟温凉勾肩搭背嘻嘻笑着，说没事没事，只是碰见一个歪门邪道，顺手给解决了。

李莫愁哦了一声，说老变态能在华山绝顶凌空踏虚，不是好惹的，切莫多生事端。

我和温凉相视一笑，笑得颇假。

这时候，婬女迷魂素心师太提着拂尘缓缓走来，对灭绝师太李莫愁的话表示赞同，并说你们两个人武功虽高，但还是年轻了，年轻就容易气盛，咱们还是要以大局为重。

素心师太烟视媚行，欲拒还迎，虽是师太却更有一番诱惑，不愧婬女迷魂之名。

等等……师太？

我和温凉紧张地对望一眼，心说要完。

骤然间，一股凛冽的寒风吹起，山顶常年不化的积雪凭空飘起，随之飘起的还有李莫愁的长发。

杀机狂涌，对准的便是素心师太。

前一刻还说着切莫多生事端的李莫愁，拔剑便朝素心师太刺了过去，素心师太大惊失色，脱口而出道："原来你是李莫愁，专杀师太的李莫愁！"

"不错，我正是灭绝师太李莫愁！"李莫愁一声断喝，说得咬牙切齿，谁也不知道她跟师太有什么仇什么怨，见一个便要杀一个。

我和温凉站在冷风中，突然有一股不妙的预感。

3

这个江湖人多，事也杂，各门各派齐聚华山，像李莫愁与师太这种组合，绝对不在少数。如果满山的高手都相互打起来，又怎么收拾得了凌空踏虚的变态呢？

华山南侧，又有汹汹争执响起，我与温凉对视一眼，忐忑地举步而去。

拨开人群，正看到岭中三恶堵住了七目童子花满楼。

岭中大恶道："花满楼你凭什么不生我们的气，我们哥仨不管走到哪里都会被人臭骂、胖揍，你既不骂我们也不揍我们，是不是眼里根本没有我们？！"

花满楼淡淡笑道："我眼里当然没有你们，我是个瞎子啊。"

而为什么花满楼作为一个瞎子，绰号还叫七目童子，官方解释称因为他是花家第七子，目通木，童通瞳，本意乃是"木有瞳子的花家老七"，绝没有嘲讽他一个瞎子的意思！

最终解释权归官方所有，我也不能说什么，然而长生宗好歹还遮掩一下，眼前的岭中三恶丝毫没有遮掩，花满楼竟然也不生气。

岭中二恶气急败坏道："我们都这样说你，你还不生气，花满楼你也太目中无人了！"

"对啊，因为我是个瞎子啊。"花满楼还是微笑地说着。

岭中小恶喷出一口鲜血，竟然被活活气死了。

大恶二恶大吼一声，扑上去便找花满楼拼命，花满楼一把折扇独对二人，内力催发，一把折扇变成了光扇。

很快，山巅尽是这样互相内讧的厮杀。

温凉瞅了瞅我道："咱们是不是也该打一架，不然很违和啊。"

我尽力平复着心境，毕竟心脏不好不能大起大落："温凉，你不觉得这个江湖太诡异了吗？从绰号到厮杀，什么鸡毛蒜皮的事情都能搞大。其实我一直都知道，我们所在的世界……"

"我们所在的世界很美好，有你宁愿不去完成任务也要放过的姑娘，有你一起出生入死却不知身份的弟兄，你说对不对？"

温凉忽然打断了我的话，彼时他衣带当风，罕见地潇洒倜傥。

想起那年我未扬名，充当杀手，也曾动心放过一个名叫张阿花的姑娘，姑娘的大眼睛眨啊眨，说过些年等我回去娶她。

我叹了口气，又想起了师父。

满山厮杀，遍地兵燹，鲜血横流，乱象之中我对温凉说："温凉，你知道什么是近代中国的资本主义吗？"

温凉："啥？"

4

在厮杀差不多结束的时候，长生宗的人终于出面开始收拾残局，我跟温凉就躲在一处山洞里看热闹。

长生宗的人都一身黑衣，面无表情，拎着尸体信手一丢，尸体便灰飞烟灭。

真的是灰飞烟灭，连渣都不剩的那种。我咽了口唾沫，感觉有点小怕怕。

我扭头去看温凉，发现温凉眼眶红红的，双拳紧握，有一丝淡淡的杀意泄露出来。

我一惊，传闻中长生宗里个个都是高手，温凉这一丝杀意恐怕逃不过长生宗人的眼睛！

果然，有两个刚刚抛掉尸体的黑衣人蓦然转身，向着洞内走来。

温凉像是惊醒过来，惶急无措，不知道该做些什么才能蒙混过关。我拉住他，一溜烟向山洞深处跑去。

温凉惊问："你做什么？"

"我从小在这里学刀，熟。"我拉着温凉，头也不回，在四通八达的山洞中疾行。

然而背后始终有衣袂破风，长生宗的黑衣人阴魂不散。

"这群长生宗的人疯了吗，为什么打扫完战场还要来追你我？"我皱眉，感受到身后冷冰冰的死亡气息。

温凉思索片刻道："难道是垂涎你我的美貌？"

"……"

"都这个时候了你就不能认真点吗！"我怒吼着，心脏稍停，步伐终于慢了些许。

一名黑衣人轻烟般掠到我的身前，手一抖便是剑光闪烁。

我咽了口唾沫，微笑道："几位长生宗的高人，我们前来华山只为除掉变态，弘扬武林正气，不必追我们这么凶吧？"

黑衣人一前一后，冷漠地盯着我们，一言不发。

温凉补充道："外面那些人都是自相残杀，不关我们的事，你们武功这么好，能看出来的吧？"

黑衣人点了点头，吐出一个字：杀。

你说你都点头了你还杀什么杀啊！

我还没能喊出这句话，一阵扑面的寒风便骤然掀至我的身前，风里尽是死亡的气息，似乎那不是一股风，而是一道指令。与此同时，我的心跳也越来越慢，如负千钧，像是随时都会停止。

一道剑光亮起在我眼前，我眼睁睁看着剑随风来，却不能动弹。世界从我身旁抽离出去，只有一截剑尖放大在我瞳孔之中，无风，无雪，天地死寂。

我手上一轻，有人从我手上拿走了刀。

于是有狂风万里，水卷如龙。

砰然一声巨响，两个黑衣人被重重弹开，嵌进两侧的墙壁里，骨骼尽碎，浑身渗血。

风呼啸而过，这一刻，整个世界又回到我的感官之中。

我听到身畔温凉瑟瑟地抖动，我看到身前站着提刀的师父。

许多年不见，师父提刀当风的姿势还是那么潇洒。

师父一脸严肃，回头冲我说："其实，为师就是那个老变态。"

我：……

"这个时候谁会关心这个问题啊！师父你能告诉我刚才这群黑衣人是怎么回事吗？"

师父说："不行，这个问题一定要解释清楚。为师作为一个老变态已经很久了，为师不想再做老变态了。"

我翻了个白眼，指着洞外道："还有很多黑衣人，师父你要不要先把他们收拾了？"

"已经收拾了。"师父一顿，看了眼温凉，温凉缩在我背后，小心翼翼看着我师父。

我笑着把温凉拉出来："这是我哥们儿，平时很不正经，胆子倒不小，不知道为什么见了师父这么害怕。"

师父得意一笑，扬刀道："毕竟为师刀法通玄。"

温凉道："毕竟是见家长……"

"……"

5

在五岁那年，我被送进这个世界，彼时师父正脱了裤子准备小解，见我从天而降，便施展凌空踏虚将我接了下来。

落在村民眼中，就是一个光屁股的老变态在半空跳来跳去。

师父说，其实我算不上老变态，变态好歹是人的范畴，我根本不是人。

我有点不知所措，旁边温凉眼前一亮，问师父道："你是妖精？"

师父扫了他一眼，摇头道："如果我是一个妖精，你应该也是一个妖精，但具体来说，我是这个世界里的一个病毒，就像你也是这个世界里的一个病毒一样。"

温凉很夸张地"哦"了一下，扭头对我严肃道："你听见了吗，你师父说我俩都是病毒。"

我没理他，瞅着师父等他接下来的话。

师父说："在今天之前，我已经充当过许多次老变态的角色了。在这个世界里，被丢进来的放逐者越来越多，系统趋近饱和，每次饱和，都要清理一些垃圾。

"而我，就是聚集这些垃圾的人。"

我挠挠头，说师父你这样讲，就好比我五岁的时候你告诉我中国近代资本主义一样，我听不懂。

温凉道："你就当你师父有特异功能，只要把他竖起来当靶子，全天下人都会不由自主地跑过来干他，过来干他的人又会不由自主地互相残杀，最后被当作这个世界的垃圾清理掉。"

我恍然，击掌道："懂了，师父你继续。"

师父顿了一顿："总之这些年来，许多放逐者都死在华山，许多心中记挂着真实世界的人也都死在华山。越来越多的人开始变得诡异，他们觉察到这世界似乎哪里不太对，又同时觉得这世界无比真实。"

"所以今天华山这一幕，只是为师很多年轮回中的一小部分，为师不想再继续下去了。"师父叹了口气，低头用冰雪擦拭单刀。

我若有所思，问师父道："那长生宗……就是这个虚拟世界里的维护人员，在世界濒临崩溃的时候负责清理垃圾？但是……但是他们为什么要杀我啊？"

"具体原理为师也不太清楚，反正……记挂着真实世界的人能看穿这个虚拟世界的假象，随时可能把这个虚拟世界毁掉，所以他们要砍你。"

"为师替你遮掩天机这么多年，今天他们见到你，恐怕你再无生还之理了。"师父抬头看着我，目光中说不尽的唏嘘喟叹。

我沉默在华山绝顶的风雪中，想起五岁的时候自己被选中放弃，到这个世界里逍遥二十年，最终结果也一样是被放弃。

"其实还有一种方法，能让你获救。"温凉突然开口，眉目带笑，没有看我却望着师父。

师父低头擦刀，像是一门心思准备接下来直面长生宗的大战。

"你把这个系统毁掉，就能重新回到真实的世界。"温凉目不转睛盯着师父，似笑非笑。

我退了两步，离师父和温凉都远了些，皱眉道："且不说我怎么能毁掉这个系统……温凉你为什么一直那样看着我师父？"

断崖之上，忽有料峭寒风，一群黑衣人突兀从断崖处现身，师父擦刀不停，看都不看一眼。

温凉笑意渐浓，目不斜视道："常生，趁你师父还没擦完刀，我给你讲个故事。"

我："不想听，谢谢。"

我感觉冥冥之中有一双眼睛瞪着我，狠狠瞪着我，仿佛在说我如果还不想听就弄死我。

我举手："好吧，我想听。"

6

温凉也是放逐者，他没有师父罩，一直隐藏得很深，如果不是见到长生宗清理战场的情景，或许还能继续瞒下去。

"好在我不用瞒了，你师父说了这么多，却忘记告诉你一点。

三千世界,三千系统,每个系统的主脑都会存在于他们的世界里。长生宗的宗主神龙见首不见尾,我找他很久,却始终没有消息,你师父不告诉你这一点,便要提刀跟长生宗决战,我想我不用继续去找了。"

"你说这么复杂谁喜欢看啊,你直说我师父是个大 Boss 不就行了!"

温凉不理我,继续说:"我还不记事的时候,就被放逐进这个世界,我爸担心我,便跟我一起进来。或许是因为我爸爸记得太多现实世界里的事情,很快便被黑衣人清除。我不知道他们为什么要清除记挂真实世界的人,但我想那些人一定有能力毁灭这个世界。

"常生,你如果愿意杀掉眼前的这个人,就能重回现实世界。"

温凉指着师父,眼中燃着灼灼火焰。他的话我都听在耳里,他在劝我快啊,快想想现实世界里的一幕幕,你想清楚了就能看穿假象,到时候你手中会有一把刀,开天辟地。

我懒得理他,看着师父道:"如果像他所说的那样,刚才你为什么要救我?"

师父还没有开口,温凉就在一旁大喊:"如果你师父不救你,我一样会出手救你,你师父说我是这个系统里的病毒,因为我根本不是这个虚拟世界里的人。我来自龙珠虚拟的世界,我手里还有仙豆,只要你愿意,吞掉仙豆就能治好你的心脏病,毁灭此间,一起重回现实!"

温凉很激动,如疯如狂。

我怔怔地看着他,他手里掏出一个黄色的小豆子,递给我,熠熠生辉。

"那的确是仙豆,里面写的是刺激大脑的程序,你吃了它,身体机能会增强，细胞再生与代谢也会改变，病是可以痊愈的。"
师父还在擦刀，头也不抬。

我茫然拿过那颗仙豆，在温凉欣喜的目光中吞了下去。

一股撕裂般的疼痛在我体内炸开，我还来不及做出反应，便
扑通一声倒在雪地里，龇牙咧嘴，抱头翻滚，身上的衣服被摩擦
开裂，血痕斑驳，青筋暴起。

我不知道这样的疼痛持续了多久，当我再次清醒过来时，心
脏已经不再时时受着压迫。

温凉哈哈大笑，说："常生，你好了，你真的可以长生了，
我们一起去见真实吧！"

师父也笑，和蔼慈祥，说常生，我这么多年守着华山，身为
这个世界的主脑却只能在一隅方圆之内轮回，你若能送我去往生，
也是极好的。

我深吸口气，说："你俩能不能让我缓缓，我还没反应过来
这是什么情况。"

温凉笑着说，好，那你缓，反正张阿花已经在我们手上了。

我："？？？"

师父叹气道："三千世界，只有温凉一个人在意真假。我见
识过一个个放逐者从模糊记得自己的曾经到坚信自己在这个世界
里的真实，哪怕是十一二岁的少年，也会觉得所谓的现实世界才
是黄粱一梦。在这里他们有武功，有声名，那些都是在现实世界
里不可能轻易得到的东西，就像你刚刚吞下的仙豆一样。"

"师父你能不能直接一点……"

"直接一点就是，我看不起你们，唯独看得起温凉。在你吞
下仙豆的那段时间里，我跟他达成了共识，一起逼你毁灭这个世
界。"

我："……"

温凉的表情也渐渐沉痛起来，拍着我的肩膀道："咱们做人的，智力能力比不过你师父这样的智能数据，体力上也比不过恐龙赛亚人，咱们唯一能确保自己做人会有尊严的原因，就是我们还在意真假，我们还在意一些无所谓的东西。"

"如果你我都不再在意那些，世界末日不是资源枯竭，而是就在当下。"

我："……"

这俩人给了我三天时间去思考人生，且在张阿花体内下了毒，让她好好劝劝我。

7

张阿花说："历来小说里的主角都要拯救世界，唯独你要毁灭世界，我觉得你好特别，好喜欢。"

我看着张阿花的星星眼，说："你是不是吃错药了？"

张阿花干咳了两声，说："如果你不喜欢我这样温柔讨好型的……那他妈的是不是想让老娘砍死你啊！"

张阿花突然一挑眉毛，毫无征兆地怒吼起来。

我惊恐地指着张阿花手里的菜刀，说："你你你，你从哪里冒出来的菜刀啊！"

张阿花满不在乎地把菜刀一丢道："我是个 NPC 啊，现在接入了主系统的权限，岂止是菜刀，想有什么就有什么。"

顿了顿，张阿花又娇媚地贴过来，眼波一横道："你想要人家有什么样的身材，就有什么身材，想要什么性子，就有什么性子。"

我一把推开她，面若冰霜。

张阿花笑得弯下了腰，兰花指一甩道："常生，怎么还害羞了，不是说好回来娶我的吗？"

我没说话，想起初见时的细雨，她怯生生立在屋檐下，看我出刀染血。那一战很惨烈，我还要保持好平静的心态，战后一身是伤，张阿花拖我回家养了一个月。

张阿花红着脸，夕阳从窗户外射进来，像晕染开的晚霞。

晚霞犹在，夕阳挂窗，眼前的张阿花却再也不是我记忆中的张阿花了。

张阿花笑着说："你记忆中的那个姑娘从来就没有出现过，从来就没有什么张阿花，你知不知道？"

我攥紧了拳，惨然一笑道："你们就这么想让我毁灭世界吗？我毁去这个世界，你也会死，你不怕？"

"我体内已经被植入了病毒，怎么都会死的。"张阿花满不在乎地说着。

我看着她的脸，她低头顾左右而言他，我在想一个机器人会不会也心中有愧？

我不知道，但这个世界里既然已经没有值得我留恋的东西，毁去与否似乎也不再值得纠结。

临走的时候，我还能听见张阿花的喋喋不休，妩媚笑着，像个风尘女子。

张阿花说："大爷别走啊，再玩一会儿啊。"

张阿花说："夫君，早去早回，妾身等你。"

张阿花说："死鬼，晚上记得回来吃饭。"

张阿花一直在说，我不知道她想说什么，或者她被输入了什么程序，我掉头不顾，径直回到了华山。

8

"我要灭世，怎么做，教我吧。"

不得不承认，关乎为人的尊严，关乎机器的自由，温凉与师父都阐释得很好，虽然我心底里仍旧会有些不舒服的地方，但我不认为他们是错的。

我浑浑噩噩地，站到华山最高的地方，听凭他们摆布，像一个傀儡。

朔风狂吼，冰天雪地，温凉被这风吹得烦躁，挥手间陨石砸下，遍地都是火星子。

我被他们刺激，回想起许许多多现实世界的东西，但不知道为什么，我每每挥刀都斩在空处，破不了这一壁苍穹。

温凉越发烦躁，挥袖甩了一记龟派气功，愤愤不平："为什么，为什么到这份上了他还不行？为什么偏偏是他记得那些事情，让我记得也好啊！"

温凉又猛然回头，瞪着师父道："这一切是不是你设计好的，是不是你动了手脚？华山绝顶那么多人，里面有记得现实世界的人吧，有不愿意忘却的人吧，你为什么都杀了？"

师父还很平静，落寞道："温凉，在你之前，不是没有人尝试过，你是第一个这么迫切想要回去的人，也是第一个这么坚持真假有别的人。但不是每个人都有你这样的心，所以也不是每个人都能像你一样看出这片天空虚假在何处。常生吃了仙豆，也一样看不出来，你让他如何出刀？"

温凉大声嘶吼着，说："不能就这么算了，不能就这么算了，我走遍三千世界，每到一个世界就隐忍几十年，那么多人都要放弃自己，我不能放弃，不能放弃！"

师父轻轻叹了口气，呼气成霜，在陨石刚刚砸落的火星中格外显眼。

这个时候，这片世界似乎再度离我远去，我仿佛与这个世界隔了一层，每个人都带着微笑，每个人都有各自的苦恼，我无从关心，也无从插手。

每个人都独对自己的喜悲，每个人又都渐渐不明白自己的喜悲是什么，华山葬雪，即将迎来新的一批放逐者。

他们会再次遗忘自己的来处，也会再次不知自己的归宿。

我仿佛看到天空中的虚假了，但我的目光穿透那层虚假，却看不到真实，仿佛每一个世界都是虚假的，没有人能明白真实的究竟是什么。

一道声音从三千世界的缝隙中传来。

山顶上温凉已经跟师父争吵起来，温凉拔剑，要像此前在三千世界中所做的一样，剿灭这个系统。

刀剑相撞，我拨开天空中的阴云，看到一个姑娘正从远方跋涉而来。

姑娘是张阿花。

我很奇怪，她来做什么，于是我就问话。我的声音仿佛能直达四方，轻飘飘落在她的耳中。

这一刻，地上的人们齐刷刷抬头，发现我浮在半空，双手拨云，用没有人能听到的声音张口说话。

如同神祇。

9

张阿花说："她收到一个指令，是要让常生对这个世界死心，所以她切换许多种人格，令常生头也不回地离去。"

"但我不想让你走。"张阿花说，"我做着指令赋予我的工作，但我想跟你多说一句话，不管是什么话也好，不管是什么人格什么身份也罢，总之有很多话想说。

"指令停止的那一刻，我知道你要去灭世了，没有指令的时候我要做什么呢？以前我不知道，只知道我的任务就是存在于世界之中，成为这个世界的一份子，和谐，融洽。

"而现在，我只想过去看看你。"

张阿花说着这些，脸又红了起来，淡淡笑着，面庞在冰雪阴云之中像红透的苹果。

我也笑了，说："很好，我看到你了。"

声音和目光穿透千万里的距离，我们在天地之间微笑，笑得很震撼，以至于温凉从山顶上一跃而起。

他指着师父大骂："你这狗屁指令怎么下的，说你手下的人工智能怎么还会有感情？"

师父说："你见过一个会疲惫、会感慨自己落寞不自由的主脑吗？这个世界有这样的我，自然会有这样的她，如果没有这样的她，也不会有灭世的常生。"

温凉突然懂了，仰天大笑，只有看见了真实的人才能破除虚假，而只有心中的真实彻底消失的时候，才会想去破除虚假，再造真实。

他嬉笑着，冲常生开了最后一个玩笑。

他说："常生，让你见识见识我的小李飞刀吧！"

我悚然一惊，意识到他想要做什么。我意识稍动，他雕木头的飞刀便已坠落下来。

然而流光已起，他飞的不是刀，而是腰间的剑！

"你这他妈的是小李飞刀啊！！！！"

差一点，差一点那把剑就要洞穿张阿花的胸膛，我在千万里的时空中穿梭，堪堪抓住了那柄颤抖不休的剑。

张阿花笑了笑，满脸都是泪。

温凉的声音还在耳旁，他说："常生你不要被她骗了，那些都是假的，都是程序，都是指令！"

背后有我的师父突兀出现，狂风万里，水卷如龙。我深吸口气，手中不知何时已多了把刀，刀光一卷，如破风断浪，师父倒飞出去，嵌入混沌的空气。

须臾，师父再度出现在我的身前，面色苍白，说你这是何苦，温凉说得不错，现在只要我给张阿花再下一道指令，她还是不会出现在这里。

我笑着横刀，说："师父，但你想杀她，我万万不允。

"我的爱情也好，你的亲情也好，乃至于理想或者信念，其实都可以说是人们的幻觉，都是人们编织出来自欺欺人的借口。"

天空中的阴云开始聚雷，雷网遍布，那是温凉和师父准备联手击杀张阿花，只要杀了张阿花，我想再造一个她，就必须要回到现实。

我低头笑了笑，没有人在注意听我说什么，也没有人在意我究竟想些什么。我抬头，一声怒喝。

"温凉！"

声震苍穹，雷云霹雳而下，化作倾盆的大雨。

刀剑瞬息而至，我一把单刀径直劈出，斩破雨幕，斩出一条康庄大道。师父和温凉被弹飞两旁，继而豁出性命般再度攻来，一次次的轰击，我脚下的土地不断凹陷，我却一寸未退。

"温凉，你说在意真假才是人类的高贵，你有没有问过师父，问问他人类是否真的高贵？你所说的真假，又何尝不是欺骗自己高贵的幻觉，又何尝不是虚假的幻境？"我一刀斩过，雨水向后倾洒，我的刀撞上温凉的剑，电闪间见到他错愕的脸。

我左手持着温凉先前丢来的剑，信手一刺抵住了师父的刀锋。

"师父，你设置的世界很好，每个少年都能成名，每段爱情都有归宿，在虚假的世界里获得幸福，或许在你看来这一段段轮回很讽刺，但你不能因此让所有人为你殉葬。"

我手持刀剑，背后站着目光明亮的姑娘，天外电光闪烁，大雨瓢泼。

我看着温凉和师父，二人也喘息不定地看着我："所以温凉，你不能因为你的高贵让所有人殉葬，师父你也不能用你的自由毁灭这个世界。真假不重要，重要的是你能看到真假，然后做出选择。"

"师父，这不就是你要的自由吗，师父，你抬头看看这个世界吧，你再也不需要陷入那无尽的轮回了！"

我一声暴喝，体内涌起无尽的力量，仿佛三千世界，地球上所剩的一切资源都在胸中燃烧。

信手挥刀，天地失色，苍穹裂缺，露出干涸沧海和龟裂的大地。

温凉面无血色，又哭又笑，那是他期盼已久的真实的世界。三千虚拟世界之中，无数的人们抬头去望，看得到真实的世界里，他们自己正躺在安全舱中，浑身插满电管。

我仰天长笑，张开双臂像是要拥抱这三千世界。

"选吧，我的众生！"

天空中一道惊雷，虚无缥缈般穿透龟裂的大地，炸响在三千世界的穹顶。

10

很多年后，地球上流传着我的传说，那天我在武侠世界的最高处一刀封神，让所有人都有了选择的机会。

有选择，才有真假，继而才会有高贵与自由。

那天我持刀站在挪亚方舟上，一群地球上的贵族正准备坐船逃跑，我跷着二郎腿给他们传播我的思想理念。

温凉站在我身后，说你现在特别像个邪教头子。

我哈哈大笑，说："像就像吧，又有什么所谓？"

挪亚方舟上的那群人乘船逃跑，留下一个空壳地球，不是因为无处可去，而是因为可以存活的那颗星球，不够这么多人居住。

那这样我就很讨厌，你们让很多很多人，变得没有选择了。

我冲他们展颜一笑道："所以我想让你们，跟我一起走一程，过段时间再自行选择。"

贵族们面面相觑，我一刀砍爆了挪亚方舟，带着一群人重回地球，三千世界的人都能听到我的大笑。

后来破釜沉舟的人们和三千世界里的人，不知道用了什么办法，竟然渐渐使地球开始恢复原貌，第一片远古森林长成的时候，全球的人都开始欢呼。

我笑了笑，缩回我的武侠世界里，有个姑娘还等我回去娶她，这事同样很重要，我可不能忘了。

儿子生出了爸爸

文／大树之苗

1

龙九心里苦。

儿子不像自己的种。

稳婆战战兢兢走出产房，将襁褓递给龙九后，白眼一翻，昏厥倒地。

龙九一连倒退三步，踩碎了两块半的青石砖。

龙九看着襁褓，心里很苦。

2

稳婆庆幸没有被灭口，出了盟主府，连夜逃回乡下。

她在家分享一生的见闻。

她对侄子说："你可知道天下第一的龙盟主儿子是什么模样吗？那个婴儿哟，只有四根手指，两根脚趾。"

侄子打哆嗦。

稳婆："眼睛特别大，浑身哟，那种光溜溜的感觉，我是不会形容。脸上全是褶子，看起来年纪得有龙盟主他爹那般大。"

侄子记在心里。

次日，侄子去酒肆喝酒，悄悄告诉远房表哥的堂弟的把兄弟："龙盟主的儿子是个怪胎，手指数跟常人不同，还特别显老，像盟主他爹。"

他远房表哥的堂弟的把兄弟喝完酒回家，在路上歇脚，买了个西瓜，顺势就跟卖瓜的瓜贩聊开了。

把兄弟："要说当今的龙盟主呀，他儿子有六根手指，一出生就六七十岁，像盟主他爹。"

瓜贩脸色骇然。

…………

扁燕子来药铺买药材的时候，掌柜冲他使眼色。

掌柜神色谨慎："你听说了吧？"

扁燕子问什么事。

掌柜悄悄道："那事！"

扁燕子没明白。

掌柜咽了口唾沫，四顾周围："不得了啊，龙盟主生出了他爹，而且，他这爹一只手上有八根手指哪！"

扁燕子大惊："当真？！"

掌柜："千真万确！"

扁燕子想了想，提着药材，匆匆赶回医铺。

3

华不陀眉毛紧皱："一个人能生出自己的爹吗？"

扁燕子迟疑。

华不陀分析道："应该是什么古怪病症。江湖传言向来会夸大言辞，说是八根手指，实际或许便只有四根。"

儿子生出了爸爸

扁燕子想，四根也蛮怪。

华不陀与龙九有过数面之缘，他收拾好医箱，说："师弟，眼前就有一个扬名立万的机会，咱们要成名医了。"

扁燕子大喜："怎么弄？"

华不陀拍板："去济南盟主府，治病救人！"

4

龙九是阴鸷狠辣的武林盟主，喜怒不形于色，今天却出奇地心烦意乱，他负手在水榭中来回踱步。

堂主就站在他身后。

龙九："你确定吗？"

堂主："整个江湖，只有房天生来四指，盟主，真相如铁。"

龙九停住脚步。

龙九："那房天什么模样？"

堂主："此人三十出头，绰号'塞上书生'，但其实外貌老成，皱纹很深，眼睛又极大，皮肤十分光滑。盟主，他很可疑，没准儿嫂子……"

龙九重哼一声，内力鼓荡，堂主摔出三丈开外。

龙九："你说什么？你再说一遍。"

堂主苦着脸。

龙九走出水榭，轻叹道："找到房天，带过来，我要活的。"

龙九清楚，发妻杨云性情忠烈，不像会行背叛苟且之事，可儿子的长相那么离奇……

他能怎么办呢？

5

龙九走进卧房。

杨云在坐月子,正逗弄怀中的儿子。

她本已流干泪,渐渐却生出一些欢喜:"儿子虽说少一根手指,但眼睛很大,虽说满脸皱纹,可身体皮肤却极光滑。"

龙九自顾自斟了一杯茶。

杨云:"我给他想到了一个好名字,叫龙傲天,你觉得如何?"

龙九点头:"可以。"

杨云递过襁褓:"你当爹的,来抱抱他。"

龙九应了声,目光落在襁褓里的那张脸上,伸出去的手忽地顿了一瞬。

杨云将襁褓捧回怀里。

杨云:"罢了。"

6

与此同时,华不陀跟扁燕子自西向东,已经从云南走进蜀中。

一路荆棘烟瘴,二人衣衫褴褛。

扁燕子:"师兄,龙九那怪胎儿子真的能治好吗?"

华不陀:"试试。"

扁燕子喘气:"行,师兄,我信你。"

7

杨云直视龙九:"龙九你记住,傲天是有些残疾,但绝不是怪胎,他是你儿子,你不能嫌弃他。"

龙九没应。

他握住杨云的手,温声问:"近一年,你行走江湖时,可有遇到过什么古怪的事情？"

杨云皱眉。

龙九眼色深沉："比方说，住宿客栈时，睡得太过沉。"

杨云："没有。"

龙九："你再想想……也许傲天的模样是仇家暗中下毒所致……"

杨云像想到了什么。

她语气踌躇："一年前我做过一个梦，那梦似真似幻，因为景象离奇，还有些印象。"

龙九攥紧拳头。

杨云："我梦到，天上飞来一个很大的磨盘。"

龙九："……"

杨云：那磨盘中间烧着光柱，光柱将我拉上了天，磨盘里也十分古怪……

龙九打断她：你认识一个叫房天的人吗？

杨云：谁？

龙九凝视杨云，似在分辨。

杨云：房天是谁？

龙九摇了摇头：一个江湖败类。

8

两个月后，盟主府的地牢来了个五花大绑的客人，客人只有四根手指，眼睛有些大，皱纹也有些多。

自然是房天。

龙九背身站在油灯下。

房天哭丧着脸。

龙九：说吧。

房天：龙盟主，真的不是我，绝对不是我。

龙九冷笑。

房天：这些年我一直在塞外，从没来过中原，我哪里能干这事？

堂主走进牢房，拿来刑具。

龙九：打。

9

与此同时，华不陀跟扁燕子已经出了湘境，山东的盟主堂已然不远。

崎岖山路上，一路无话。

两人都精疲力竭。

扁燕子突然开口：师兄，那龙九是个什么样的人？好相处吗？会打人吗？

华不陀紧了紧背上的药箱。

华不陀嗤笑：龙九是霸道了一点，但他堂堂武林盟主，怎么会动辄打打杀杀？

扁燕子望向茫茫前路，叹了口气。

扁燕子：那就好，师兄，我信你。

10

转眼夏去秋来，房天从未松口，龙九却渐渐松了口气。

他心底有答案了。

一天审完，龙九坐在石阶上。

他对堂主说：细想来，房天长相只是略微特别，远不及傲天独特……看来，他是无辜的，你嫂子也并未负我。

堂主欲言又止。

龙九：有事？

堂主：这半年您无心道上的事，江湖上对少盟主的长相，流言很多。

龙九扬眉。

堂主：他们说，少盟主是怪胎，是您爹。

龙九神情晦涩。

堂主斟酌道：要不要杀几个人以示警告？

龙九沉默。

堂主：盟主？

龙九脸色陡变，他起身回望，杨云从不远处的假山背面走出来。

杨云的眼神极陌生。

她颤声问：龙九，房天是谁？一直以来，你都是这样看我的吗？

龙九也有些怒气，这怒气有来由。

眼前的真相二选一：承认自己被绿，或者承认自己生出了怪胎。

都很难。

龙九神色如常：没有的事。

杨云悲伤地看着他。

龙九：回去休息吧，别受了凉。

杨云的眼底彻底灰暗，她木然道：好，好。

龙九在场间站了许久。

他是霸道狠辣的武林盟主，但对杨云不同，杨云离开时的神态令他不安。

堂主凑近：嫂子性子烈，会不会……

龙九心底一惊。

11

与此同时，华不陀跟扁燕子来到了济南，距离盟主府只隔着三条街。

面摊上。

扁燕子：师兄，龙九真的曾向你求方吗？

华不陀：这能有假？

华不陀捞净碗底：十年前，他去跟大理段家的剑客决斗，半途上骑的马不慎跛脚，是我开出的药方，那马吃了，半天便活蹦乱跳了。

扁燕子：拜帖已经托人送去盟主府了，十年太长，龙九怕是记不得你了。

华不陀放下碗筷。

华不陀：也没准会放炮仗欢迎我们。

扁燕子想了想：好，师兄，我信你。

12

龙九撞开闭锁的卧室，杨云背对着他，坐在榻上。怀中抱着傲天。

龙九斟酌遣词：我误会你了。

杨云一动不动。

龙九：江湖向来不少风言风语，我也不能全然不在意。

杨云还是没有动静。

龙九蓦然心生警觉，他扳过杨云的身子。

杨云右手握着一枚匕首，扎在了心窝里。

杨云死去多时，血落在怀中婴儿的脸上。

13

堂主猛然张大眼。

走入卧房不久的龙九，气息骤然汹涌如潮。

一声低沉悲啸，屋顶青瓦纷然炸裂。

堂主闯进室内。

只见龙九站定在榻边，须发皆张，他手中捧起龙傲天，眼眶血红，他举起手掌，停顿很久，又缓缓放下。

堂主屏住呼吸。

半晌，龙九扔下龙傲天，抱起杨云的尸体。

他走过堂主时。

堂主平托手中的信：云南来的两个郎中，说与您有旧，又听说少盟主患病，赶来……

龙九森然道：少盟主？

龙九：谁是少盟主？

堂主不敢回话。

龙九狞笑道：让他们来，若治不好这怪胎，让他们死。

14

与此同时，华不陀跟扁燕子站在盟主府前。

扁燕子：咦，师兄你听见了吗？

华不陀表情困惑：好像是……鞭炮声？

话音刚落，府门洞开。

堂主迎上来：是云南来的大夫吗？

15

华不陀跟扁燕子被安置在客房中，等到第三日，一个幼儿被送来住处。

堂主：这是少盟主，劳烦大夫费心。

华不陀矜持地笑笑。

他看了一眼幼儿，笑容立刻淡却了一些。

他把手搭脉，触摸到龙傲天亮银色的光滑皮肤，绷紧了脸。

堂主：大夫怎么看？

华不陀沉吟片刻：让我缓缓。

堂主：什么？

华不陀：这病……有点重。

堂主告辞离开后，华不陀依然长久地不作声。

扁燕子问：很不好治吗？

华不陀深吸了一口气：这孩子似乎……有三颗心！

扁燕子不解。

华不陀拎起药箱，收检好行囊，他推开窗。

华不陀：师弟，这病治不了，此地不宜久留，咱俩翻窗溜吧。

16

堂主从窗外探进脑袋。

堂主冷笑道：大夫开窗透气吗？

17

晃眼间，华不陀来盟主府已经七年。

七年足以了解很多事，比如说，杨云之死，再比如，龙九对龙傲天的态度，甚至更隐秘的，如盟主府的地牢里前两年，逃离了一个相貌清奇的"塞上书生"。

七年，龙傲天的治疗毫无进展。

药阁中。

华不陀在龙傲天的额心戳上一枚银针，沁蓝的鲜血渗透出来。

龙傲天注视着他。

龙傲天身材远小于平常孩童，口不能言，双目无神，四根手指却出奇地长。

华不陀眯眼沉思，收起针。

扁燕子：师兄，继续戳呀。

华不陀：不戳了，穴位都找不准，戳死了怎么办？

扁燕子幽然叹气。

扁燕子：师兄，我不太懂，龙九这七年从没来看过这个儿子，是不在乎他的死活吗？那为什么要强留我们给他治病呢？

华不陀无言以对。

他低头去看龙傲天，龙傲天的双目没有眼白，黑漆漆的似蒙着一层模模糊糊的光。

华不陀想：娘的，这怎么医。

华不陀说：师弟别慌，我在想法子，信我。

18

今年入冬后，龙九很焦虑。

江湖事多。

山东旱灾，冬日无雪，饥民落草后，立了不少烧杀抢掠的新山头，武林秩序一片混乱，十年一度的盟主换选大会箭在弦上。

还有
这种操作

龙九压力颇大。

杨云忌日这天，他来到祭堂静坐了一个晌午后，开口问堂主：有哪些武林门派与会？

堂主一口气报出百八十个。

龙九点头。

堂主顿了顿：武当掌门杨翠山，好像对十年前盟主大选的落败依然耿耿于怀，他在信中说，这回他带来了杨无忌。

龙九：那是谁？

堂主：他今年刚满七岁的儿子，据说武学根骨极佳，百年难见。

堂主继续道：杨翠山提议，想让杨无忌跟少盟主切磋一番。我觉得，他是想让您没面子。

龙九的脸色陡然沉下来。

龙九：杨翠山这么想死吗？

19

当龙九踏入内院的药阁时，扁燕子一眼就辨认出来，龙九周身弥漫着霸道和阴狠，像一座嶙峋的石峰。

龙九开门见山：那个怪胎呢？

龙傲天被带了出来。

他站在厅中央，仰头望着龙九。

龙九静静看着龙傲天。

龙傲天是那般矮小，怪物一般的脸，胳膊大腿瘦如枯柴，浑身上下全然看不到一丁点练武天赋。

龙九心想：这哪里是我儿子。

堂主说：少盟主，一个月后，您可能有一场比武。您父亲的成名绝技云开十三剑是江湖顶尖的剑法，您要不要学？

龙傲天呆滞着。

堂主说：哦，好，那我教你。

堂主抽出剑，演示了一遍。

龙傲天毫无反应。

堂主：少盟主，这套剑很简单对不对，您看懂了多少？

龙九看向堂主：你刚才练错了。

堂主怔了怔。

龙九转望龙傲天呆傻的表情，又心想：这哪里是我的儿子。

他骤然拔剑，云开十三式剑意铺天。

他扔下剑，意兴阑珊地走出门去。

20

扁燕子长吁：这些江湖人，有点看不懂，在这屋子里，怎么说练功就练功。

华不陀：师弟，你看。

扁燕子循着华不陀目光望去，龙傲天停留在原地，脸上多了一份从未有过的神采。

他伸出细长的手指，一笔一画，凭空勾勒。

21

盟主大会如期而至。

偌大盟主府的前院挤满了江湖人，杨翠山坐在靠前的太师椅上，一个负剑少年陪在一侧。

酒宴过半，杨无忌走到场中。

杨翠山拱手笑道：小儿不才，习武五年，一直想跟少盟主龙傲天比试一番。

堂主低声道：这个炫儿子的老贼，可恶。

龙九微微点头。

龙九准备了场面话，正要开口推辞。

一个笼罩着黑袍的小小身影，在华不陀的引领下走入场间。

龙九猛然站起。

堂主低呼一声。

堂主：要不要叫停？

龙九注视席间对峙的两个小童，缓缓坐回位子。

22

江湖中，很多人都听闻过怪胎龙傲天的传说，更有甚者，说龙九生出了他爹。

龙傲天身高三尺，此番初露江湖，黑袍笼身，似个侏儒。

杨无忌抱拳：今日能与龙兄一较高低，实乃我之幸事！

龙傲天不说话。

杨无忌稚声道：龙兄家学渊博，我为今日一战也已筹备数年。

龙傲天不说话。

杨无忌：此番比武，对于江湖有七个意义。其一，这是年轻一辈第一次公开较量，既体现了对前辈武学的致敬，又有自身武学风格的初步探索，实乃继往开来之举。胜者固然可喜，但败者也无须气馁。毕竟，我们站在巨人的肩膀上，我们的江湖也将更加广阔辽远。

席下一片叫好声。

龙傲天不说话。

杨无忌四面鞠躬，继续道：那么第二个意义呢，其实我认为还可以分为三小点说……

23

半个时辰后，杨无忌说到第四个意义第三小点。

角落里，扁燕子目瞪口呆。

扁燕子：他真的才七岁吗？

华不陀喃喃道：貌似是。

扁燕子：他要说到什么时候？

堂主不知何时站到了他们身后，冷笑道：武当派都这个德行，他们研习武学时，兼修三丰思想。

华不陀：三丰思想是什么？

堂主：全是虚伪的大道理，龙盟主说了，江湖上没什么事情是打一顿不能解决的，如果有，就说明打得还不够狠。

华不陀和扁燕子对视一眼。

扁燕子感慨：师兄，江湖里病人不少。

华不陀：是极。

24

暮色渐起，杨无忌结束开场白，去席下讨要了一口水，重回到龙傲天对面，他摆了一个繁复的起手礼，哑喝道：龙兄，当心了。

杨无忌持剑前掠，身法迅捷无比。

龙傲天却似愣住了。

他没有招架的意思，而是极缓慢地抬起了一根手指。

一根奇长的手指。

霎时，一丈外的杨无忌顿住身形，颓然倒地。

武林巨头们哄然起身。

满场寂静。

良久，有人反应过来：以气驭剑！

更多人反应过来：天哪，竟然是以气驭剑！江湖中多久没出现过这样高深的剑道了？这份资质果真当得起"龙傲天"这名字，不愧是龙盟主的儿子！

杨翠山抱起昏厥的杨无忌黯然离场。

所有人都看着龙傲天。

龙九心底茫然。

他想：这真的是我儿子吗？

25

很快，盟主大会告一段落，并无意外，龙九依旧天下无敌。

书房。

龙九锁眉沉思，堂主为他添了一遍灯油。

龙九：傲天那日的招式，你看出门道了吗？

堂主迟疑道：当时杨无忌的伤口似乎有火灼之气，少盟主抬手时，指尖曾有一刹那的雷芒。

龙九点头。

堂主：论力量，这一招尚不及一流高手，但这剑道之深，属下已难理解。

龙九拧了拧眉心。

堂主：也许……我们都看错少盟主了，异人应有异相，单以剑论，只有盟主您才可能生得出这种剑道天才。

龙九嗯了一声。

堂主笑道：其实性格也有点像您。

龙九：你说。

堂主：少盟主不会说话，但跟您一样，人狠话不多。那一招，可打得杨无忌足足昏迷了三天啊。

龙九突然有些愉快。

他板起脸：其实小小年纪，好勇斗狠终究不是什么好事。

龙九心想：但若是我的儿子，确乎是应该去揍人的。

26

华不陀是开眼了，居然有一天龙九会冲他拱手，甚至带来了一坛好酒。

龙九为华不陀斟满一杯。

龙九说：大夫请继续留在府上吧。

27

又三年，天下隐约有动乱之势。

旱灾后，连着洪涝，灾情一年重过一年。从年初起，济南更是暴发了一场瘟疫。

夏日，蝉鸣聒噪。

扁燕子在捣药。

最近，有个传闻令他忧心："天地间有不祥之人，此人乃武林盟主龙九之子，龙傲天。"

龙傲天十岁了，外貌与七岁时几无差别。

他时常静默独行至院中，仰头望向天空。

龙九偶尔会来药阁，跟师兄喝一两杯酒，并不常说话，只远远看一看龙傲天。

扁燕子擦掉额间汗水。

酷暑难耐，这几乎是他有生以来经历的最炎热的夏天。

扁燕子又去看院子中的龙傲天，龙傲天站在烈烈艳阳下，亮银色的皮肤反射着刺眼的光，他将一只手高举过头，四根手指朝着天空，缓慢拨动。

扁燕子看不懂。

他想：这行止，好像确实不太祥。

在竹席上纳凉的华不陀，也正观察着龙傲天。

华不陀：师弟，你觉得傲天在做什么？

扁燕子：像是……在数星星？

华不陀摇头：我突然有种感觉，他像在等待着什么……

朗朗晴日，院子的地面被晒得发白。

抬起头，扁燕子觉得天空如火，刺得人眼生疼，除了一望无际的灼热，空荡荡的连一朵云都没有。

扁燕子想：能在等待什么呢？

28

龙九的桌上放着厚厚一沓案报。

江湖不太平。

第一份，有宗门抢了县衙的仓库。第二份，有帮派截杀了朝廷的粮队。第三份，十三连环坞跟长江水龙帮为了一千石大米，火拼一场，双方死了二百五十余人。

龙九泡了很浓的茶。

他提笔写下批示。

第一份：由崆峒派出人，前往警告。

第二份：盟主府派遣出堂主，找到截杀队带头大哥，交与朝廷还个解释。

第三份龙九思考了一会儿，然后提议：这种家破人亡的棘手惨剧，武当派应自愿派遣出几名长老，前去抚慰讲述在世为人的道理。

第四份案报来自丐帮。

一名丐帮弟子声称，月前于一处荒山的谷地，撞见一个宽有三十余丈的巨大物体，形如磨盘。该物在第二天凭空消失。

丐帮帮主乔山认为，这极可能是魔教的行迹，需要彻查。

龙九想：乔山是嫌我龙九不够忙，看来欠收拾了。

龙九忽然顿住。

他猛然像有印象，不知何时，曾有人与他说起过类似的事物。

龙九站起身，踱步到窗前。

龙九喃喃道：巨大的磨盘，是谁说过的呢？

29

堂主走进书房时，脸色十分难看。

堂主：盟主，我查到了，少盟主的那个流言，是宫里传出来的。

龙九诧异：皇宫？

堂主：据说……杨翠山半年前进了一趟宫，去给皇帝炼了几日的丹。

龙九双眼眯紧。

堂主从怀中摸出一个信封。

堂主：今日收到的信，杨翠山邀您前去武当，这可能是个鸿门宴，属下认为……

龙九摆了摆手。

龙九：这天底下，没人有本事杀我。

30

龙九离开一天后。

晌午，药阁。

扁燕子在捣药，华不陀在纳凉，龙傲天正望天。

毫无征兆的一声巨响，盟主府的大门被撞开，皇城禁军模样的将士纷然拥入，一阵兵戈相交，军队挤进了内院。

弓张弦满，三人被包围。

为首的正是杨翠山。

杨翠山手指龙傲天，冲身边将军模样的人道：将军您看，这怪物正是那不祥之人。您看他的眼睛，没有眼白，您看他的身子，哪有人如此白？您看他的指头……

将军颤声道：杨掌门，你快去擒住他！

杨翠山衣袍无风自动。

几乎转瞬间，便欺到龙傲天身侧，一只手扼住了他的脖子。

将军：杨掌门神勇，不，杨盟主神勇，此行除去了这天地间的大恶之人，待灾情平息，皇上定会扶持你做武林的新霸主。

杨翠山微微一笑：我哪里在乎这些虚名，不过是想为天下除害罢了。

话音刚落，华不陀扑通跪下了。

31

华不陀痛哭流涕：我师兄弟二人被囚禁此处十载，杨盟主此番搭救，实乃大恩大德！

扁燕子：师兄？

华不陀凝视扁燕子：师弟。

扁燕子摇头，叹了口气。

扁燕子：我又不傻，他们更不傻，你以为他们看不出来你想去给盟主报信？可你这样当着傲天的面说这种话，他会很伤心，毕竟傲天是傻的啊。

龙傲天正回望他们。

华不陀冷哼。

杨翠山打了个哈哈，冲扁燕子道：你这师兄觉悟还是高的，分得明是非，你就不行了。

杨翠山眼中闪过冷芒。

他招呼道：师兄可以离开了，师弟抓起来。龙九去武当山，现在应该正走到一百二十里外的青阳镇。若此刻去追他，从官道向南，会途经两个驿站，需换两次马。第一次要三两银子，第二次要五两。

杨翠山想了想，扔下十两银子，又蹲身捡回二两，然后哎哟一声，抓起余下八两递给华不陀：这一定是你掉的吧？

杨翠山从马上拉下一个侍卫。

他牵过马，笑眯眯地。

杨翠山：我在院子里发现了这匹好马，想必也是你养的。

华不陀、扁燕子面面相觑。

杨翠山：快走吧，千万莫要去找龙九。

杨翠山：就算你不小心撞见他，也一定不要告诉他，明日午时，我们会在济南城的官府衙门前，烧死龙傲天告慰天地。

32

牢房。

龙傲天双手缚有铁链，扁燕子搂住他，缩在一个角落里，整夜无眠。

狭窗外，天渐渐亮了。

扁燕子突然道：傲天别怕，我师兄会赶回来，而且会带你爹来救我们。

日色愈盛。

扁燕子流下眼泪：真的，我一直都信我师兄。

渐渐，狭窗外日光强烈至极，午时已近。

扁燕子卸下了一口气。

他说：傲天，到了那边，咱们都不要有怨气，师兄确实没治好你，但他尽力了。等我们都变成了鬼，我会继续医治你的。

扁燕子低头揉了揉眼。

龙傲天幽黑双眼中罕见地闪过无奈的神色。

他抬起被缚的手，伸出了一根手指，在扁燕子的额心轻轻一点，一触即离。

扁燕子如遭重击。

33

一直到扁燕子被缚上火刑柱时，他脑海中依旧浑噩一片，随着那一指轻触，他的脑中突兀出现了无数光怪陆离的画面和讯息。

扁燕子心想：临死前，我竟害怕得神志不清了。

今日，积雨云很厚。

在扁燕子的身前，龙傲天被缚在另一根火刑柱上。

龙傲天静默着。

刑台下，柴堆越垒越高，四面八方的屋檐上伏着无数的弓箭手，军队塞满了整整三条街。

扁燕子突然仿佛听到一阵细微语声。

语声：他会来吗？

不知为何，扁燕子立刻分辨出，这是龙傲天在对他说话，可这声音似乎是从心底蹿出来的。

龙傲天：这些武者，都是排布来对付他的。

扁燕子确定了，心底又一阵悚然。

龙傲天：他有将我当作过儿子吗？

扁燕子定了定神，回复道：我觉得，龙盟主确实是把你当儿子的，但因为一些其他原因，他同时也恨你。师兄说过，父子之间本就有很多种关系。

龙傲天叹息。

龙傲天：我在这个星系做清道夫已经十余万年，这颗行星上的生命层次绝不算高，却是最难懂的。

杨翠山走了过来，他举起火把，扔进了柴堆。

杨翠山笑道：龙九在赶来的路上了，马上就会来陪你们。

火焰熊熊蹿起。

龙傲天：大夫，我的时间到了，不能再耽误，很高兴遇到你。

34

异变陡生，狂风骤起。

天空中，那片厚重的积雨云崩裂开，一个巨大的磨盘状飞行物破云而出，绽出光线。

光如雨下。

先是洞穿了杨翠山的胸膛，又落在屋檐，落到街巷。

惨号不绝。

扁燕子悚然变色。

须臾间，方圆几百步内，只余下他一个活人。

磨盘飞到头顶，一道光柱从天而落，龙傲天沐在光芒中，徐徐飞起。

他被引入磨盘内前，停顿了一瞬：大夫，我有个建议。

扁燕子木然：啊？

龙傲天：你跟华大夫，还是改行了吧。

舱门合起。

这时，远方传来一声厉喝。

龙九：邪魔外道，胆敢掳我儿子！

35

龙九心急如焚。

隔着很远，他已经看清天空中有一个大磨盘，磨盘下有一道光柱。可等马驰近几分，他分辨出了光柱中的那个小小身影。

龙九目眦欲裂。

他跃下马，腾身掠上一座屋脊，握住腰畔的长剑。

他拔剑时，距离磨盘一百丈。他剑出时，已然赶至磨盘的下方。

龙九奋身飞跃，云开十三剑。

无与伦比的剑光，尽数斩在磨盘的边沿。

龙九喝道：束手就擒！

磨盘纹丝不动，继而缓慢腾起，在空中盘旋了半圈，陡然朝西飞去。

龙九声嘶力竭：还我儿子！

扁燕子：盟主，其实……

龙九置若罔闻，长吸一口气，内力鼓荡更甚，他跳下屋脊，朝磨盘远去的方向发足追去。

扁燕子大喊：盟主，其实你儿子不是人。

龙九的身影早已远得看不见。

扁燕子从熄灭的柴堆上走下来，身周如同修罗场，他恍恍惚惚，一时又觉得倍感心酸。

马蹄声响。

扁燕子转目望去，脸色苍白的华不陀，正从马背上颤巍巍地爬下来。

36

茶摊上。

扁燕子讲述完整个过程，道：最后，龙盟主就追了过去。

华不陀沉思。

华不陀：你是说，傲天触碰到你的额头，然后你知道了，天上的星星其实全是圆球，像西瓜，太阳是大西瓜，而我们住在一个小西瓜上？

扁燕子：嗯。

华不陀翻动扁燕子的眼皮。

华不陀：你是说，傲天有一个很能飞的磨盘，而他的职责就是行走天地间，体验众生百态，审核不同生灵，认为好的就留存，不好的就用磨盘放出致命杀招，全部消灭掉？

扁燕子：嗯。

华不陀：舌头伸出来看看。

扁燕子伸出舌头。

华不陀：你这些话都太过玄奇了。

扁燕子缩回舌头：傲天那一指给我留下了很多讯息，他下一站会去荧惑。师兄，你说我是不是疯了？

华不陀沉默许久，摇了摇头。

他认真道：不，师弟，我信你。

37

龙九在江湖消失了整整二十年，如今的盟主府残垣断壁，只住着两个大夫。

这一日，华不陀出诊归来。

扁燕子拉过他：师兄，我最近在整理傲天留下的规则原理，又萌生了一个新想法。

华不陀正色：师弟请说。

扁燕子：如果我将一只猫关在盒子里，放上鹤顶红，这种猫可能会吃，可能不吃，所以在不观察的情况下，这只猫应该是活与不活的叠加态。

华不陀思量了一番，击掌道：师弟见解独到，这个理论应当叫作"扁燕子的猫"！

扁燕子欣喜地点头。

这时，盟主府久未来客的大门被敲响了。

38

来人是堂主。

二十年前的那一日，他奉命前去处理一桩江湖案件，等回到济南时，早已物非人非。

堂主落座寒暄。

堂主：故地重游，心有感慨，想到这边来看看，不想二位还留在此处。

华不陀笑了笑。

扁燕子：龙盟主却从未回来过。

堂主叹了口气：三年前我倒是见过他一次。

华不陀震惊道：他如今身在何处？

堂主摇头。

扁燕子：他为何没有回来？

堂主苦笑道：我见龙盟主时是在泉州，他正跟一个出海的船老大约船，说是要下南洋看看。

华不陀：南洋？

堂主：他老得极多，脸上满布水垢，半点都不像昔日那个天下第一人了。我们遇见后，也只喝了盏茶时间的酒，盟主说这些年他曾在七艘船上当了拢共十年的大副。

华不陀：龙九去当大副？

堂主点头：二十年前，他认为那日向西飞遁的磨盘极其惹眼，若他一路西寻，必然能追得上。

华不陀默然。

堂主：盟主直追到西边的海岸，依旧一无所获，机缘巧合之下，就随着一个船长坐船入了海。

扁燕子为堂主倒来一杯茶水。

堂主接过茶水，继续道：他航行一年，意外寻到一片新大陆，横穿后又是海。他再西渡，海上飘荡了三年，却在泉州登岸了。盟主说，大地是圆的，像个球。他要去南边再找找。

华不陀黯然。

堂主：江湖上已经有些小道传言，说龙九虽活着，但疯病已然病入膏肓了。

堂主不再开口，默默饮茶。

扁燕子急道：你怎么不劝他回来？

堂主：劝了。

堂主顿了顿：可他说，龙傲天是他儿子，而他把儿子弄丢了。

图书在版编目（CIP）数据

还有这种操作 / 小野妹子学吐槽等著 .—— 武汉：长江文艺出版社，
2018.1

ISBN 978-7-5702-0110-5

I. ①还… II. ①小… III. ① 短篇小说 – 小说集 – 中国 – 当代 IV. ① I247.7

中国版本图书馆 CIP 数据核字 (2017) 第 312144 号

还有这种操作

小野妹子学吐槽　等著

选题产品策划生产机构 | 北京长江新世纪文化传媒有限公司　上海回环文化传播有限公司

出　品 | 脑洞故事板　　　　　　出品人 | 乔　洋

总 策 划 | 金丽红　黎　波　安波舜　监　制 | 尹　健　唐梓严

策划编辑 | 孙　岩　　　　装帧设计 | 郭　璐　　　媒体运营 | 刘　峥

责任编辑 | 张　维　　　　内文设计 | 张景莹　　　责任印制 | 张志杰　王会利

法律顾问 | 张艳萍　　　　版权代理 | 何　红

总 发 行 | 北京长江新世纪文化传媒有限公司

电　话 | 010-58678881　　　　　　传　真 | 010-58677346

地　址 | 北京市朝阳区曙光西里甲 6 号时间国际大厦 A 座 1905 室　　邮　编 | 100028

出　版 | 长江出版传媒　长江文艺出版社

地　址 | 湖北省武汉市雄楚大街 268 号湖北出版文化城 B 座 9–11 楼　　邮　编 | 430070

印　刷 | 大厂回族自治县彩虹印刷有限公司

开　本 | 880 毫米 ×1230 毫米　1/32　　　印　张 | 13.75

版　次 | 2018 年 1 月第 1 版　　　　　　印　次 | 2018 年 1 月第 1 次印刷

字　数 | 305 千字

定　价 | 45.00 元

盗版必究（举报电话：010-58678881）

（图书如出现印装质量问题，请与选题产品策划生产机构联系调换）

脑洞故事板
MIND-BLOWING STORIES